傻夫有傻福 上

風文創 691

木蘭 著

目錄

風 文創 691

序文

木蘭

二〇一七年九月的某天，陽光明媚，空氣中瀰漫著清甜的桂花香，我坐在窗角的瑜伽墊上，抱著稿紙塗塗抹抹，一個故事的雛形慢慢在腦海中形成。

故事的男主人公是頂著癡傻名聲的俊美王爺，女主人公則是對身邊人保護慾超強的重生嫡女，前世原本錯過的兩人在這一世走到了一起，並於細水長流的生活中，逐漸碰撞出甜蜜的火花。

兩個主人公之間的愛情美好而溫馨。因為故事背景是在架空的古代，所以在動筆之前，我查閱了一些關於古代婚嫁風俗、禮儀、飲食起居之類的專業資料，再結合想像，力求構造出一個古色古香的世界。

查資料的過程是一個學習新知識的歷程，讓我受益匪淺。

不過這些資料在運用到故事中的時候，總感覺這一塊不錯、那一塊好像也挺重要，就全都捨不得丟棄。比如在寫到女主人公閔窈與王爺大婚時，聘禮和嫁妝這一塊寫得太過詳盡繁瑣，有讀者留言說，覺得看起來好複雜的樣子，編輯也建議儘量精簡。為了讓大夥兒看得輕鬆順暢，於是就忍痛刪減了不少，最後只留下精華的部分。

這個故事從準備到完成歷時近半年，有幸被編輯看中，我感到十分榮幸。在出版修文的過程中也收穫良多，非常感謝編輯們專業的指導意見！
感謝一路走來鼓勵和支持我的編輯和讀者們！
最後想說，本文的女主人公閔窈沒有活在前世的仇恨中，她重生後的目標是通過認真、努力，比前世過得更好。她是個純真敏感，知世故而不世故的女子；而我們的男主人公是個愛吃糖、愛吃醋、愛撒嬌，隱忍又腹黑的美貌妖孽王爺。
哈哈，總之這是一個略甜的愛情故事啦！
希望看到這裡的你會喜歡。

第一章

元嘉十年初春，洛京，開國郡公府。

「來人！快把人挪走！哎喲，這味兒可真夠衝的……」

郡公府後宅東廂房內，穿著石榴色長裙的侍女綠菊，妝容精緻，她斜眼看了看床榻上那個又髒又臭的女人，一邊快速地從袖子掏出塊手帕摀住鼻子，一邊趾高氣揚地對身後兩個粗使婆子吩咐道：「妳倆還愣著幹麼？都聾啦！趕緊把她抬出去。這東廂房以後可是要住人的！若是死在這兒，給屋裡沾染上晦氣，當心老爺剝了妳們的皮！」

「是是是。」

兩個身著青灰色麻衣的婆子差不多都年近四十，被綠菊一個剛滿二十的小丫頭訓得沒一點臉面，卻是唯唯諾諾地不敢言語。

誰叫這綠菊是新夫人面前得臉的侍女呢？府裡人都知道老爺寵愛新夫人。雖然新夫人進門時是個妾，可是耐不住人家善生養，進府七年來一口氣就給蕭家添了三位公子、兩位小姐。

近日，新夫人又剛被老爺扶正！所謂一人得道，雞犬升天，這一上位，她跟前的綠菊姑娘也跟著神氣起來，如今在後宅是二把手，可不是她們這些幹粗活的婆子們得罪得起的。

「夫人，起來吧！」

兩個婆子心裡恨得咬牙切齒，把她們從綠菊那裡受的窩囊氣，暗暗發洩到床上病病殃殃的舊夫人身上。

左右胳膊猛地傳來一陣火辣辣的疼，原本昏睡在床鋪上的閔窈吃痛，驚呼一聲，一通天旋地轉後，她那瘦骨嶙峋的身子就被兩個婆子像提小雞一樣提起來。

「妳們……妳們這是要……幹麼？」閔窈的聲音沙啞中帶著顫音，昔日嬌蠻跋扈的閔家大小姐，此時就像是被人拔了爪牙的病貓。

「拖走！」

綠菊從鼻子裡哼了一聲，兩個婆子立刻使出蠻力，架著閔窈一路出了房門。

「放開我！……放開我……」

閔窈又急又氣，要是換了以前，這兩個婆子根本不是她的對手，早被她三拳兩腳就打趴下了。可是自從她病了之後，藥是一碗接著一碗地喝，可身上卻是越來越無力了。

「放我下來……放我下來……咳咳咳！」

蒼白的赤足在破舊的暗黃裙下不住晃蕩，兩個婆子置若罔聞，架著她的胳膊，風一般就到東廂的院子裡。

昨夜剛下了一場雨，初春的風帶著刺骨的寒意，鑽進閔窈單薄的襦裙裡，她忍不住一陣哆嗦，接著劇烈地咳嗽起來。兩個婆子生怕被她傳了什麼病氣，同時一撒手，就把她扔到地上。

院子裡積了幾處淺淺的水窪，殘破的身體啪一聲，結結實實地摔在濕冷的泥濘中，濺起一片泥點子。

閔窈狼狽地從一片泥濘中掙扎起半個身子，不知是被氣的還是被摔得疼的，或者兩者都有，她渾身顫抖不已。「妳們……妳們憑什麼？我要見老爺！蕭文逸！你出來！你出來！」

「嚎什麼嚎？就妳這副鬼樣子，還想見老爺？」

綠菊慢悠悠地走到院子裡，瞥了瞥閔窈蠟黃的臉色、枯枝般的手臂，她翻了個白眼，語帶譏諷。「妳可別出去嚇人啊大小姐，今天可是小公子的滿月，老爺和夫人、太夫人在正堂宴請賓客呢！念在咱們都是閔府出來的，奴婢勸大小姐還是省點力氣，想想自己今後該去哪兒落腳吧！」

「妳說什麼……夫人？」除了她這個正室，蕭文逸哪還有別的什麼夫人？

「喲，看來大小姐還不知道啊！」綠菊得意地仰著兩個鼻孔走過去，而站在邊上的兩個婆子見閔窈一身髒泥，都悄悄往角落裡避了避。

「我們二小姐被老爺扶正，現在可是郡公府裡名正言順的夫人！至於大小姐妳……喏，這是老爺給妳的休書，妳收好就趕緊滾吧！」

「不！這不可能！我不信！」

手裡捏著休書，閔窈兩個眼睛頓時赤紅起來。綠菊口中的二小姐，正是當年作為陪嫁與閔窈一起嫁到蕭家，閔窈同父異母的庶妹——閔玉鶯。

「蕭文逸，他怎麼能……」

當年求娶她的時候，蕭文逸明明說過，他眼中只有她一人，他說，要庶妹陪嫁是蕭家太夫人的意思，他是迫不得已的！他還說，他會永遠疼她、愛她。然而，現在他卻要休了自己，扶正庶妹?!

「我要見蕭文逸！我要他親口跟我說！他怎麼可以這樣對我……」閔窈一把丟了休書，使出身上最後一點力氣，緊緊地抓住綠菊裙下的雲頭鞋，聲嘶力竭喊道：「妳讓我見他！我要向他問個明白！」

「哎喲，大小姐妳行行好，就別為難奴婢了。」

綠菊蹲下身子，伸手將閔窈的手指一根一根從她鞋子上扳開，她湊到閔窈耳邊神秘兮兮地說道：「……事到如今，奴婢也不怕實話告訴妳。其實，老爺和二小姐早在認識妳以前就已經是兩情相悅，只不過礙於二小姐是個庶女，太夫人不同意娶作正室。老爺為了她，只能委屈自己，娶了身為閔府嫡女的大小姐妳，好讓妳帶著二小姐一起進府。妳的脾性，二小姐是最清楚的，進府以來又慣會鬧騰，兩位這一對比，在太夫人眼裡可不就是高下立現？」

「妳胡說！蕭文逸他不會……」

綠菊的話如同晴天霹靂，閔窈嘴上否認，可是想到這些年蕭文逸的所作所為，她心裡沒底，抓著綠菊裙角的手也不覺鬆了三分。

綠菊乘機一撩裙襬，就跳到了距離閔窈三步開外的地方。

「奴婢胡說不胡說，大小姐妳自己心裡難道還不清楚嗎？」

「我……」

閔窈無力地低下頭，想到蕭文逸那張光彩俊俏的臉，想到他成親前對自己的甜言蜜語，再想到他成親後與閔玉鶯成雙入對，對自己視若無睹的冷漠樣子；還有，他和閔玉鶯那一群漂亮的孩子們……她胸口處驟然抽搐起來。

閔窈從來不是善於忍耐的人，成親後，蕭文逸的「變心」讓她無法接受，她哭過、鬧過，也糾纏過，可是這反而越發顯得閔玉鶯比她更加識大體、溫柔可人。

只有閔窈見識過她這個庶妹陰暗的一面。

去年冬天，閔玉鶯誣衊閔窈企圖謀害她腹中的孩兒，蕭文逸和蕭家太夫人大怒，罰閔窈跪了三天三夜的祠堂。

閔窈跪完之後就病倒了，從去年冬天到今年初春，蕭文逸一次都沒來看過她。縱然她再後知後覺、縱然她再自欺欺人，此時也不得不承認蕭文逸的心中真沒有她這個人。

想到這兒，再看看地上的休書，閔窈心底一片透澈的涼。

「要奴婢說啊，老爺也真是絕情呀！大小姐妳當了我們二小姐這麼多年的墊腳石，沒有功勞也有苦勞哇……」

綠菊惺惺作態，正想要再戲弄閔窈幾句，長廊上忽然跑來一個丫鬟，說是夫人在前頭找她，綠菊只得吩咐那兩個婆子先看著閔窈，轉身急匆匆地跟著丫鬟往前頭去了。

兩個婆子嫌她身上髒臭，只是遠遠地看著她不肯上前，閔窈坐在泥漿裡，嘴邊冒出一個酸澀的苦笑來。

閔窈啊閔窈，妳怎麼就淪落到今天這般境地?!先前她身邊還有兩個忠心的侍女秋月和秋畫，她病倒之後，秋月、秋畫被蕭家的人強抓去賣了，她也阻攔不了。

現在，她身邊連一個護著她的人都沒有了。

閔窈抖抖索索地打開休書，潔白的宣紙上，是她最熟悉不過的瘦長字體，休書是蕭文逸親筆所寫。眼淚一下子充滿她的眼眶，模糊的淚光中，依稀看到幾處「無子」、「善妒」、「惡疾」之類的字。

豆大的淚水撲簌簌地打到紙上，一團團墨跡被暈染開來。

閔窈盯著那幾處墨團，無聲地笑了。

無子？蕭文逸從洞房那天起，整整七年都沒碰她一下，她一個人如何能生孩子？

善妒？蕭文逸寵妾滅妻，閔玉鶯隔三差五就要爬到她頭上作威作福，她能乾坐著讓人欺負嗎？

惡疾？她雖然病得厲害，可是她又沒有過了病氣給別人，秋月和秋畫之前伺候她這麼久，不是都好好的？

欲加之罪，何患無辭！

在大昭，女子觸犯七出裡頭的任何一條就足夠夫家休妻了，更何況蕭文逸現在給她湊滿了三條！他是鐵了心要趕她走，可是她離開蕭家的郡公府，又能去哪兒呢？回娘家閔家嗎？

她出嫁第一年，母親藺氏便去世了，現在閔家由閔玉鶯的生母柯姨娘管家，父親又是個死守禮儀的，被休棄的女兒回家一定會成為他的恥辱，恐怕連家門也不會讓她進。

去外祖家？外祖家敗落凋零，一家子早就搬離洛京，多年未曾有書信往來，也不知他們現在於何處棲身？

無家可歸，哪兒也去不了，哪兒也不收她。她現在已經什麼都沒有了，蕭文逸都知道，可是他還是寫下休書，他不是要她走，他只是想她死而已。

閔窈心裡一陣陣的絞痛越發劇烈。為什麼？為什麼當初她偏偏就看中蕭文逸那張臉?!分明是那樣情深的一張臉，如今卻變得這般無情冷血！

難道真是像綠菊說的那樣，蕭文逸娶她只是為了閔玉鶯？看他與閔玉鶯這七年來的恩愛黏膩，恐怕這事十有八九是真的……如果，他們真是兩情相悅，那便兩情相悅好了，為什麼偏偏要扯上她？

閔窈怎麼都想不通，在閔家的時候，她自問從未苛待過閔玉鶯，可她為什麼要這樣對她？她到底做錯了什麼?!

比起移情別戀，精心設計的圈套更加使人憤怒。

閔窈一想到是蕭文逸和閔玉鶯合起來利用了她，想到自己被愚弄了這麼多年，想到自己傻傻守著空房期盼的兩千多個冷寂夜晚……她的胸口彷彿被人刺進一把尖刀。

病入膏肓的身體禁不住心臟處陣陣劇烈的悶痛，紊亂的氣息不斷往上翻騰，閔窈喉頭一甜，一大口殷紅的鮮血哇一聲從她嘴裡噴出來。

「哎呀！她吐血了！不會是死了吧？」

「快來人哪！快來人哪……」

兩個婆子懼怕的尖叫聲時遠時近地傳來，閔窈軟軟地撲倒在地上，再也感覺不到疼痛，嘴裡不斷冒出的血如同妖異的曼珠沙華，在她身下緩緩綻開。

她……要死了嗎？如果有來生，她再也不要這樣過了。

「窈兒……窈兒……快醒醒！」

感受到一隻溫暖白嫩的手輕輕在自己臉上捏了捏，閔窈撐開沈重的眼皮，看見母親藺氏正在她腦袋上方笑吟吟地看著她。

「母親?!」

望著藺氏那年輕而姣好的面龐，閔窈的眼淚瞬間就從眼裡流下來——聽說人快要死的時候，會看見已故的親人。

「母親，您這是來接我了嗎？真是太好了，母親您知不知道，這些年來，窈兒有多想您……」一生怕她眨眼就消失不見，閔窈兩手緊緊地抱住藺氏的脖子，頓時委屈得哭成一個淚人兒。

「這是怎麼啦？」

蘭氏心中有些疑惑。母女兩個剛在她娘家蘭府吃了午飯回來，其間也沒見人來招惹她女兒呀！瞧瞧這孩子全身上下都好端端的，怎麼在馬車裡睡著睡著就哭上了呢？

但自己唯一的女兒在跟前哭得唏哩嘩啦，蘭氏自然是心疼得不行，馬上從袖子裡掏出一塊絹帕，在閔窈圓潤雪白的小臉上輕輕擦拭著，一邊柔聲道：「妳這孩子，都十六歲的人了，怎麼連妳三歲的小表弟都不如？還這樣孩子氣！動不動就掉金豆豆的……這馬車都快到咱家府上了，要是給妳父親看見，怕是又要訓斥妳一番，說妳不成體統。」

十六歲？

閔窈被她一番話說愣了。止住淚，她瞪著眼睛往四周一看，才發現她和蘭氏正坐在一輛緩緩行駛的馬車裡。

馬車微微顛簸著，小幅度的震動感十分真實地從她跪坐著的褥子下傳來。

這究竟是怎麼回事？她明明吐了那麼多血，不死也去掉半條命了，為何這會兒身上一點痛楚都沒有？而且，母親不是已經……怎麼現在坐在她邊上與大活人一般無二?!

「看看，這是又好嘍？」蘭氏慈愛地替她整了整耳邊的亂髮，打趣道：「真是六月天，孩子的臉，說變就變。窈兒，剛才可是作噩夢了？」

眼前的情景既熟悉又陌生，閔窈腦子一片混亂，她不知道發生了什麼事，本能地抱著蘭氏，剛想張嘴，喉嚨裡一陣沈重的酸楚堵得她說不出話來。

閔窈情緒激動地嗚咽幾聲，蘭氏不明所以，還以為她在撒嬌。

「瞧妳這小傻樣，是被什麼東西嚇到了？」

蘭氏伸手刮了刮她的鼻子，閔窈不吭聲，含著淚把她母親抱得更緊，心中的千言萬語都融化在這個擁抱中。她現在分不清自己是魂歸故里，還是陷入臨死前美好的夢境裡……只是感謝老天垂憐，讓她與母親再次相見。

蘭氏卻不知她女兒此時心中的千迴百轉，只摟著閔窈絮絮叨叨地唸了起來。「阿娘記得妳小時候膽子沒這麼小的呢……妳六歲那年，外祖父帶妳去宮裡玩，妳不知道妳這小膽子多肥喲！看見三皇子被二皇子他們欺負，妳竟然一雙小拳頭飛出去，直把二皇子和四皇子揍得哇哇哭！當時妳外祖父和妳姨母都嚇出滿身的冷汗，幸好聖上寬厚，沒有怪罪下來，要不然啊……」

馬車在蘭氏繪聲繪色的敘述中，緩緩駛入了閔家的大門。

第二章

閔窈足足花了三天時間才確信自己還活著。

而且她不僅活著，還回到了七年前的閔家，和母親藺氏一起活著！

現在是七年前的元嘉三年，她還沒有遇見蕭文逸，有著健康的身體和無憂無慮的生活。父親閔方康承蒙祖蔭，三十六歲就已經混上了從五品的位置，是太常寺的左寺丞。

母親主管閔家內務，柯姨娘和庶妹閔玉鶯還在母親的手底下戰戰兢兢地討生活，她兩個貼身侍女秋月和秋畫，仍舊好端端地待在她身邊。

一切彷彿都回到了錯誤最開始的地方。之前痛苦的遭遇恍若一個舊夢，大概是上天聽到她臨死前的願望，於是發了慈悲，給她重活一次的機會。

閔窈心想，這一次，她一定要好好活！

天上一片湛藍，微暖的春風帶著淡淡的花香飄進閔府宅子裡。

一大早，閔窈就被秋畫和秋月兩個丫頭從床榻上拖了起來。

「大小姐，夫人說今天要帶咱們去國興寺逛廟會呀！哎喲，您倒是快起來呀！快起來！」

兩個丫頭嘰嘰喳喳同小喜鵲一般吵得令人睡不下去，閔窈裹著被子嘆口氣，只好無奈地爬起來。

秋月和秋畫是一對雙胞胎姊妹，年紀比閔窈小三歲，都生得一副機靈模樣。她們從小就跟著閔窈，對閔窈忠心不二，而閔窈也同兩個小丫頭十分親密，對她們不同於閔府的其他侍女。

許是在府中關得久了，秋月、秋畫對廟會那種熱鬧的地方嚮往不已，此時連服侍閔窈的動作都比平日輕快兩倍。

兩個人手腳索利地給閔窈洗臉漱口，先在閔窈臉上均勻地抹開一層薄薄的雪膚膏，接著撲上粉，然後用石黛細細地給她畫出兩道新月眉，沾了少量的赤色胭脂，在她兩頰弄出淡淡的紅暈來。

秋月運指如飛地給閔窈梳了個簡單的螺髻，插上三根包金鏤空的白玉簪子作為固定後，又在她髮髻頂上簪了朵剛從後花園採來、巴掌大的淺紅色薔薇。秋畫打開一只鏤滿花鳥形狀的碧色象牙細筒，用細長的銀簪子挑出一點殷紅幽香的口脂，抹在閔窈唇間。

最後，待她們聯手畫完閔窈額上的三瓣蓮花形花鈿，梳妝這項大事總算完成了。

閔窈頂著如雲般的髮髻，看著兩尺黃銅鏡子裡的自己。

端莊的五官，瑩白圓潤的臉龐，左右耳朵上各墜著兩串米粒大小的紅玉流蘇，襯得她脖頸的曲線秀氣修長；一雙杏眼清澈嬌憨，紅唇微微抿起。

她身形豐腴高眺，肌膚賽雪，上身著了件米白色小團花紋薄綢開襟短襦，一串銀珠琉璃紅寶瓔珞，隨著她胸部的曲線伏貼在身前，齊胸處束了條高腰繡金線的桃紅百褶裙，裙襬寬大而飄逸，遮住了她腳下一雙綴滿珍珠的雲頭軟鞋。

前世閔窈病到形容枯槁，不成人樣，曾一度不敢照鏡子。如今再次看到鏡中那個面目豐盈、光彩照人的自己，閔窈一時間有些怔怔的。

「嘖嘖，我們大小姐真是人比花嬌哪！自己看自己都看呆了喲……」

冷不防，秋月和秋畫梳著雙垂髻的兩個小腦袋伸到銅鏡前面，閔窈被她們取笑得面上一紅，作勢要去彈她們的腦門，卻被兩個丫頭滑如泥鰍般地躲開了。

主僕三人剛鬧騰了幾下，藺氏身邊的大侍女青環就帶人過來在門口催了，閔窈趕緊斂了斂神色，帶著秋畫秋月出了閨房。

後院的長廊小徑一如前世她記憶中那般曲折，一行人嫋嫋婷婷地進了內堂正屋，只見閔方康和夫人藺氏、柯姨娘及庶女已經在裡面了。

閔窈忙脫了軟鞋，穿著雙白色錦襪快步走到屋子中間，她屈著膝，兩手在額前交疊，頭往地面微微一伏，給閔方康和藺氏行了一個端正的肅拜禮。

「父親大人安好，母親大人安好。」

閔窈的祖父、祖母去世得早，坐在上首的是一家之主閔方康，他留著短小的八字鬍，頭上束著塊書生氣十足的方巾，膚色白皙，五官淡然。

閔方康對於閔窈的姍姍來遲顯得有些不滿，不過礙於夫人藺氏在邊上，他也不好發作，於是揮揮手，沒好氣地對閔窈說了一句。「行了行了，坐到妳母親邊上去吧。」

「是，父親。」閔窈趕緊跑到藺氏身邊的軟榻上跪坐下來。

藺氏保養得宜，臉上沒有一絲細紋，看不出已經有三十三的年紀。她今天穿了寶相花紋的對襟紫錦上襦，下著大紅色描金繡裙子，高聳的髮髻兩端各簪一對亮晃晃的金步搖，妝容嚴謹，通身的貴氣中帶著一絲冷冽。

看到女兒過來，藺氏原本緊抿著的嘴角瞬間有了暖意。

軟榻前的几案早擺上了四、五碟熱氣騰騰的糕餅，藺氏深知女兒的口味，伸手把一碟子焦糖色的棗泥糕往閔窈前頭挪。閔窈在藺氏眼裡，永遠是個長不大的孩子。

重生後的閔窈更加珍惜母親對她的疼愛，當下便往藺氏邊上親暱地蹭了蹭，拿起一塊棗泥糕就往嘴裡塞。

嗯，軟糯香甜，入口即化，果然還是那個味道。

她吃得有滋有味，正要伸手拿第二塊，就聽見閔方康不滿的咳嗽聲在耳邊響起來。

「吃沒吃相，成何體統！」

閔窈無奈，只得訕訕地收了手，藺氏不滿地看了她丈夫一眼。

閔方康躲開藺氏的目光。他對自己這個嬌生慣養的嫡女是橫豎看不上眼，眼睛飄到妾室柯姨娘身邊正襟危坐、低眉順眼的閔玉鶯身上，閔方康面上不由露出一絲讚許之色。

瞧瞧，氣質沈穩、知書達禮。這才像他閔方康的女兒嘛！

閔窈的目光這時也不動聲色地落到柯姨娘和閔玉鶯的身上。

前世沒出閣的時候，她被母親藺氏保護得太好，以至於從未想到後來柯姨娘會把持閔家，而庶妹閔玉鶯會對她使出那樣陰暗的手段來。

閔玉鶯只比閔窈小了一歲。她身材單薄，骨架嬌小，一襲碧色束胸裙被她穿得鬆鬆垮垮，顯得弱不勝衣。

再看看那巴掌大的小臉，下巴尖尖、水汪汪的眼睛、眼尾嫵媚地向上挑起。才剛滿十五，人已經猶如荷池中迎風欲開的花苞般亭亭玉立，面上恭順的神態讓她看上去嬌豔無辜，越發惹人愛憐。

「咳咳……」

閔方康把目光從自家美麗動人的庶女身上收回來，環視了一圈屋內的大小女人，一本正經地開口道：「今日國興寺廟會，人多眼雜，妳們女眷出行多有不便。我已經吩咐管家多帶了人手跟隨，有那麼多家丁照應著，我也放心些。」

藺氏問道：「今日老爺不一同前去嗎？」

「不了，太常寺還有積壓的公務，我今天要去書房處理。」

閔方康不敢看藺氏的眼睛，目光飄忽到妾室柯姨娘身上，十分關懷地說道：「綺兒，妳前幾日傷風剛好，出去車馬勞頓累著了可不行……夫人啊，我看綺兒今天就不用同去了，讓她留在房裡好好歇著吧。」

蘭氏聽了身子一僵，柯姨娘眉間染上喜色，面上卻是有些怯怯不敢的樣子。「老爺，夫人出行，妾怎麼能不陪著，這恐怕不合規矩呀……」

說完，一個媚眼悄悄拋了過去，閔方康頓時有些心神蕩漾起來。

「既然身子不適，那便歇著吧。」看著丈夫和妾室在她面前曖昧的樣子，蘭氏氣得坐不住了，生硬地說完，便拉著閔窈忽地一下站起來。「窈兒，咱們出發吧！」

「呃！夫人……」

蘭氏出身將門，從小練過拳腳功夫，渾身自帶一股英氣，她兩眼冒火地一起身，倒把本就心虛的閔方康嚇了一跳。

「老爺還有何事？」

閔方康額頭出了一層薄汗，抖抖索索地直起身子來，見蘭氏一雙眼睛看過來，他勉強故作鎮定。「嗯，沒事沒事，時候不早了，夫人早些出發吧，路上小心。」

蘭氏面上一冷，拉著閔窈一言不發地走出堂屋。

唉，母親就是這樣直性子，臉上什麼情緒都藏不住……

閔窈在心中暗暗嘆了一口氣，回頭往堂屋裡瞥了一眼，只見父親已經迫不及待地將柯姨娘摟在懷裡……處理公務？哼，恐怕是忙著「處理」他的美妾吧！

自從這柯姨娘母女進門後，母親臉上的笑容少了許多。

柯姨娘名叫柯香綺，今年二十九，生得姿色豔麗，身形曼妙，一雙勾魂眼長年含著秋波。

她明明風情十足，卻偏偏愛穿素淨的衣裳，剛才在堂屋時，閔窈看到那一襲交領束胸纏枝暗紋流的白裙，被她穿得仙氣十足，髮髻素淨，只簪了兩枚精雕細琢的白玉蘭花，整個人恍若二八少女、清水芙蓉，和她女兒閔玉鶯坐一起，簡直像是一對姊妹花。

閔窈曾聽母親身邊的侍女紅纓說，這柯姨娘原本是洛京城西煙花之地中的翹楚人物，早年被一個姓趙的官宦子弟花大價錢贖身，做了外室。只是沒想到這趙公子福薄消受不了美人，養了她兩年便染病去世了。

正好閔窈的父親對這位美人思慕已久，趁著趙公子剛騰出位置，他便巴巴地趕著補上去。

那時候閔窈的外祖父藺將軍還健在，姨母藺妃在宮中也算得寵，閔方康不敢亂來，仍舊按照柯姨娘前任的規格，在洛京城郊買了一處偏僻宅子，偷偷把柯姨娘養在外面。

這一養，就養了十來年。直到閔窈外祖父去世，姨母藺妃觸怒聖上被貶冷宮，藺家一蹶不振之後，閔方康才在前年將柯姨娘母女接回家中。

當時，藺氏還為此氣得病了一場。

「母親、姊姊，妳們等等鶯兒呀！」

思緒紛亂中，閔窈跟著藺氏出了二門，剛要上馬車，閔玉鶯帶著她的丫頭綠菊在後面急急地追上來。

新月眉微微一挑，閔窈扶著藺氏，看好戲一般打量著她跟前那對神態卑微的主僕。綠菊和秋畫、秋月一般大，因為她的二小姐閔玉鶯現在還是看人眼色過活的身分，所以此時的綠菊是伏首貼耳式的溫順，暫時還看不出前世氣死閔窈時的狠毒潛質。

「妳也要去？」藺氏有些詫異地看著閔玉鶯。

「是的，母親。鶯兒好想與姊姊和母親一起逛廟會啊！母親也帶鶯兒一起去吧！」閔玉鶯無辜的大眼睛眨巴眨巴地看著藺氏，充滿了真誠，看上去毫無心機。

藺氏剛才在堂屋擺臉色，已經是公然表達了對柯姨娘的不滿，閔玉鶯身為柯姨娘的女兒，這時候還往藺氏身邊湊，這不是沒心眼是什麼？她難道就不怕藺氏這個主母拿她撒氣？

唉，雖然她娘親是柯姨娘，但總歸大人是大人，孩子是孩子啊……

藺氏心一軟，指著後頭另一輛馬車說道：「好吧，妳和丫鬟坐後面的馬車吧！」

「謝過母親。」閔玉鶯精緻的小臉上露出一個開心的笑容，拉著綠菊歡歡樂樂地去了後面那輛馬車。

「這孩子，只是去個廟會而已，竟然高興成這樣。」

乖巧又漂亮的庶女自然是討喜的，藺氏生性耿直、想法簡單，心裡沒有那麼多繞繞彎彎，自然容易被閔玉鶯純良無害的外表所蒙蔽。

要是換作前世的閔窈，肯定也會和自己母親一樣，覺得這個庶妹真是容易滿足，帶她去個廟會就心花怒放……今天出行的所有人，除了閔窈，誰都想不到閔玉鶯看似無邪的笑容下，掩藏著一個怎樣陰暗的計劃。

前世，她就是在這次去的廟會上，在閔玉鶯的引薦下第一次見到蕭文逸，從此萬劫不復。

「夫人、大小姐，妳們聽到沒？外面路上好熱鬧啊！」

還沒到國興寺，坐在馬車外的秋畫、秋月就激動地喊起來，藺氏身邊的兩個侍女青環和紅纓倒是穩重，全程也沒聽見說笑。

藺氏在馬車裡聽見秋畫、秋月的聲音，忍不住笑道：「好了好了，我都聽到了，等會兒上完香就讓妳們兩個陪著窈兒出去逛逛。」

「謝過夫人！」

「夫人真好！」

兩個小丫頭喜不自勝，在外邊拍起了巴掌，青環和紅纓也被逗得低低笑起來，馬車內外一片其樂融融。

閔窈被這歡樂的氣氛感染，窩在藺氏頸間只覺得格外開懷。

母親的溫熱呼吸微微打在她額頭，一雙手臂有力地環在她身上，還有母親那氣色甚好的臉……前世，母親在她出嫁後不久就得病去世，按現在的時間來算，也差不多是一年之後的事。

可是母親現在看上去十分康健，怎麼都不像是短壽的樣子。

要知道，母親和她姊姊蘭妃兩人是從小跟著外祖父練拳腳功夫長大的，所以母親的身體不僅一向很好，甚至比作為男子的父親閔方康還要強健。

那麼究竟是什麼病，能讓前世正值壯年的母親在一年時間裡就香消玉殞呢？或許，這其中有什麼蹊蹺？

前世，她被蕭文逸和閔玉鶯打擊得渾渾噩噩，失去母親的時候感覺天都要塌下來，只知道抱著母親的屍體哭到昏厥，卻糊塗得不知道去調查一下母親的死因。

還有秋月、秋畫兩個丫頭，那麼忠心待她，被蕭府轉賣的時候，她也攔不住，只能眼睜睜地看著她們被牙婆子帶走，不知賣往何處……

想到這些，閔窈心中一陣沈痛。她暗暗發誓，這一世，無論如何都不能讓悲劇重現，她一定要拚全力護得她們周全！

第三章

「到了到了！」

馬車在國興寺門口吱呀一聲停下來，車外人聲喧譁，一陣熱鬧的氣息撲面而來。

閔家一行女眷下了馬車，各自戴上遮蓋全身的素紗冪羅，緩緩進了寺門。

那頭，早有閔家管事在前頭開道。

因藺氏禮佛一向出手闊綽，是國興寺的大香客，所以國興寺的住持聽說閔夫人前來，立即就淨空了大殿閒雜人等，並讓小和尚火速去寺後整理出一處乾淨的禪院候著。

藺氏和住持和尚相互見禮，帶著閔窈和閔玉鶯在大殿上香。看著她又往功德簿上添了一千兩銀子的香火錢，住持面上更加熱情，殷勤地帶著藺氏她們去聽寺內一位德高望重的老僧講經。

不知不覺到了午時，用過齋飯，藺氏一行人就在禪院歇下。

飯後，閔窈帶著秋畫、秋月正在涼亭裡消食，閔玉鶯和綠菊笑吟吟地走過來，約她去外面逛廟會。

聽著她那與前世一般無二的邀請，閔窈在心中冷笑一下，卻是沒有推辭。

前世閔玉鶯和她交往甚密，經常順著她的脾性把她哄得心花怒放，以至於後來她被閔玉鶯騙著當了墊腳石還不自知。現在，她倒想仔細看看，閔玉鶯和蕭文逸這對狗男女當初究竟是如何在她面前演戲的。

閔玉鶯不知閔窈心中的諷刺，見閔窈答應和她一塊兒出去，無辜大眼中瞬間閃過一絲得意之色，看著閔窈的眼神彷彿是看著陷阱裡的獵物，滿滿的志在必得。

然而，她這些細微的小動作都被閔窈盡收眼底。

兩人稟過藺氏，重新戴上冪籬，偕同各自的侍女出了國興寺。臨走前藺氏還有些不放心，命七、八個家丁在後頭跟著。

廟會人山人海，街邊擺著各種小攤，有賣珠花的、做糖人的、算命的……還有一些耍雜技的在街邊翻筋斗，引得圍觀路人時不時爆出一陣喝采。

閔玉鶯輕車熟路地領著閔窈走到一處賣摺扇的小攤前停下來。

「鶯兒妹妹，怎麼不走了？」嘴角在冪籬後勾起一抹冷笑，閔窈明知故問。

「姊姊，妳看那邊！」

閔玉鶯做出驚喜狀，指著對面字畫攤前一個高大的背影，充滿蠱惑地在她邊上耳語道：「妳看那公子長得好生英俊……聽說他是衛國公府上的世子，是名滿洛京的第一美男子蕭文逸呀！」

閔玉鶯話音剛落，背對著她們的蕭文逸就掐準時間轉過身來。

隔著冪籬前半透明的紗幕，閔窈看見蕭文逸狀似無意地向她們走來。

蕭文逸身形修長，面容俊俏，舉手投足間散發著幾絲風流氣息。若是忽略他那雙直勾勾往閔窈冪羅紗幕上看、刻意帶著勾引意味的瀲灩桃花眼，倒也不失美男一個。

走到還有兩步距離的時候，蕭文逸勾起薄薄的嘴角，露出一個自以為無比倜儻的笑容。這個笑容頓時引來附近女子們的一片驚呼。

「哎呀！那公子真是英俊呀！」

「……多好看的少年郎呀。」

閔玉鶯聽到眾人誇獎蕭文逸，心中真是得意極了，一雙大眼往邊上瞟去，卻意外沒有聽到閔窈的驚叫聲。

冪羅下的閔窈安靜得可怕。

重生後，第一次距離這狗崽子這麼近，閔窈卻沒有馬上將對方撕成碎片的衝動。

前世，她只是迷戀蕭文逸的好皮囊，並不知道他有那樣冷血卑劣的內在。經歷了一次死亡體驗，讓閔窈變得冷靜許多，如今再看到那張曾把她迷得神魂顛倒的臉，她已經心如止水。

看著冪羅後隱隱約約的女子輪廓，蕭文逸不知怎的，竟然感覺對方沒用正眼瞧他。錯覺，這一定是錯覺！憑著他這般相貌，哪有女人看到他不兩眼放光、不熱情如火的？這閔家大小姐，不會是從未見過像他這樣美貌的男子，這時候激動得不知道該往哪兒看了吧！

「敢問……」

蕭文逸自命不凡，正要到閔窈跟前來一句「敢問小姐芳名」，想不到面前的女子居然在他快靠近的時候忽地轉開身子，帶著兩個丫頭拔腿就走了。

「哎！姊姊！妳去哪兒呀？」

閔玉鶯嚇了一跳，眼看閔窈就要離去，她一時心急，竟想上去扯住閔窈的冪羅。

「鶯兒妹妹這是做什麼？」閔窈靈活一閃，避開閔玉鶯的手。

前世她就是在廟會上被閔玉鶯假裝不小心扯下冪羅，才有了與蕭文逸近距離攀談的機會。

養在閨中的少女基本沒見過親戚以外的男人，那時她見蕭文逸風度翩翩，舉止斯文，頓時就心頭鹿撞不已。

回去的路上她一直紅著臉，後來閔玉鶯從中傳信，還把蕭文逸偷偷帶到閔府後花園與她見面。

一切水到渠成，她以為遇到了良人，歡喜地帶著閔玉鶯一起出嫁……

從廟會見面開始，到閔玉鶯看到蕭文逸時那分明相熟的眼神，還有蕭文逸對著她刻意賣弄風情的樣子，以及蕭文逸身後那幾個跟班們暗自偷笑的神情……所有事情都透出一股拙劣表演的味道。

前世的她真是眼瞎，竟然看不出一點端倪。

現在想來，閔玉鶯如此熱心地當這個紅娘，撮合她與蕭文逸，不就是圖她腦子蠢、好控制嗎？

「姊姊……咱們這才剛來妳就要走嗎？」閔玉鶯小心翼翼地打量著閔窈的神情，見閔窈面色如常，才稍稍放下心來。她不自覺地看了看身後的蕭文逸，試探著說道：「姊姊，前頭還有好多地方咱們都沒去呢。」

「廟會年年如此，也沒什麼新奇的地方。」閔窈拉著秋月和秋畫，淡淡說道：「出來有一會兒，母親大概已經醒了，我想回去再陪她聽會兒經。鶯兒妹妹想逛，就多逛一會兒吧！我留幾個家丁下來照護妳。」

閔窈不願和蕭文逸這狗崽子過多接觸，看完閔玉鶯和他剛才的這番表演，閔窈心中可以確定，前世綠菊說這兩人早就好上的事是真的。

既然人家兩情相悅，那就讓他們兩情相悅好了！她管不了別人的事。重活一世，閔窈打算好好過日子，可不想再和這兩人攪在一起，當一塊愚蠢的墊腳石了……

閔玉鶯想打她的主意？這次別說門兒了，連窗子都沒有！

「哎，這，姊姊……」

閔玉鶯還在身後企圖糾纏，閔窈只當自己沒聽到，帶著侍女和幾個家丁，頭也不回地走了。

「這是怎麼回事？」蕭文逸湊到閔玉鶯身旁，一隻大手隔著冪羅紗幕在她臀上狠狠摸了一把。「妳這長姊眼睛沒瞎吧，怎麼看到我跟沒看到似的？妳不是說她最喜歡容貌俊俏的男人？」

「哎呀！你要死了！大庭廣眾的……」

閔玉鶯嬌嗔了他幾句，冪羅下的玉手反抓著蕭文逸的手捏了捏，皺眉疑惑道：「我也不知道她今天怎麼了，剛出來的時候還好好的……唉，不知為何，我這心裡總覺得有些不踏實。」

「我的小心肝，妳就放寬心吧！」

蕭文逸靠著她邪笑道：「這年頭，能逃出我蕭文逸手心的女人還沒出娘胎呢！她肯定是沒看清，妳想辦法再讓她看我一次，咱們的事保准能成！」

從國興寺回來後，閔方康一連半個月都在柯姨娘房裡過夜。

閔府裡沒有長輩管著，閔方康自己就是最大的家長，沒人敢說他的不是。藺氏娘家又不如從前那般有底氣，管不住丈夫，只得整日鬱鬱寡歡，幸好女兒懂事許多，經常陪她說笑談心，她的心情才好了一些。

這天中午，母女兩個從後花園遊玩回來，簡單梳洗了下，一同在更衣間裡換衣服。

閔窈被秋月、秋畫兩個一左一右除下貼身小衣，豐盈飽滿的胸部隔著薄薄的肚兜，頓時如一對熟透的大蜜桃般顫顫地出現在藺氏眼前。

「啊呀！」蘭氏望著閔窈身體驚呼一聲，一雙眼睛瞪得老大。「窈兒妳……阿娘以前竟沒注意，妳這兒簡直跟還在哺乳的婦人似的！當初阿娘生完妳的時候，也沒有這般大啊！」

「母親！妳說什麼呢……」

閔窈羞得滿面通紅，趕緊把赤裸的手臂環繞在胸前，弓著身子躲開蘭氏驚訝的眼神。

沒辦法，母親說話就是這麼直白，有時候完全不顧別人的感受。比如以前，她還常說父親瘦得跟竹竿似的，風一吹就倒了，每每惹得父親拂袖而去。

秋月、秋畫幾個都是未經人事的小丫頭，聽她們夫人這樣說大小姐，登時個個臉上飛起了紅暈，在旁邊偷偷笑個不停。

「窈兒太過豐腴了，以後少吃些。」

等閔窈換完衣服和她一起到軟榻上躺下，蘭氏還沒從女兒胸部給的衝擊裡回過神來，嘴裡嘖嘖稱奇。「看看，窈兒，妳就是躺著，這前面都……唉，阿娘不能由著妳再這樣胡亂吃下去了！」

要知道現下洛京女子都以瘦弱單薄為美，就像庶女閔玉鶯那樣的才算標準美人，她女兒要是再胖下去，將來嫁到夫家一定會被嫌棄的！

蘭氏這樣想著，趕緊伸手在女兒渾身上下檢查一番，才鬆了口氣。還好還好，幸好肚子還是平的，小腰上也沒太多肉……看來看去，只有那胸比較出格。

「得裹了！」

為了女兒能嫁個好夫家，藺氏狠狠心，下了死令。「阿娘明天給妳弄幾疋上好的綢子來，要是有媒婆上門，妳必須裹緊了才能出去見人！」

「不要，我不要！那可不得勒得慌！」

閔窈最怕癢，被藺氏這麼上下一撓，癢得她窩在榻子上咯咯直笑，活像一條擱淺的小泥鰍胡亂撲騰，藺氏見了一樂，不由抱著她也樂呵呵地笑起來。

一覺醒來，藺氏不知何時已經起身走了。

春日午後的陽光暖暖，閔窈懶洋洋地從榻子上爬起來。

「秋月？秋畫？」

隨手拿了條織金披帛掛到身上，閔窈走出閨門，只見她院子裡的幾個侍女正坐在太陽底下繡花，見她出來，侍女們紛紛站起身來。

「妳們接著忙。」閔窈擺擺手，問道：「夫人呢？還有秋月和秋畫去哪兒了？」

其中一個侍女回道：「剛剛宮裡來人，夫人和老爺這會兒在正堂處會客呢。至於秋月和秋畫，奴婢剛聽她倆說晚上要給大小姐泡花瓣澡，可能是去花園裡採花瓣了吧？奴婢也不是很清楚。」

「這兩個小丫頭，花樣還真多。」

閔窈笑了笑，讓那些侍女不必跟著她，邁開腿，徑直向花園尋去。一路上沒碰到人，走一會兒到了花園，看見滿園子奼紫嫣紅，卻不見半個人影。

今天後宅怎麼到處都沒人？難道是因為宮裡來人，母親重視，就把人都給調到正堂那邊伺候了？

她疑惑著正要移步離去，忽然，一陣嗚咽聲從園子角落的花房隱約傳來。這聲音聽著十分怪異，既似痛苦，又似歡暢，音調細細碎碎，彷彿從極力的壓抑中漏出來一般，使她不由得好奇地往花房處走去。

閔府的花房建在花園的西北角，因怕影響美觀，專門隱在一座假山後，平日被家丁們用來存放花園裡的花鋤、水桶等器具，是一處小小的雜物間。

閔窈到了假山邊，只聽那斷斷續續的嗚咽聲離她越來越近。通過花房虛掩著的兩扇門，閔窈只往裡頭看了那麼一眼，整個人便如石化般，霎時僵在原地。

活了兩世，她都不敢相信眼前的兩人竟會這樣大膽。光線陰暗的花房內，只見閔玉鶯和蕭文逸兩人衣衫凌亂，正以一種羞人的姿勢交疊在一起！

「嗯、逸……逸！」

「小浪蹄子！妳可想死我了！」蕭文逸親著閔玉鶯的嘴一陣聳動，兩人也不管髒，直接在地上翻滾扭動著，時不時地把花房地上幾個水桶甩得砰砰作響。

白晃晃的身體在暗處十分扎眼，閔窈看得面上燒紅，正扭頭要走，閔玉鶯嬌媚入骨的聲音破碎地從花房裡傳出來。

「後宅的人……都到前頭去了……等會兒……我帶你去見閔窈……」

「我的心肝兒，我心裡只有妳！莫說是為了妳娶她，就算為妳去死我也情願！」

「討厭……我還不是為了咱們的將來……」

緊接著，裡頭又急促地響起一些不堪入耳的聲音。

閔窈聽得心驚肉跳，胃部一陣陣翻騰，她扶著假山，渾身起了一層雞皮疙瘩，噁心得差點就要吐出來。這對狗男女！原來早就在暗地裡做下苟合之事！

不過，令她感到更噁心的是，狗男女竟然一邊苟合，一邊還在算計她！

閔窈臉色發白，整個人似漂浮一般回到閨房裡，秋畫、秋月已經在房裡給她準備沐浴的事了。

「妳們兩個……」閔窈看著秋畫手上那一籃子粉紅的月季花瓣，眼中露出些許異樣。「這是妳們剛才去後花園給我採的花瓣？」

「沒有呀，這花瓣是宮裡來的。」

秋畫笑嘻嘻道：「李尚宮院子的月季花今年開得又多又好，她出宮的時候給咱夫人帶了足足十五籃呢！剛才小姐還在睡著，夫人不讓吵醒您，就讓奴婢兩個去前頭拿來分到個個院子裡。這不，剛剛才分完，奴婢給咱們院裡留了三籃子最好的！」

得知兩個小丫頭沒有像她一樣去後花園撞見那齷齪事，閔窈在心底吁了一口氣，生怕那對狗男女污了她家秋月、秋畫的眼。

秋畫口中的李尚宮她是知道的。聽母親說，李尚宮原先是她姨母藺妃宮裡的宮女，因為精通文書，被姨母舉薦做了尚宮局的女史。之後她憑著過人才智，一路過關斬將，如今已經是尚宮局的兩大頭頭之一，專門掌管慶祥宮事務，整日陪伴在太后娘娘身邊。

而藺妃被貶冷宮後，李尚宮記著藺妃對她的知遇之恩，時常在宮中照拂，藺妃在宮裡頭的消息都是通過她帶出來的。

在閔窈前世的記憶中，李尚宮只親自來過閔府一次，那次她是替秦王說親來的。因為太后看中了閔窈，想要撮合閔窈與她的孫子秦王。

第四章

眾人皆知，當今聖上最疼愛的兒子秦王是個呆傻之人，大夥兒背地裡都稱他為呆王。由於有缺陷，宮裡對呆王的親事是非常小心謹慎的，所以太后才會派李尚宮先來探一探閔府的態度。

前世這個時候，閔窈正被蕭文逸迷得暈頭轉向，她得知這門親事後自然不肯，果斷就衝出去給拒絕了。事後閔方康訓斥她言行無狀、目無尊長，足足罰她抄了三個月《女誡》。

閔窈正回想著前塵蠢事，門外侍女忽然稟報，說是二小姐有事要見她。

「讓她進來吧。」

她從後花園回來還不到一刻鐘，閔玉鶯已經收拾乾淨，前腳跟後腳似的過來了。閔窈方才得歇，此時心中平靜下來，面上神色也已經恢復如常。

「姊姊這是起身了呀。」

以為閔窈午睡剛醒，閔玉鶯邁著小碎步走進來。她剛和蕭文逸分開，這會兒小臉上還殘留著異樣的紅暈，不盈一握的柳腰仍在微微輕顫，整個人恍若一朵嬌豔欲滴的罌粟花。

「妹妹有何事找我？」

閔窈現在對這個庶妹有些無法直視，不由自主地就想起剛才花房裡骯髒的那一幕……

「姊姊，妳還記得咱們在廟會上看到過的那位蕭公子嗎？」

閔玉鶯熱情地跪坐到閔竅身邊的榻子上，臉上一副羞澀少女狀，故作驚羨地說道：「蕭公子俊雅非凡，是洛京城中無數閨秀們的夢中情郎呀！他又出身高貴，是衛國公的獨子，聽人說他今年十七，還未行冠禮，說親的人已經踏破門檻，他一個都看不上……偏偏那日廟會，他遇到了姊姊，竟是一見鍾情！姊姊妳知道嗎？蕭公子自廟會之後，是朝思暮想、茶飯不思，就是盼著能再見妳一面呢！」

「那日我戴著冪羅，他根本看不清我長什麼樣子，何來朝思暮想、茶飯不思？」

「啊……這個……」閔玉鶯無辜地轉了轉兩隻大眼，立即掩嘴笑道：「姊姊身姿綽約、舉止優雅，他就算沒見著姊姊的真容，也知道姊姊是個美人呀！」

「鶯兒妹妹，瞧妳說得有模有樣，人家怎麼想的妳都知道得這麼清楚？難道，妳躲人家床底下偷聽了？」

閔玉鶯被閔竅「打趣」得臉上一僵，她捏了捏手裡的帕子，迅速恢復笑容，索性豁了出去。

「鶯兒真是笨，早該想到，以姊姊的聰慧，鶯兒是什麼事都瞞不過姊姊的。其實，蕭公子已經尋到咱們府上來，他將自己對姊姊的一片心意告訴鶯兒，求鶯兒給姊姊傳信……他此時、此時正在後花園的花房裡等著姊姊，巴巴地盼著姊姊過去見他一面呢！」

哼，這對狗男女把她家花房給玷污了，現在還想請她去花房見面？他們是哪來這麼大的臉?!

閔窈心中暗自冷笑。前世她也是夠天真，在廟會上被蕭文逸迷了眼之後，還真以為蕭文逸看上自己，那時閔玉鶯給兩人安排後花園幽會，她還精心打扮好久……現在想想，簡直蠢到家了！

摸著良心講，論相貌，閔玉鶯絕對是勝過她一籌的。

閔方康五官長得一般，很不幸，閔窈的長相大半隨了他……幸好她剩下的一小半隨了藺氏，洛京藺家一貫出美人，再加上閔家傳統的高䠷身材，閔窈也算是勉強擠進了端莊清秀的俏佳人行列。

然而，閔玉鶯卻和閔窈大不相同。她個子嬌小，嫵媚奪目的五官比她母親柯姨娘還要勾人，仔細看看，竟很難從她身上找出半點像閔方康的地方來。

一個是嬌豔絕色，一個頂多是中上之姿，蕭文逸會對哪個一見鍾情呢？答案自是不言而喻的。前世閔窈沒有自知之明，又被閔玉鶯的巧嘴一哄，把自己賣了還感謝她的引薦之功呢！

「姊姊、姊姊？」

見閔窈忽然低頭沈默，閔玉鶯還以為她已經被自己說得心動，趕緊湊到閔窈面前添上一把火。「妳看蕭公子這麼英俊尊貴的人兒，那樣辛苦地跑來見妳，妳要不見他，他得多可憐哪！姊姊，趁著這會兒母親和父親都在前頭會客，不如咱們……」

「妳知不知道自己在做什麼！」

閔窈避開她抓過來的手，冷冷說道：「洛京第一美男子？衛國公家尊貴的獨子？哼，像他這種私闖別家內宅、視禮法為兒戲、舉止輕浮的登徒子能是什麼好貨色？我一個未出閣的女兒家，若是跟著妳去見了那種人，這跟自毀名節有什麼兩樣！這登徒子還在花園？好，待我稟明父親，將他亂棍打出去！」

「哎呀！姊姊萬萬不可！」

閔窈這蠢女人是怎麼了？以前不是聽到人家談論哪家公子俊俏她就兩眼放光的嗎？看書時不是最喜歡挑公子、小姐花園幽會、私定終身的故事嗎？她去年還曾說最喜歡斯文俊雅的貴公子，難道……蕭文逸不是最符合她所想的嗎？

閔玉鶯腦子一片迷茫。她怎麼都沒想到閔窈會是這種反應，沒想到閔窈居然變得這麼一本正經、神聖而不容侵犯的樣子。直到聽見閔窈還要找父親來打蕭文逸，閔玉鶯才感受到這事的嚴重性。

「姊姊妳別衝動！妳不能打他啊！」閔玉鶯幾乎是連滾帶爬地抱住閔窈的大腿。

剛才閔窈這樣大喊大叫的，恐怕今天她引蕭文逸來見閔窈的事，早被外面幾個侍女聽了個明白。父親一向重視禮儀規矩之事，他知道了這事，必定對自己一頓重罰不說，若是蕭文逸嘴巴一個不嚴，把兩人那層關係抖出來……閔玉鶯不敢再想下去，嬌小的身子頓時瑟瑟發抖。

閔窈一點都不可憐她，冷聲道：「為何不能打？」

既然有膽子把人帶到家中亂來，那就別怕人知道啊！

為了將來的正室位置，把自己睡過的男人拚命送到她跟前，先讓那個男人先娶了她，自己以妾的身分陪嫁過去，然後一手控制男人，一手將她慢慢地架空蠶食……

若不是前世親身經歷的慘痛，閔窈絕對想不到，十五歲的閔玉鶯已有了如此深沈縝密的心計，這令她感到不寒而慄。

「姊姊！他可是衛國公府的世子，妳和父親要是打了他，那咱們閔家以後豈不是要和衛國公府交惡？他……他貿然過來是唐突了些，可還不是因為對姊姊的愛慕之心嗎？」

閔玉鶯現在是極力想把這事給往小了化解，她聲情並茂地解釋一串，見閔窈面上還是沒有鬆動，心中不由暗暗叫苦。

她正在絞盡腦汁之際，秋畫的聲音突然在門口響起來。「大小姐，夫人讓您整理妝容，即刻到正堂會客。」

「對對對！今天宮裡有人來了咱府上，姊姊，妳要是把這事鬧大，萬一……萬一傳到宮裡就不好了！」閔玉鶯病急亂投醫，馬上把宮中這塊招牌都給扛出來。然而，她卻不知道李尚宮是奔著閔窈說親來的，根本沒空八卦她那些個上不得檯面的破事呢。

「行了，我要梳妝了，妹妹妳請自便吧。」

現在的閔窈，可不是前世那個連拒親說詞都要向閔玉鶯討教的傻姑娘了。

見閔窈下了逐客令，閔玉鶯急切問道：「姊姊，那後花園……」

「人是怎麼進來的，妳就讓他怎麼滾回去吧！」

閔玉鶯聞言，小臉上登時一陣紅、一陣白的，不過閔窈沒有追查到底，她總算鬆了一口氣。抬頭見閔窈房中的侍女們似乎都用一種異樣的目光看她，閔玉鶯自覺今日夠丟人了，忙和閔窈行禮，方寸大亂地往後花園的方向跑去。

夫人要大小姐前去會客，幾個侍女知道輕重，憋著滿肚子的八卦，也得先緊著正事。

片刻之後，閔窈換了一身比較正式的水藍色蝴蝶紋大袖深衣，稍稍補了下妝，便帶著秋月、秋畫趕往正堂。一進屋，就見李尚宮與蘭氏正坐在一處說話，閔方康則在一旁緊張地作陪。

「小女見過尚宮大人。」閔窈上前屈膝，對李尚宮行了個肅拜禮。

「閔小姐快快起身，如此大禮，可是要折煞我了。」

等閔窈徐徐跪坐到她對面時，李尚宮一雙妙目，早已不著痕跡地將閔窈渾身上下看了個清楚，口中稱讚。「嗯，真是女大十八變啊，閔小姐靜則端莊文雅，動則機敏率性……真不愧是太后娘娘看中的人兒。」

「哪裡哪裡，李尚宮謬讚。」

「小女嬌生慣養，舉止粗鄙，真是讓您見笑了！」

聽到李尚宮高度地稱讚他們女兒，閔方康和藺氏趕緊在邊上謙虛客套起來。

李尚宮笑了笑，望著對面正襟危坐的閔窈溫和地開口道：「閔小姐，太后娘娘有意將小姐指給秦王為正妃，今日特派我前來詢問閔家的意向。適才閔大人與夫人拿不下主意，說要問問小姐自己的意思——不知，小姐是否願意嫁給秦王為妻？」

她問得直接，話音剛落，屋子裡三雙眼睛一下子都投到閔窈的身上。

一切如同前世那般，不過這次她的回答卻是不同了。

閔窈微微抬起頭，很乾脆地說道：「小女願意。」

「窈兒……」

藺氏驚得用絹帕摀住自己的嘴巴。雖然秦王就是女兒年幼時護過的那位三皇子，兩人也算是小時候見過一回。可是秦王自九歲那年，在宮中臺階上磕破腦袋之後，聽說就一直是呆呆傻傻的，言行舉止也異於常人。這種情況下，縱然對方是天家皇室，她也捨不得讓女兒出嫁啊！

藺氏心疼女兒，閔方康和李尚宮聽到閔窈的回答後，卻是不約而同地笑起來。

「小姐此話當真？想必小姐對秦王的事早有所耳聞……」

李尚宮面露喜色地向閔窈確認，閔方康見藺氏在他邊上幾乎坐不住，趕緊伸手壓住妻子，對藺氏很嚴肅地搖了搖頭。

藺氏無法，只好坐在原地，不甘地攪著手裡的絹帕。見閔窈又對李尚宮鄭重地點點頭，她一下感覺天都要塌下來了。

「好好好，如此，我就先回宮覆命了！」

李尚宮得了準話，迫不及待地想把這個好消息帶給太后。她與喜笑顏開的閔方康客氣了幾句，別了呆若木雞的藺氏，與閔窈說了句再會，便帶著隨從風風火火地離開閔府。

等李尚宮走後，藺氏才回過神來，衝上去抓著閔窈的兩個肩膀狠狠地搖了幾下，面上一陣氣急。「妳這孩子！妳說妳，剛才怎麼就答應了呢？」

「哎，夫人妳這樣抓著窈兒，會把她弄痛的！」

閔方康眼疾手快地上來拉開藺氏，一迭連聲地責怪起妻子來。「女兒長大了、懂事了，知道為父母分憂解難，妳倒是好，還跟她發起火來了！」

剛才閔方康聽到她要嫁呆王時，那滿臉掩不住的興奮全被閔窈看在眼裡。雖然早就知道閔方康的德行，但是此刻，閔窈心底還是忍不住生出一絲冷意來。

「母親，女兒知道您是心疼我。」閔窈一把摟住藺氏的胳膊，貼心地安慰道：「可李尚宮領了太后娘娘之命前來，咱們拒絕的話，豈不就等於是拂了太后娘娘的美意？太后娘娘何等尊貴之人，她能看上窈兒，是窈兒的福氣。」

「這……就算是太后的意思，那原本也是有回旋餘地的！」藺氏紅著眼圈道：「誰讓妳自作主張應下來了？妳若是不願，剛才就跟阿娘說，阿娘拚著一條性命，也要把這事給回絕了啊！」

「母親，別難過了，女兒沒有不願意，真的。」

閔窈不知該如何對蘭氏解釋才好？剛才來的路上，她心中早已盤算過了。前世蕭文逸寵妾滅妻，父親也是寵愛柯姨娘而傷母親的心……男人都是一個樣！她已心灰意冷，這輩子只要不是蕭文逸那狗崽子，她嫁誰不是嫁？

秦王雖然呆傻，可他到底是身分尊貴的王爺，憑著父親從五品的官位品級，自己還算是高攀了人家一大截呢！他又呆名在外，娶妻已經這般讓太后操心，想必不會再有什麼納妾的事。若是這樣，倒也挺好。

何況剛才李尚宮說了，她嫁過去就是皇家媳婦，正經的王妃娘娘。有這層身分在，她將來就能更好地護住蘭氏和身邊人。閔玉鶯和蕭文逸那對狗男女再能作妖，也不敢輕易得罪皇族吧？

既然嫁給秦王的好處這麼多，哪有不願意的？但是這些事想歸想，現在卻不能直接和母親說，若是說了，恐怕母親會以為她是中邪魔障了呢。

「夫人妳也真是的，這對咱家來說也是件喜事嘛！怎麼好哭哭啼啼的？」閔方康一手環住蘭氏，笑咪咪地哄著妻子。「咱們窈兒識大體，知道顧全大局，妳應該感到欣慰才是！窈兒，快過來扶著妳母親！妳看看她哭的……這天色也不早了，走走走，咱們一起用飯去。」

「是，父親。」

一家三口到蘭氏房中用了晚飯，閔方康也不急著去柯姨娘院子裡，陪著母女兩個在屋裡說些閒話。

沒想到，向來嬌蠻的大女兒竟會如此乖順地答應與秦王的親事。閔方康打心底覺得，這簡直就是閔窈出娘胎以來做得最令他滿意的一件事！

第五章

閔方康看著自己的嫡女閔窈，真是越看越覺得順眼，甚至連閔窈以前惹他生氣時禮儀不端的樣子，現在想想都散發著一種灑脫率性的可愛光芒呢！

兩個女兒裡，閔窈的姿色不及閔玉鶯誘人，閔方康本來是想用閔玉鶯的花容月貌打開他結交上層權貴的道路。

但是以閔玉鶯庶出的身分，就算得寵，頂多是個貴妾，他臉上也並不很光彩……哪料到，從未抱什麼大期望的閔窈運氣會這麼好，竟被太后看上，給他閔方康掙了這麼一份殊榮回來，真是喜從天降啊！

等女兒嫁了秦王，他就是王爺的老丈人、當今聖上的親家。到時他背靠皇家這座大靠山，仕途可不得一片光明，從此踏上青雲之路啊！哼，太常寺那幾個窮酸同僚，居然在背後說他閔方康能做到從五品的寺丞已經到頭，以後好好瞧著吧！

「……文君，妳給我生了個好女兒啊！」閔方康一亢奮，話就多了，直到他拉著藺氏說出這句發自肺腑的感嘆時，外邊的天已經是黑得透透的了。

見閔方康沒有要走的意思，閔窈趕緊很有眼色地起身告退。「父親、母親，女兒覺得有些累，想回自己房裡歇息了。」

「好好好，乖女兒，妳回去不用多想，一切有父親在！」閔方康向大女兒展現出從未有過的慈愛、細心和周到，他伸著脖子對屋外喊道：「秋畫、秋月！妳們兩個好生護送大小姐回去，路上可得仔細些！」

當晚，閔方康果然留宿在藺氏房中。閔窈沐浴出來聽到這個消息的時候，心情有些複雜，真不知道該不該替她母親感到高興……

夜深人靜，她躺在床榻上回想起今天的種種事情，竟然有些失眠。

這次作了與前世完全相反的決定，她算是改變了自己的命運吧？

前世今生，李尚宮都說太后看上了她，要把她嫁給秦王，這讓閔窈有些不解。洛京城裡大把的名門閨秀，論家室和容貌儀態，她都不是最出眾的那個，太后娘娘，究竟是看上了她哪一點呢？

淡淡的月光灑進閔窈的閨房，也灑進夜幕下仍然氣勢磅礡的九重宮闕。

「為什麼……阿微！妳為什麼要這樣對朕！」

穿著玄色龍袍的男人雙眼血紅，跪在帷帳重重的床榻前，彷彿一頭被徹底激怒的野獸，伸向帷帳之後的兩隻大手，青筋盡數暴起。

「阿微……妳分明知道……知道朕不想這樣的……」

男童拿著一只風箏，呆呆地站在半敞的窗前，只見穿堂風帶動幾道帷帳，隱約露出床榻中女子那張絕美卻毫無生氣的臉。

似乎是不敢相信眼前發生的一切，男童怔怔地往後退了一步。

「誰？誰在外面？」殿閣內的男人猛地站起身來。

男童慌亂跌撞，驀地，一股力量推他下了高高的臺階。男童恐懼驚叫，如同他手中捏著的那個斷了線的小小風箏，整個人不斷墜向硬冷的地面。

「啊——」層層輕紗籠罩的華貴床榻上，年輕男子驚叫一聲，隨即猛地坐起身來。

又是這個夢，他又夢見九歲那年的事了。

一大早，就有守夜的宮人來報，說是秦王昨晚又睡得不踏實了。

錢太后聽了，擔心得連早膳都用不下，立即帶著李尚宮及一眾宮人匆匆趕去甘泉殿。

這甘泉殿就建在錢太后的慶祥宮中。先太子病亡之後，太子生母孝仁皇后憂傷過度，不久後便丟下她另一個兒子，當時年僅九歲的三皇子，與世長辭了。

三皇子那時從臺階摔傷後一直昏迷不醒，又沒了生母庇護。錢太后心疼這孩子，就把他接到自己宮中的甘泉殿裡悉心照料。老人家這一照料就照料了近十年，直到三皇子長大後行了冠禮、封了秦王，錢太后還捨不得他出宮，仍讓秦王在甘泉殿裡繼續住著。

眾宮人齊齊在甘泉殿外停下來，李尚宮跟著錢太后急急進了甘泉殿的正殿，就看見身著月白色盤龍紋長袍的秦王，正安靜地跪坐在一張棗紅色的長條几案前。

几案的四條腿上分別鐫刻著威嚴的鎮國獸首紋，案面上散落著七、八塊造型繁瑣的木塊。秦王東方玹左臉上微微鼓起，此時正一邊含著塊香甜的粽子糖，一邊專心致志地拆卸他手中那只魯班鎖。

「玹兒？」

錢太后輕輕地喚了一聲，東方玹的視線從魯班鎖上收回來，抬頭見他祖母來了，一雙丹鳳眼頓時瞇成兩道歡樂的線條。

「皇祖母！」東方玹輕快地叫了聲，把手中的魯班鎖往腦袋後一甩，高大的身子一躍而起，接著張開長臂親暱地摟住錢太后的脖子。

「哎呀！你這孩子又黏人來了！」見孫子和自己這麼親，錢太后心裡既甜蜜又得意。

東方玹自重傷之後就對人排斥得厲害，整個宮中，也只有錢太后和秦王的乳母薛夫人能靠近他身旁。

至於其他人，不管是繼皇后還是大小妃嬪、皇子、公主……這些人在他眼裡跟空氣沒什麼兩樣。就算對他百般討好、格外恩寵的皇帝東方鴻，碰到東方玹不想理人的時候，也只能在他三尺之外的地方露出尷尬的微笑，老老實實待著。

所以說，自己養大的孩子，果然還是和自己最親！

「玹兒，你如今是個大人了，還想祖母和小時候那樣抱著你玩啊？祖母如今老了，可抱不動你嘍！」

「皇祖母不老，皇祖母最好看了！」東方玹不依不饒，小嘴甜蜜。

「臭小子！說好話也沒用！」

錢太后笑咪咪地把孫子摁到地上那張繡著萬里山河的羊毛地毯上坐好，自己也跟著挨到他邊上坐下，捧著秦王的臉打量一下。見他兩眼下有淡淡的青灰色，不禁有些心疼，摸著他黑綢般順滑的頭髮問道：「玹兒昨晚夢見什麼了？」

東方玹垂下眼皮，嘴裡的粽子糖咬得喀啦喀啦響，含糊說道：「玹兒、玹兒記不清了。」

錢太后聞言，嘆了口氣。

旁邊東方玹的乳母薛夫人趕緊上前稟告。「太后娘娘，早上醫官已經給秦王請過脈，還同以前一樣，說是夜間驚厥之症。醫官開了幾服安神調養的湯藥，奴家已經吩咐宮人去煎製，這會兒應該快好了。」

一聽說「湯藥」二字，東方玹面上皺成一團，那是萬分的不情願，他立即抓著錢太后的手搖晃起來。「皇祖母，玹兒乖乖的，不要吃藥，苦！」

「唉，祖母也不想你吃藥，可是玹兒夜裡睡不安穩，祖母會更擔心的啊！」

自從東方玹摔破腦袋醒來，雖然身體康復了，可是心智卻一直停留在八、九歲的時候。這些年來，每個看過他的太醫都愁眉苦臉，就連大昭的天才神醫茅輕塵，當時給他把了足足一個時辰的脈後，都說沒把握能治好他。

於是，皇帝派茅輕塵帶著一批特使，去天涯海角尋找各種民間偏方。茅輕塵離開洛京後，每年都派人送回一些方子，經過太醫局眾醫官試藥後送到東方玹這兒。

然而東方玹吃了那些藥，心智沒有一點改善，身體反倒越來越高大壯實起來。他今年都十八歲了，因為整天一副生人勿近的樣子，搞得錢太后想給他安排幾個侍寢的宮女都比上青天還要難。

根據大昭風俗，普通男子十五歲就可以成親，到了十八，一般孩子都好幾個了。秦王因情況特殊，早過了適婚年齡，又不願生人靠近他，大有一輩子孤獨終老的傾向……錢太后每每想到這個，就愁得夜裡睡不著覺。

「玹兒夜間容易驚醒，若是驚醒時身邊有人照應，祖母也會放心許多。可你這孩子偏偏不願讓旁人近身……」

錢太后埋怨了幾句，忽然想起昨天李尚宮去閔府打探風聲的事來，她眉間頓時亮出喜色，摟著東方玹道：「你看祖母這一擔心，差點忘了你的大事。玹兒啊，你就要有媳婦兒啦！」

「媳婦兒？」東方玹嘴裡又塞進兩個粽子糖，墨玉般的眼珠子透出迷茫。

「對，媳婦兒，就是你的妻子，以後要一輩子和玹兒在一起的人。」

錢太后興奮地捏了捏孫子白皙的臉蛋，彎著嘴，介紹道：「她就是藺老將軍的外孫女，你們小時候在宮裡還見過一回的！那年你才八歲，卻不知為何，在御花園和你幾個兄弟打鬧起來，當時就是這孩子路過，見你寡不敵眾，赤手空拳地衝上去護住你。這事你還記不記得呀？」

東方玹見錢太后盯著他一臉期盼的樣子，無奈地低下頭，非常不捨地從兜裡掏出一顆粽子糖遞出去。「祖母想吃糖，玹兒分你一個。」

「唉，看來你是不記得了。」錢太后把糖還給孫子，見他馬上一臉竊喜的小模樣，她滿臉惆悵中帶著一絲欣慰。「你這樣無憂無慮的多好啊，可惜祖母年紀越來越大，不能護著你一輩子……依祖母看，你那媳婦兒是個厲害的，心腸又好，祖母是打心底裡喜歡她那樣的孩子，將來有她護著你，祖母也能放心了。她當時那麼小，卻會不管不顧地護你，可見你倆是有緣分的。」

東方玹一副完全沒在聽他祖母說話的樣子，把錢太后還他的那顆粽子糖一把扔進嘴裡，咯嘣咯嘣地嚼起來。

錢太后得不到孫子的回應，悻悻地回頭，向身邊的李尚宮問道：「當年藺老將軍這外孫女，是為何進的宮？」

李尚宮近身回道：「太后娘娘忘了，聖上的藺妃就是藺老將軍的長女，閔家大小姐當年就是跟著藺老將軍進宮，拜見她姨母來的。可藺妃大前年因觸怒聖上，如今已經被貶至冷宮有三年了。」

「哦，原來是這樣。」錢太后尋思了一會兒，道：「哀家久不見蘭妃來請安，還真有些想她了。李尚宮，妳等會兒傳哀家的旨意，讓她到慶祥宮來陪哀家說說話。」

「是。」

李尚宮領命，欣然就要離去，剛要出甘泉殿的殿門，錢太后卻突然叫住她。「慢著。」

回頭見錢太后悠悠地起身，李尚宮趕緊上前扶住。

錢太后拍了拍李尚宮的手，笑咪咪道：「蘭妃的事不急在這一刻，現在最要緊的是秦王的婚事。李尚宮，妳先陪哀家去乾極宮走一趟，等皇帝的賜婚聖旨一下，蘭妃那兒自有哀家替她說話。」

聽錢太后放出了準話，李尚宮心裡明白，蘭妃要重見天日也就是這兩天的的事了。她頓時激動地跪在地上替蘭妃拜謝一番，然後扶著太后出了甘泉殿，帶著一眾宮人浩浩蕩蕩往乾極宮而去。

宮中對秦王的婚事很著急，自閔窈答應李尚宮後，隔天中午，皇帝賜婚的聖旨就到了閔家。

彷彿是怕她反悔跑了，聖旨下來後，納采、問名、納吉、納徵、請期，這五禮都火速辦了起來。

在禮部尚書與賜婚函使趙王東方珪、賜婚副函使江東王東方琦，連同閔方康和閔家一眾宗親，經過近三個月的不懈努力下，大夥兒終於將秦王大婚的日期定在今年的六月十八。

現下已經是五月中旬，婚期定在六月十八，大婚也就是下個月的事了。

閔窈不由想起前世她與蕭文逸的親事，光是納彩和問名這兩禮，來來回回就花了大半年時間，而今她與秦王的這場婚事從提親到定婚期，竟然只用了三個月。

在這三個月裡，禮官和賜婚函使們在洛京城裡聲勢浩大地來回奔馳，就連街上的百姓們，都能感受到太后與皇帝迫切地想給呆王娶上媳婦的焦灼心情。

秦王的聘禮如今已經全部送達至閔家擴建的幾間庫房裡。

訂好婚期的那晚，儘管三個月來筋疲力盡，閔方康還是堅持拖著疲憊的身體，親自去庫房，樂不可支地清點起聘禮來。

大雁兩對、全鹿六頭、汗血寶馬十八匹……布庫房裡安放著月華錦兩百疋、織金錦兩百疋、綢緞一百疋、綾羅八十疋，和十五張鹿皮、二十張火狐皮、六十張貂皮……

金器庫裡的一萬兩黃金、五萬兩白銀，光芒閃閃地堆在那裡；邊上還有御賜珠寶二十箱，御賜金茶具三套、銀茶具三套、御賜碧玉盤六只、點彩金紋青花瓷瓶十二只……

閔方康心滿意足地照著聘禮單子清點著。在這些聘禮當中，最讓他得意是皇帝專門賜他的一套文房四寶、兩件小團花綾羅紫袍、六條三色玉帶和一頂鑲寶的進德冠。

雙手摩挲著進德冠上的紅寶石，閔方康彷彿在那片迷人的紅光中，看到自己即將到來的遠大前程。

「窈兒，這麼晚了還沒睡？」

天開始慢慢熱起來，夜間的空氣裡瀰漫著一股難以退散的悶熱，閔窈正和秋月、秋畫坐在院中乘涼，就見藺氏帶著紅纓和青環走進來。

藺氏命兩個丫頭收了燈籠，走近見閔窈身上只披著一件薄紗的開襟大袖裙，她馬上皺著眉頭，把她拉回屋裡。

「夜裡寒氣最易侵入身體，妳這孩子從小就怕熱，動不動就出一身的汗，可見底子是虛的，丫頭們年紀小不懂，妳自己也不注意些！」藺氏一邊嘮叨，一邊給閔窈找了件外衫罩披在她背上。

兩人在床榻上坐下，閔窈笑嘻嘻地歪到藺氏懷裡，問道：「母親，父親還在前頭忙嗎？」

「是啊，妳父親這幾個月是又忙又高興。」藺氏摸著女兒的肩膀，面上爬滿了濃濃的憂愁。「窈兒，阿娘現在是真不敢想，妳出嫁後……」

閔窈看得出來，藺氏還是很介意秦王呆傻，她是一心一意為女兒考慮的母親。

「母親，婚期都定了，您也就別瞎想啦。」摟著藺氏安撫地撒了個嬌，閔窈心想，呆傻就呆傻唄——總比蕭文逸那心懷不軌的狗崽子好！大不了，以後把他當成兒子養就是……

第六章

因為閔窈的婚事，閔方康這三個月幾乎都在外頭忙著交際，回到府中的時候，他又有諸多繁雜事務要與妻子藺氏商量，所以這段時間以來，閔方康竟有一半以上的時間都在藺氏處歇息。

這是自柯姨娘進府以來從未有過的事，看著閔方康天天往正房那頭跑，一向專房獨寵的柯姨娘隱隱有些不安起來。

「哼，不過是嫁了個呆子，有什麼了不起的！」

聽著前院不斷傳來熱鬧的聲響，柯姨娘斜身側躺在美人榻上，纖纖玉手上捏著一把薄紗團扇，大力地往自己面上搧風，那對風情萬種的狐狸眼裡此時充滿了怨毒之色。

「看老爺這些天對藺文君殷勤討好的那副賤樣！她藺文君那塊地可是早了好幾年，現在靠著賣女兒，好不容易把老爺子勾回去，可不得把他給榨乾了？平日裡慣會裝清高、拿名門閨秀的腔調，骨子裡還不是蕩婦一個！」

罵了半天，見女兒閔玉鶯沒有接話，只是跪坐在她旁邊的蒲團上發呆，柯姨娘拿團扇敲了敲她的後背，不滿地問：「鶯兒，妳怎麼不去前頭幫忙？」

閔玉鶯聞言，懶懶地挪起身子，離她娘遠了一些，不耐煩道：「今日府裡來的是閔家的宗親，大多是些男客，我一個姑娘家出去拋頭露面幹麼？」

「咦，話可不能這樣說。」聽說外面有男客人，柯姨娘興奮地一下子從美人榻上坐起來，扯著女兒的衣袖激動道：「妳阿娘我是出身不好，沒資格露面見賓客，可是妳不同啊！縱然是庶出的，妳也是閔家的二小姐！妳今年也十五了，那閔窈才大妳一歲，等她過陣子出嫁後，可不就輪到妳了？阿娘看啊，妳現在開始得跟著藺文君在外邊多露露臉。」

看著女兒的俏臉，柯姨娘喜笑顏開。「憑妳的姿色，那些男人見了還不得爭著、搶著撲上來？妳可不能在姓蕭的小子那棵樹上吊死啊！男人麼，都是那德行，妳先引著他胃口，咱們另外還可以慢慢挑著……女兒喲，妳可要擦亮眼好好挑啊，阿娘這後半輩子的富貴可就全靠妳了！」

「阿娘您說得沒錯，可是洛京閔姓族中，還不是父親這一支最冒尖？」

閔玉鶯看了看前院的方向，大眼睛裡流露出濃濃的不屑。「女兒早讓綠菊打探過了，今日來的這些宗親男客，都是些不入流的貨色。他們呀，一個個不是窮，就是沒出息！大老遠趕來說是賀喜，其實不過是來和父親討賞銀，順便開下眼界，嚐嚐宮裡御賜的點心……就這樣的，您讓我怎麼下得去手？」

「唉，說得也是。」

說到御賜的點心，柯姨娘瞥了瞥屋中几案上擺著的六盒宮廷點心，羨慕中帶了一絲不甘。「雖說秦王是個呆子，但怎麼說都是個王爺，聽說聖上對這傻兒子倒是寵得很。這陣子宮裡的賞賜是一堆接一堆地下來，光是御賜的各色珍奇點心，竟然一口氣賞了六百盒，老爺子現在到處給人送御賜的點心，得意得不行！」

「呵，再尊貴也是傻子！」一想到閔窈毫無預兆地打亂她的計劃，寧願嫁給一個傻子也看不上蕭文逸，閔玉鶯心中就一陣氣結。「沒想到她閔窈貪慕虛榮到了這種地步，活該和傻子配成對！走著瞧吧，看以後誰比誰過得好！」

柯姨娘看著自家女兒咬牙切齒的樣子，忍不住伸出大拇指讚道：「說得好！鶯兒有如此志氣，不枉阿娘苦心養育妳一場。走，別管那什麼傻子、呆子了，咱娘兒倆吃點心去！」

母女倆走到几案邊上，隨手打開一個盒子，只見裡頭整整齊齊地擺著一疊晶瑩剔透的琥珀色小方塊。

「哎呀，這不是果子狸羹嘛！」柯姨娘忍不住輕呼一聲。這樣珍貴的野物，自從她到閔府後好久都沒有吃到了。

「嗯……不愧是御廚，味道真是鮮哪！咦，鶯兒，妳怎麼不吃呀？」

閔玉鶯在她娘疑惑的目光中退了幾步，皺著眉頭，她強忍胃中那一陣陣不適。「阿娘，這東西聞著就一股騷味，好噁心啊，您怎麼吃得下去？」

「騷味？哪裡有騷味？」柯姨娘拿起一塊果子狸羹放到鼻子下仔細嗅了嗅。「阿娘怎麼一點都沒聞出來呢？妳這孩子……」

她話還沒說完，就見閔玉鶯小臉慘白，摀著嘴巴，飛快地跑去門外嘔了起來。

秦王的聘禮豐厚，閔家的嫁妝自然不能太寒磣。

到了大婚前一天，閔窈那足足一百二十八抬的嫁妝被陸續抬進秦王新建的府邸。前世她嫁蕭文逸時只得了六十四抬嫁妝，比現在的少了一半。當晚藺氏拿了嫁妝單子過來，閔窈粗略一看，知道她父親這次可算是下了血本。

單子第一頁上都是些房內寢具，錦繡百子帳八幅、黃花梨美人榻一張、香樟木鏤空富貴牡丹胡床一張、一套沉香木子孫桶、白玉枕頭一對……第二頁是衣裳布疋。彩緞一百疋、素錦一百疋、絲綢一百疋、四季衣裙各十二套……

閔窈看得眼花撩亂，直接翻到珠寶首飾那頁，只見上頭有金銀首飾三十盤、各色玉珮十二件、各色頭面十二套、步搖花鈿八盒……

珠寶首飾後面那頁則是一些家具類，閔窈看到寫在最前頭是一座十二扇紫檀木雕花屏風、一整套紅酸枝打造的梳妝檯與妝奩盒子，接著的盡是些几案、衣架、箱櫃等日常用到的物件，零零散散不下百件。

閔窈沒有一一看完，翻到最後一頁，瞧見上面寫著良田一百八十畝、綢緞鋪子三間、茶葉鋪子五間，另有僕役三十人、侍女二十人。

閔家家底一般，沒法與洛京中那些世族大家比較，能在短時間裡給閔窈湊出這樣的嫁妝出來，已經很不容易。嫁妝單上的都是連日來閔方康與藺氏一起精心準備的，小到針線剪刀，大到家具床鋪，凡日常用到的，全部替她置辦齊全。

閔窈拿著嫁妝單子，不由想起父親前世給她辦嫁妝時敷衍了事的模樣，心中真是五味雜陳。

那時她拒絕了秦王這門親事，執意要嫁給蕭文逸，母親自然是依著她，替她向父親說情。父親是個死要面子的，不好明著說出自己想攀龍附鳳的心思，怕人戳他脊梁骨，只好無奈地答應母親將她嫁給蕭文逸，之後言詞間都頗有埋怨自己阻了他前程的意思。

這一世她要嫁給秦王，正中父親下懷，幾乎把他高興壞了。

不過她卻從不把父親的心願放在第一位。不管是前世還是今生，她都沒有從父親眼中看到他對自己哪怕有一絲父女溫情，即便如今的嫁妝如此豐厚。她嫁呆王，只是想得到前世不曾得到的榮華富貴，然後用這榮華富貴，去守護她想守護的人。

閔窈知道自己的做法完全是利用了秦王的身分，為了彌補心中的愧疚，閔窈暗下決心。嫁過去之後，她這輩子都要真心地對秦王好，照顧他、伺候他，把他當作自己的孩子一般來疼愛……

大昭曆元嘉三年，六月十八，黃道吉日，諸事皆宜。

早上閔府的大門一開，賀喜的賓客們就蜂擁而至，閔方康帶著管事、宗親子弟在前宅擺酒席招待，藺氏則與一眾宮人、姑姨姊妹在後宅為閔窈梳洗打扮。

秦王的爵位是正一品親王，宮中按制給閔窈賜了親王妃品級的花釵翟衣。

除各宮送來的首飾之外，錢太后還特意命李尚宮送來一套紅寶點翠赤金飛鳳銜珠頭面、一對水晶龍鳳鐲、一對粉色金剛石戒指、三對鑲玉純金項圈為閔窈添妝。

閔窈沐浴淨身後，宮裡過來梳頭的女官已經帶著一隊宮女等著了。秋月、秋畫幫著弄乾頭髮，閔窈就被梳頭的女官和宮女團團圍在中間。

女官手執金飾玉梳，先是按照大昭風俗給閔窈梳了三次頭髮，一面梳，一面在嘴裡說些吉祥喜慶的祝詞。梳完頭髮，這才正式給她盤髮髻。

閔窈坐在那面鏤刻滿花鳥人物的螺鈿青銅鏡前，看見鏡中的自己頭上被她們梳了個高高的髮髻。

第一層髮髻中簪了顆鑲綠花形寶鈿，兩邊各簪四顆規格略小的花寶鈿。第二層圓髻從頂端到兩側，插了九支純金鏤空葉狀的長花釵，好像在她頭頂上打開了一把金扇子。

「金扇子」下的圓髻中間，有一隻紅寶點翠赤金鳳展翅欲飛，鳳首銜著一串金珠流蘇，流蘇上三顆水滴形的寶石鮮紅欲滴，正好垂至閔窈的眉心。

女官又在閔窈兩層髮髻的中間部分加了兩道翡翠大釵金步搖，一左一右的三聯紅寶如意珠串，從髮髻懸至她兩個肩膀。最後，等宮女把兩個綴滿小珍珠流蘇的博鬢裝進她髮髻後面安插完畢，這頭上的活兒總算是好了。

看著鏡子裡滿目的金銀珠玉，閔窈梗著僵硬的脖子，只覺得此刻自己頭上彷彿長了一顆巨大的珠寶花樹，還是花開到千朵萬朵壓枝低的那種。

接著，宮人們在她全身抹了一層厚厚的雪白鉛粉。

兩道入鬢的峨眉由螺子黛畫成，額間是枚紅色的牡丹形花鈿，面頰酒窩處點了兩個圓圓的面靨，唇上是潤紅誘人的花瓣形唇妝。

完成面部大妝後，閔窈在秋月和秋畫的攙扶下起身，藺氏和一眾女眷趕緊捧出宮中送來的那套深青色翟衣。眾人擠在閔窈身旁不停忙活，直把閔窈圍得差點透不過氣來。

閔玉鶯這時也站在一群女眷中間，閔窈之前還有點擔心她會暗中搞點花樣來破壞，沒想到閔玉鶯今天看上去一副魂不守舍的樣子，連好幾次其他女眷在邊上叫她，她也沒反應過來。

難道是因為自己上次嚇唬她說要打蕭文逸，把她給嚇傻了？不對啊，閔玉鶯都能在家中後花園和蕭文逸做出那種事，肯定不是個膽小的啊……

閔窈心中有些疑惑，不過她今天夠忙的了，只要閔玉鶯老老實實不給她找麻煩，她也懶得主動去父親跟前抖閔玉鶯的醜事。

一整套繁瑣複雜的嫁衣終於在閔窈身上穿戴好了。大功告成，女官和宮女們喜笑顏開地去前頭領賞，女眷們也在說了些討喜的話之後退出去。

藺氏扶著青環和紅纓站在銅鏡旁定定地看著女兒，看著看著，她就忍不住背過身去偷偷地抹眼淚。「母親，怎麼又哭了？」

閔窈見了心中一酸，吃力地移動著腳下那雙鑲寶鏤金蓮花重木底鞋，伸手想要給蘭氏擦眼淚。

「哎呀！窈兒別動！」蘭氏見她過來，頓時嚇了一大跳，三兩步上前扶住滿頭珠翠的女兒，急道：「小心把身上、頭上弄歪了！要是再梳妝一遍，少不得又要半天的工夫哪！」

閔窈笑道：「見母親難過，我心裡不好受嘛。」

「阿娘不難過、不難過。」蘭氏聞言，趕緊用手帕抹了抹眼角。「阿娘是看到窈兒今天這麼美，喜極而泣啊。」

事到如今，女兒要嫁秦王已經是板上釘釘的事，她就是再難過，也不能在女兒出嫁的好日子裡給女兒添堵，畢竟成親這種大喜的日子，可是女人們一輩子最重要的日子之一啊！

「來，窈兒，阿娘扶著妳到床榻上先坐下。」

摟著蘭氏的溫暖胳膊，見四下沒有外人，閔窈忍不住又撒起嬌來。「母親，女兒有點餓了。」

「上妝前不是才剛吃過一餐？唉，阿娘叫妳平日少吃點妳就是不聽。食量這麼大，等進了秦王府之後可不能放開肚皮吃了，人家見了會笑話的！」

「好啦，知道啦！母親，您給我弄點吃的來吧！今天廚房那邊肯定有很多好吃的吧？」

「小饞鬼！真是拿妳沒辦法……」笑罵了女兒幾句，蘭氏扭頭看看窗子外面，太陽已經開始偏西，而秦王府的迎親隊伍天黑之前就要來接人。

藺氏扶著閔窈坐到床榻上，柔聲哄道：「乖女兒，妳忍著點，這妝可千萬不能花了。阿娘去給妳拿些小點心過來，妳先吃幾個墊墊肚子啊！」

為了避免破壞唇妝，藺氏把糕點切成指甲蓋大小的塊狀，扣著分量餵閔窈吃了幾塊。

吃完點心，母女兩個在閔窈閨房裡說了些體己話，外面的天色漸漸暗下來，一個小童過來門外傳話。「夫人，時辰到了，老爺讓您帶著大小姐去祠堂祭拜。」

「知道了。」藺氏扶著閔窈起身，喚了幾聲，外面候著的侍女們便魚貫而入，確認閔窈妝容完整無瑕後，一行人這才簇擁著閔窈和藺氏出了閨房。

閔方康早已在閔家祠堂門口等候多時，見閔窈盛裝打扮，和妻子藺氏緩緩向他走來，他的一雙眼睛幾乎都要笑出花來。

祠堂重地，柯姨娘是不能進的，閔玉鶯是個庶女，也進不得。

閔窈被侍女們攙扶著進去的時候，眼角餘光瞥見這對母女遠遠地站在祠堂邊的圍牆下，不知道是面色不好還是塗多了脂粉，總之她們母女兩個此刻均是臉色蒼白，看著讓人覺得有一絲怪異。

察覺到閔窈在看她們，柯姨娘和閔玉鶯惶惶低下頭，心虛地往角落裡退了退。

閔窈收回目光，人已經到了閔方康跟前，他滿臉慈愛地對她說道：「來！女兒，隨父親進祠堂祭祖。」

第七章

閔窈是女兒身，本來進不得祠堂，但是閔方康膝下沒有兒子，所以她這個嫡女也算是被當作半個兒子來看待，何況她現在即將出嫁，按禮要辭別家廟，自然是進得。

況且在閔家，正妻是可以隨丈夫進祠堂的。前世閔窈出嫁時，閔方康也曾帶她進過祠堂叩拜祖宗，只不過那時遠沒有現在這般隆重。

今晚祠堂裡燈火通明，一排排閔家先人們的排位被肅穆地擺在供桌上，供品規模是閔窈前世叩拜時的三倍。

藺氏和閔方康兩人今天都穿上深衣大袖的正裝，夫婦倆領著閔窈恭敬地祭拜祖先後，閔方康還不肯起來，跪在前頭絮絮叨叨地說著什麼祖宗保佑、嫡女閔窈今日就要嫁入皇室啦、閔家馬上就要富貴啦、他明年要修祖墳之類的話。

大概說了半炷香時間，要不是管事在祠堂外催著說快到吉時了，閔方康還想和祖先們多叨叨一會兒。

出了祠堂，閔窈正了臉色，雙手交疊額前，分別對閔方康和藺氏行了三個端正的肅拜禮，拜謝父母的養育之恩。

閔方康循著舊禮囑咐道：「女兒啊，妳自小嬌生慣養，出嫁後要小心順從，收斂脾氣，多聽長輩的話。」

蘭氏也囑咐道：「窈兒，皇家不比尋常百姓家，妳以後做事要遵照規矩，說話前要三思，要寬厚待人，與王爺……要夫妻恩愛，互相照拂。」

閔窈一一應了下來，再行肅拜禮。

因東方玹的情況特殊，親迎禮他是來不了了。行完拜別父母之禮後，侍女們在閔窈身旁兩側打了行障，掩住她的身形，而她手上拿了把女官送上來的紅綠藍三寶點綴的孔雀翎團扇遮面。

一行人環珮叮噹地到了大門，只見閔府外頭，早已停了一座九龍戲珠浮雕金頂紅蓋的八抬輿轎。

閔窈在女官的攙扶下上了輿轎，秋月、秋畫緊隨在輿轎兩側，隨著禮官的一聲令下，長龍般的迎親隊伍開始緩緩移動起來。

待到了秦王府，閔窈剛下輿轎，就聽身邊的女官提醒，說是皇帝和皇后親自移駕到王府受禮，現已經在府中正堂等候多時了。

閔窈活了兩世，都沒見過當今聖上的天顏，聽女官說帝后還在等她，兩手心裡頓時就冒了一層汗出來。不過，幸好她舉著團扇，身旁還有行障，總算有遮擋的東西給自己壯壯膽。

正堂裡頭熱鬧非凡，等閔窈一進去，霎時間全部安靜下來。

閔窈覺得前世和蕭文逸成親時，她都沒今次這般緊張過，胸口一陣怦怦怦，她都能聽到自己那緊張的心跳聲。

「吉時到——」

忽然，禮官不知在哪個角落跑出來大喊一聲，閔窈嚇得一哆嗦，虧得身邊女官眼疾手快，馬上有力地扶住了她。

「行禮！一拜天地——」

行障和團扇遮住了閔窈，外面的人看不到她，她也看不到外面的人。

女官在閔窈邊上輕聲提醒，閔窈趕緊兩手握著團扇，轉身屈膝往門口方向遙遙肅拜。

「二拜帝后——」

女官扶著閔窈轉回身，對著正堂上座來了一個肅拜。

「夫妻對拜——」

閔窈轉身向左，對著看不見的東方玹肅拜一下。

「禮成！送入洞房——」

歡快的宮廷雅樂在耳邊響起，女官和侍女扶她進了洞房，閔窈在一張寬廣的床榻前坐下。她一路舉著那把孔雀翎團扇，此時兩邊手臂都痠痛到隱隱顫抖起來。

好在這時房內傳來一陣整齊的腳步聲，按照前世成親步驟的經驗，閔窈知道，是那秦王過來了。

成親之前，李尚宮曾和她隱晦地透露過秦王的真實情況。他今年十八，比閔窈大兩歲，因為小時候摔壞腦袋，導致他目前的心智還是跟小孩沒什麼兩樣。

聽到房中的腳步聲離她越來越近，閔窈暗暗深吸一口氣，抿了抿嘴角，準備面對那個即將要和她相守一生的「孩子」。

「請王妃移去團扇。」

耳邊傳來一道溫和的中年女聲，閔窈把團扇慢慢從臉前挪開，只見一位穿著福壽紋大袖深衣的婦人正笑吟吟地看著自己。婦人面目慈和，她身旁站著一位身形高大的年輕男子，頭戴九旒冕，身穿九章玄紫袞龍袍，通身一股迎面而來的天家貴氣。不用多說，這人便是東方玹了。

因那面慈婦人和眾侍女在邊上，閔窈矜持不敢多看，羞澀地微微低下頭。

這時候，旁邊有侍女盈盈地端了美酒進來。

「今晚乃良辰美景之夜，請王妃與秦王共飲合巹酒。」

面慈婦人含笑說完，將侍女托盤裡的兩盞鑲金獸首瑪瑙杯斟滿酒，一盞遞給東方玹，一盞遞給閔窈。

閔窈在侍女的攙扶下起身接過，兩手捏著光滑剔透的杯身，眼光落到對面東方玹那雙骨節分明，修長如玉的大手上，只覺得他的手分外好看。

「叮！」

不期然，那雙好看的大手捏著酒杯，快速地在她杯上碰了一下。

閔窈驚得抬眼看去，只見東方玹豪邁地一仰頭，將杯中的酒一口飲盡。他冕板前方的九道垂旒，因這一系列的動作而劇烈晃動，搖擺不定的玉串後露出一張幾乎可稱作完美的臉來。

閔窈一雙杏眼立時睜得溜圓。

對面秦王那張俊美到不可言喻的臉近在咫尺，只見他面如冠玉，眼若星辰，唇若丹朱。一對修長的丹鳳眼，眼角微微向上挑起，黑曜石般深邃的眼眸中似乎蘊含勾魂攝魄的力量，只需一眼便足以教人深陷其中。

英挺的鼻梁，朱紅的嘴唇薄厚適中，唇形弧度優美得恰到好處。肌膚如上好的白玉般溫潤細緻，輪廓分明的五官宛若巧匠精雕細琢打造的絕世珍品，配上他那頎長的身姿，和整個人隱隱散發出一種游離於妖孽與純真之間的勾人氣質，真真是姿容絕倫，恍若謫仙臨世！

蕭文逸被稱作洛京第一美男子，一向自詡相貌非凡。前世閔窈也認為蕭文逸俊俏得天上有地下無，然而現在見到秦王的神顏後——閔窈忽然覺得，就蕭文逸那狗崽子的臉也配得上「洛京第一美男子」的稱號？不不不，他那臉和秦王比起來，簡直就是黯淡無光好嗎？

「……王妃、王妃？」

「啊？」被邊上那位面慈婦人輕喚了幾聲，閔窈這才堪堪回過神來，紅著臉迅速把目光從東方玹身上轉開。

「嬤嬤！喝、完、了！」

閔窈垂著眼，聽東方玹邀功似地和面慈婦人嚷了一句，他的嗓音清醇低沈，語調卻和孩童似的歡快簡短，說起話來透著一股別樣的甜糯味道。雖然在心智上還是個孩子，可是他人長得那麼好看，聲音也很好聽，現在又是一副乖乖巧巧的樣子，瞧著真是有些招人喜歡。

「秦王已經喝完了，請王妃也飲下吧。」

閔窈聞言，趕緊用寬大的衣袖遮住酒杯，送到嘴裡喝進去，酒一入喉，頓時有股馥郁甘甜的味道在口中瀰漫開來。

面慈婦人笑著吩咐外面道：「來人，替王妃娘娘卸下釵環。」

閔窈放下酒杯，就見半天不見的秋月、秋晝從屋外走進來。作為閔窈的貼身侍女，兩個小丫頭今晚表現得無比認真，這時候得了吩咐，一左一右地扶著閔窈去了隔壁的更衣間。

外頭賓客的喧鬧聲已經漸漸小了許多。

聽秋月說，因為秦王不能親自出去敬酒，聖上便命賜婚函使趙王和江東王兩個代為敬酒。大夥兒喝了三巡，沒有新郎可以灌醉玩笑，宴席少了很多熱鬧的氣氛。聖上又顧慮秦王的脾氣，不准他們鬧洞房。

於是，這幫達官顯貴們只好規規矩矩地吃了一會兒喜宴，等帝后回宮後，大家也就自覺散去了。

除下頭上沈重的髮釵步搖，閔窈一下子覺得輕鬆不少。

秋月、秋畫替她脫下重疊繁複的翟衣，給閔窈卸了臉上的大妝，用花瓣水擦拭身子，又幫她換上一套並蒂蓮紋粉紗寢衣。

閔窈帶著秋月、秋畫重新回到寢房的時候，只見東方玹也脫下冠冕禮服，身上穿了件緋色薄綢寢衣。

「現在請王爺和王妃坐到榻上。」

面慈婦人說了一句，房中的侍女立即過來將閔窈扶回床榻上。閔窈在邊上坐定，東方玹卻還不過來，她偷眼看去，只見他站在原地嘟著勾人的紅唇，似乎在表達什麼不滿。

「……好了好了，等禮成了就全部是王爺的了，嬷嬷哪會騙您呢？」

只聽面慈婦人耐心地哄了好一會兒，東方玹才不情不願地坐到閔窈身旁，他一邊的白皙俊臉仍舊氣呼呼地鼓著，完全是一副美而不自知的樣子。

「嬷嬷！」東方玹扭頭看了眼閔窈的臉，一雙好看的丹鳳眼中充滿氣憤。「不是說只娶一個媳婦兒嗎？怎麼又來一個？」

面慈婦人聞言，愣在原地，一頭霧水。

閔窈卻是先反應過來，紅著臉，哭笑不得道：「王爺，妾身適才卸了妝……」

這小呆子，難道她妝前妝後差別這麼大嗎？

「對對對，王爺，您眼前的王妃娘娘與剛才喝合巹酒的，就是同一個人啊！」面慈婦人的語氣溫和極了。「王妃娘娘只是換了衣服，和先前沒什麼差別。王爺年紀輕輕的，眼力比嬤嬤好，怎麼會認不得？嬤嬤知道，您這是又調皮想逗嬤嬤玩了！」

東方玹聞言，還有些不信，眨巴著眼睛湊到閔窈跟前仔細地觀察起她來，他靠得太近，溫熱的呼吸輕輕拂到閔窈的額頭。

聞到他身上散出一股不知名的淡淡甜香，不用抬頭就知道，此刻在她頭頂上方的是他那張謫仙般的俊臉。閔窈僵著身子，兩隻眼睛不知往哪兒看，一張圓臉瞬間燒得通紅。她活了兩世，還從未和一個男子這樣近距離接觸過。

「嗯，還是她。」直到從她臉上找到幾分剛才的樣子，確定自己今晚只娶一個媳婦之後，東方玹終於放下心來，乖乖地坐回自己的位置上。

閔窈抿了抿乾燥的嘴唇，兩隻手慌亂地攪在一起，手心裡又冒出些汗來。

「好了好了，王爺別鬧了，讓嬤嬤給您和王妃梳頭合髮。」

面慈婦人從容地走上前來，早有侍女用托盤裝著把金飾的紅玉梳子跟過來。婦人從閔窈和東方玹頭髮裡各取了一股頭髮攏成一股，用梳子一邊梳，一邊在嘴裡念念有詞地說著祝詞。「願王爺與王妃永結同心，恩愛不渝，白頭偕老。」

閔窈看著面慈婦人與侍女，把她和東方玹的頭髮交纏在一起結成一根小辮子，然後用紅繐子綁住。

「大禮已成，請王爺、王妃早些就寢吧！」

面慈婦人說完，臉上露出一個曖昧的笑容，邊上的侍女們也個個臉上飛紅。替他們放下層層的帷帳後，婦人便領著侍女們退出寢房，連秋畫和秋月都跟著走了。

這是讓她和秦王洞房的意思？可秦王他還是個「孩子」啊！

前世閔窈和蕭文逸成親那夜，蕭文逸連合巹酒都沒過來與她喝，便直接留宿在閔玉鶯的房間，所以洞房具體的步驟，閔窈也只是紙上談兵的水準。

剛才那面慈的婦人不是把各項禮儀都主持得很好嗎，到了最後一步，怎麼什麼都不說就走了呢？秦王的情況特殊，該怎麼樣……總要和她交代幾句吧？

「哎！妳們……」情急之下她正想站起身來，身邊的東方玹就捂著頭大叫一聲，閔窈回頭一看，原來是她的動作扯到兩人連結在一起的頭髮。「王爺！你沒事吧？」

閔窈趕緊坐回床邊，東方玹憤憤地捂著腦袋上的頭髮控訴她。「痛！」

「啊！抱歉抱歉，妾身不動了，妾身不動了……」

看著兩人頭髮上打的那根小辮子，她想了想，柔聲哄著東方玹商量道：「王爺，要不咱們把這個拆了吧？妾身怕萬一不小心，又弄痛了你。」

「不拆。」東方玹的眼神竟然帶著一絲嫌棄。「媳婦兒，妳好笨啊！成親都要綁小辮子的，嬤嬤說只有這樣才會夫妻恩愛！」

夫妻恩愛？沒想到這傢伙知道得還挺多。

「呃，那好吧，王爺說不拆，就不拆吧。」閔窈心裡嘆了口氣。我這還不都是怕再扯痛你嗎？好心體貼你一下，居然還嫌我笨？

東方玹嫌棄完她，一雙眼睛在他自己鼓鼓囊囊的寢衣領口下看了又看。

「王爺，時候不早了，咱們就寢吧。」

「嗯，好。」

東方玹的目光戀戀不捨地從他領口處收回來。因為他不肯拆兩人的辮子，所以他和閔窈只好各自歪著腦袋，兩人彷彿一隻巨型螃蟹般，橫著爬上床榻。

聽李尚宮說，秦王個性孤僻，不喜歡與人肢體接觸。

閔窈雖然在心中抱了與他親近的心思，但他們今晚是第一次見面，在東方玹眼中，她還是個陌生人，閔窈怕碰到他身體會惹他不高興，躺下後就主動與東方玹保持距離。然而兩人頭髮綁著一條辮子，閔窈不好離他太遠，背對他又顯得有些失禮，索性就平躺在他邊上。

初夏的夜晚有些悶熱，兩人沈默地在百子帳中躺了一會兒，東方玹終於按捺不住，掀開身上的冰蠶絲衾，從他寢衣領口下掏出一個物件噼哩啪啦地把玩起來。

閔窈藉著昏暗的光線一看發現，原來他懷裡藏了個魯班鎖。

「王爺？」

「嗯嗯。」

「你那位嬤嬤有沒有說……嗯，洞房……洞房要做什麼？」

「嬤嬤說，洞房就是摟著媳婦睡覺。」東方玹說到這兒，面上一滯，好像忽然想起他的正事來，一手捏著他心愛的魯班鎖，一手伸向閔窈的身子。

他……他知道怎麼洞房？

閔窈的心瞬間跳到嗓子眼，感受到東方玹修長的手臂從她頭下的玉枕穿過，往上環住她的腦袋，然後輕輕地摟了一下。

「好了，今晚摟過了，媳婦兒乖，快點睡吧。」

「……」閔窈愣了愣。

摟完媳婦，東方玹彷彿完成一個重大而艱鉅的任務，他勾起嘴角，心情暢快地抽回手，繼續玩他的魯班鎖去了。

真是虛驚一場，原來那個嬤嬤是這樣交代他的。

閔窈偷偷擦了擦額頭的冷汗，閉上眼睛準備睡覺，肚子卻忽然不合時宜地叫起來。

「咕嚕咕嚕……咕嚕咕嚕……」這聲音在安靜的洞房內讓人聽得格外清楚。

東方玹回頭看她。「妳餓了？」

「……嗯。」閔窈的臉又紅了，這次是給窘的。

王府的人大概以為她在娘家已經用了飯，剛才寢房裡是一點吃的都沒擺，她本來以為忍忍就過去了，沒想到越是忍，胃裡就越燒得厲害。

「唉，真拿妳沒辦法。」

東方玹垂著眼皮，伸手在自己鼓鼓的寢衣領口掏啊掏，變戲法似地掏出一只玉盤大小的金鑄八卦獸紋多寶盒來。

「哪，今晚這裡面只裝了桂花糖、乳酪花生酥、梨膏糖、枸芝紅棗糖、粽子糖、龍鬚糖、核桃琥珀糖……」秦王拿著八卦多寶盒，一臉忍痛割愛的表情。「媳婦兒，妳想吃哪個？」

第八章

第二天早上，當清晨第一縷陽光透過寢房的窗戶打到百子帳上的時候，閔窈意猶未盡地舔了舔嘴角，非常感激地把多寶盒還給東方玹。

「昨晚……真是謝謝王爺了。」

「別、別客氣。」捏著自個兒空空如也的八卦多寶盒，東方玹白皙如玉的大手隱隱有些顫抖，面上卻故作鎮定道：「皇祖母說了，媳婦兒是要好好愛護的，不能讓妳餓肚子……媳婦兒，妳還餓嗎？」

閔窈聽得心中一暖，趕緊紅著臉搖搖頭。

「不餓就好。」東方玹吁了一口氣，把八卦多寶盒寶貝似地收回懷中。

因為綁在一起的髮辮，東方玹一起身，閔窈也不得不歪著腦袋跟他坐起來。

聽到寢房內的動靜，寢房外等候服侍的人開始輕盈有序地來到房內。

「王爺、王妃，該起身了。」

床榻一邊的百子帳被侍女緩緩撤開，閔窈跟著東方玹下床，只見昨晚那位面慈的婦人正笑咪咪地站在寢房中間向他們福了福身子，行完禮，婦人便開始對閔窈自我介紹起來。

「王妃娘娘，奴家是秦王的乳母，賤姓薛，您以後和王爺一樣喚奴家薛嬤嬤即可。王爺素來怕生，從小都是奴家照看著，是以太后吩咐，王爺與王妃大婚後，奴家需一同跟來王府照顧王爺起居，助王妃管理府上事宜。」

閔窈想起成親前李尚宮提點過她，秦王的這位乳母地位超然，早年就在宮中被賜了夫人的稱號，一直以來深受秦王的信賴。

「原來是薛夫人。」閔窈嘴角綻放出一個溫婉的微笑。「我初來乍到，對宮中和府裡的事務、規矩都不太瞭解，以後很多事都要倚仗妳勞心提點了。」

「王妃娘娘真是太客氣了，這都是奴家分內之事。」薛夫人笑道：「今天是您和王爺進宮謝恩的日子，請王妃娘娘先行梳妝打扮，王爺這裡就交給奴家好了。」

閔窈點點頭。薛夫人上前替她和東方玹梳開兩人頭髮間的小辮子後，又親自帶著兩個侍女仔細地整理床榻。

六個侍女伺候閔窈進了盥洗間，一番洗漱之後，她剛到梳妝檯前坐定，秋月、秋畫兩個便笑嘻嘻地從她身後冒出來。

「大小姐……喔不，王妃娘娘！您昨晚和王爺……嘿嘿嘿……」

秋畫朝秋月擠眉弄眼的，兩個小丫頭一左一右地在她邊上，摀著自己的臉，沒大沒小地羞她。「羞羞羞……娘娘真是女中豪傑，昨晚把王爺弄疼了喔！」

閔窈聞言，一臉茫然。「說什麼呢？什麼我把他弄疼了？」

「哎喲，秋月，妳看娘娘她還想抵賴呢！」秋畫摀著嘴與秋月低笑道：「昨晚我們這麼多人，分明聽到王爺忽然喊了一聲痛，然後娘娘馬上說什麼『妾身不動了』……嘿嘿，這麼多人都可以作證，娘娘您就承認了吧！」

「是啊是啊，王爺如此英俊貌美，娘娘一時心急，大家都是能理解的……」

「妳們真的誤會了！」閔窈回過味兒來，臉上一紅，指著她們笑罵道：「這兩個壞心眼的！都是我平日太寵著妳們了，居然敢和別人一起在外面聽我的牆角！說！昨晚都還有誰在外邊？妳們一幫人都還聽了什麼？」

秋畫笑著回道：「娘娘生氣了，奴婢哪敢不招呀！昨晚薛夫人領著我們出去後，大家就都在房外邊候著了。薛夫人聽到您和王爺在裡頭的動靜啊，高興得兩隻眼睛都瞇成一條縫了呢！」

「是啊是啊！」秋月不忘在邊上添油加醋道：「我們還聽見王爺說摟著您，要您早點睡呢！」

秋月說完，整個人湊到秋畫身邊，兩人很有默契地齊聲拱手道：「咱們娘娘現在可是真正的女人了喔！恭喜恭喜……」

「貧嘴！」閔窈伸手給她們腦袋上一人來了個響亮的「爆栗」，轉身對著鏡子垂眼道：「咳咳，其實我與王爺昨晚……並沒有圓房。妳們也知道，他完全就是個孩子，什麼都不懂的。」

聽她這樣一說，秋月、秋畫頓時安靜得跟兩隻鵪鶉一樣。

片刻後，秋月還不死心地來了一句。「那王爺昨晚痛什麼？」

「那是因為我扯到他頭髮了。」閔窈捏了下秋月的小臉，沒好氣道：「兩位女官盤問完了嗎？盤問完就給我梳妝吧，薛夫人說等會兒要進宮呢。」

「唉，問完了。」得知她們大小姐沒有和王爺圓房，兩個八卦的小丫頭非常失望地打開脂粉盒子忙活起來。

今日進宮謝恩，閔窈知道主要是奔著見公婆、親戚們去的，雖然不用穿戴得像昨日大婚那般隆重，但衣裙首飾也不能太過隨意。

閔窈在衣櫥裡挑了件銀線繡寶相花紋的淡青色開襟大袖羅裙，頭髮讓秋畫梳成高聳的百合髻。

髮髻頂上簪了朵新鮮的大紅牡丹花，牡丹花下，九隻點金白玉寶鈿整齊地在髮髻底部綴成一個半圈，髮髻左右兩側，各插了三道細長瑩潤的花鳥鏤空金飾白玉長簪。兩耳上戴了一對沈甸甸的明黃色金穗，細長的脖子圍了串翡翠珠子，襯得她原本雪白的肌膚更粉嫩耀眼。

相較身上的物件，閔窈臉上的妝容很淡，等她打扮好了出去，東方玹總算沒有像昨晚一樣驚叫著認不出她來。

「媳婦兒！快來吃早膳，不然妳又要餓了！」

閔窈被東方玹無邪又熱情的呼喚弄得臉上一窘，邊上站著的薛夫人倒是眉眼舒展，直誇東方玹道：「這大婚了就是不一樣，王爺也知道疼人了。」

分開了一會兒，東方玹那黑綢般順滑的頭髮已經被梳得整整齊齊，頭頂簪了個白玉冠，用一根金龍頭白玉簪子固定，簪上的金龍被雕刻得栩栩如生，彷彿隨時就要騰雲飛起。

閔窈跪坐到他身邊的榻子上，只見這「孩子」身上穿了件月白色盤龍紋長袍，他腰身瘦長，腰帶上扣了個威猛的龍首狀玉帶鉤。

「媳婦兒，這個好吃。」東方玹殷勤地拿著銀筷子，給閔窈挾了個大大的金乳酥，金乳酥散發出濃郁的奶香味，由酥油和麵粉揉成，是屬於料足管飽類的點心。

「妾身謝過王爺。」

見閔窈低頭吃起了金乳酥，東方玹面上露出欣慰的笑容，自己也拿筷子樂呵呵地吃起來。兩人面前的几案上擺了二十幾道熱氣騰騰的早點，東方玹吃著吃著，還時不時又給閔窈挾了些其他容易飽腹的點心。

縱然閔窈是個肚量不小的，但在連續吃了三個普通饅頭大小的金乳酥後，她也差不多歇菜了。看著東方玹仍舊不斷往自己碗裡招呼些沈甸甸的糕餅、糖包，閔窈不由暗戳戳地想——這「孩子」，不會是怕她餓了又要吃他的糖吧？

在東方玹的殷勤攻勢下，閔窈差點吃趴在几案上。看著已經飽到不能再飽的媳婦兒，東方玹滿意地勾起嘴角，伸手放心地摸摸懷裡的八卦多寶盒，帶著步履蹣跚的閔窈上了馬車。

根據大昭的風俗，一般男子出行騎馬，女子出行坐馬車。但因東方玹言行與孩童無異，身邊的人不敢讓他騎馬，於是小夫妻兩個一同坐著四駕的大馬車，風一樣駛進了宮門。

在宮道上下了馬車，薛夫人前頭帶路，先領著他們去皇帝的乾極宮。

想到等會兒就要面見皇帝公公，閔窈跟在東方玹邊上有些緊張地走著。東方玹個子很高，雖然閔窈身形比一般女子都來得高䠷，但是站在他邊上卻只勉強搆得著他的胸口。

他身長腿長，走了幾步就把閔窈甩在後頭。閔窈邁動兩條腿，吃力地在他身後趕著。活了兩世，她頭一次嘗到腿比人短的苦處。

「媳婦兒，妳好慢。」

走了一會兒，東方玹忽然發現閔窈距離他老遠，不由皺著眉頭走回去，扯起閔窈的手就往前拉，一邊走，他還一邊在嘴裡碎碎念叨著。「快點見完父皇，咱們好去找皇祖母。」

閔窈被他帶得腳下飛快，一行人風風火火行至乾極宮，進了光明殿，只見皇帝和繼皇后小王氏坐在殿上。原來皇帝惦記著東方玹今日要進宮謝恩，老早就將皇子、公主，以及皇室宗親們在大殿裡召集齊了。

在薛夫人的指引之下，閔窈與東方玹恭順地行了大禮，一起給帝后分別敬茶。

「秦王妃端莊秀麗，儀態萬方，朕的玹兒有福，娶了個好媳婦兒啊！」

皇帝生得濃眉大眼，高挺的鼻梁和東方玹彷彿一個模子刻出來似的，他望著閔窈和東方玹的目光充滿慈愛，看上去是個很好相處的公公。

「……以後王府裡有什麼缺用的，儘管找你們母后去辦。」

外表賢淑淡雅的繼皇后聽了皇帝的吩咐，先是柔柔應了一聲，然後對秦王夫婦親切地說道：「你們小倆口，以後有時間就多到本宮的坤儀宮走走。都是一家人，秦王妃以後在本宮面前不必拘禮，玹兒要是欺負妳了，儘管來告訴本宮，有本宮給妳作主。」

殿中的人聽皇后這樣說，都很給面子地紛紛哄笑起來。

閔窈趕緊行禮謝過公公、婆婆的好意，身邊的東方玹卻一點反應都沒有，完全一副置身事外的樣子，彷彿此刻殿中眾人的笑聲都與他無關。

東方玹的冷臉，皇帝是早就習慣的。在他面無表情的襯托之下，笑容溫婉的閔窈越發顯得乖巧懂事。皇帝對這個兒媳很滿意，不僅龍顏大悅地賞下一筆豐厚的金銀玉器作為見面禮，甚至還親自走下御座，給閔窈介紹起殿中那些皇室成員來。

「這位是太子，玹兒的二皇兄，他身邊的是太子妃錢氏。」皇帝指著殿中坐在首席的一對年輕夫婦說道，閔窈遠遠地對他們行禮，太子妃很客氣地微笑回應。

「這邊坐的是玹兒的四弟趙王、六弟江東王，他們兩個就是妳和玹兒大婚時的主副函使……」皇帝說著，又指著殿中獨坐一席的一個小蘿蔔頭笑道：「那是朕最小的兒子楚丘王，在皇子中排行第七，今年剛滿五歲。」

幾個皇子都是東方玹的弟弟，聽到他們父皇在向閔窈介紹，紛紛起身拱手，喚閔窈「三嫂」。

閔窈略微羞澀地一一應了，忽然眼前一晃，只見三位如花似玉的小姑娘在她面前一字排開，對她行禮，齊聲喊道：「見過三嫂！」

皇帝大手一揮。「這是朕的三位公主，華城、華玉和華蕊。」

閔窈聞言，笑著上去和三位小姑子見禮。

早上薛夫人在出發前就和她說過，她這位皇帝公公先後立過兩位皇后。第一任皇后王氏紅顏早逝，諡號哲懿溫慈孝仁皇后，世人一般稱她為孝仁皇后。

孝仁皇后生前為聖上育有兩子，一位是皇長子東方瓏，出生後就被皇帝冊封為太子，但是在他十一歲時因病去世，皇帝悲痛不已，賜諡號恭賢；而另一位是皇三子東方玹，也就是如今閔窈身邊那美若謫仙的夫君了。

先皇后逝世後不久，皇帝便冊立了先皇后的親妹妹、當年還是貴妃的小王氏做為繼皇后。

繼皇后生有兩子一女，皇二子東方瑨為當朝太子，今年二十歲；皇四子東方珪十三歲，年初剛封了趙王；女兒華城公主東方玖十五歲，因為是中宮嫡出，聽說在宮中三位公主裡性子最刁蠻。

除去先後冊立的兩位皇后，這皇帝的後宮也是眾花齊放，有數百位妃嬪爭相鬥豔。殿中在一側坐著的皇六子江東王東方琦、皇七子楚丘王東方琰，還有華玉公主東方玲、華蕊公主東方珊等人都是宮中妃嬪所出。

閔窈在她皇帝公公的帶領下認完了親戚，與東方玹一起坐到殿中早已安排好的席位上。兩人的席位緊挨著太子夫婦，閔窈一坐下，就感覺邊上的皇子、公主們，紛紛把目光投到她和東方玹身上來。

這些目光裡大多是帶著對她這位皇室新成員的好奇，閔窈彎著嘴角，用得體的笑容回應他們。

皇室等級森嚴，處處講究規矩禮儀，閔窈生怕自己一個疏忽失禮就給東方玹丟臉，所以自進了光明殿後，就抖擻全部的精神，眼觀四面，耳聽八方，微笑得連嘴邊的肌肉都有些痠了。

幸好在把閔窈打量一陣之後，皇親國戚們終於收回好奇心。閔窈心中暗暗鬆了口氣，把頭微微側向身邊的東方玹，忽然，她發現有一道異樣的目光正冷冷打在她夫君身上。

東方玹此時低著頭，兩手在几案底下無聊地擺弄他的魯班鎖。

閔窈不動聲色地循著那目光看去，只見太子瞇著一雙狹窄的細鳳眼，充滿探究意味的眼神正死死地盯著東方玹。

殿中幾乎所有人都在好奇閔窈這個新婦，唯有太子一人隱在太子妃身後，面色陰鬱地注視著東方玹，彷彿一頭盯梢的野狼。一絲冰涼刺骨的敵意迎面襲來，閔窈下意識地就抓住東方玹的手。

「媳婦兒，妳怎麼了？」東方玹看了眼兩人纏在一起的手，抬頭甜糯地問她。

「啊，沒事沒事，妾身剛才好像看到王爺手上有個髒東西呢。」閔窈衝他笑了笑，伸手在東方玹光滑的手背上輕輕拂了幾下。「嗯，現在已經被妾身擦掉了，王爺繼續玩吧。」

東方玹朝她甜甜地勾起嘴角，他那絕美的容顏舒展開來，彷彿一輪初昇的太陽照亮整個殿閣。

皇室宗親裡有幾個年輕女眷見到東方玹迷人的笑容，忍不住發出一陣驚羨的低呼。

第九章

閔窈毫無防備地被自己夫君的美貌迷惑得怔了怔，等她回過神來再看向太子時，太子已經換上一副溫厚的模樣，正友愛地望著她和東方玹。若不是閔窈剛才在瞬息間親眼所見太子對東方玹那不懷好意的眼神，恐怕她現在還真要被太子隨和溫良的樣子給欺騙了。

太子是大昭公認的儲君，一人之下，萬人之上。按理說，東方玹一個無實權的親王，又是孩童心智，對他根本構不成什麼威脅才對。可是……為什麼太子看上去對秦王很忌憚似的？

閔窈心中充滿疑惑。大概是她的目光停在太子夫婦方向的時間有點久了，太子妃望著閔窈，臉上旋即露出兩個酒窩，對閔窈親和地微笑致意。

見她笑容十分真誠，閔窈趕緊也彎著嘴角，朝她微微頷首。

出了光明殿後，東方玹的腳步都輕快不少，他一馬當先，帶著閔窈和薛夫人一行人，急吼吼地就往錢太后的慶祥宮趕。

「皇祖母！皇祖母！」輕車熟路地到了正殿，東方玹拉著閔窈的手，一口氣跑到錢太后跟前，撒嬌地嚷嚷道：「皇祖母，昨天大婚時玹兒可乖了！現在媳婦兒您也看見了，快把糖庫的鑰匙拿來吧！」

「好好好，答應過你的自然會給你。」

錢太后一身暗紫色的鳳紋大袖衫，梳著灰白的高聳髮髻。髻頂簪一朵鏤空大金牡丹，髮髻正面處安著點翠振翅紅寶鳳頭金步搖，髮髻左右各插十二支綴珠雕花長寶釵，妝容典雅大氣，渾身透著股讓人難以忽視的雍容華貴。

「閔窈見過太后娘娘。」

閔窈彎著腰身。她是很想對太后行個肅拜禮的，可是左手被東方玹緊緊攥著。她低頭抽了幾下，愣是沒抽出手來，一時間急得鼻尖上都冒出汗來，她不由壓低嗓子慌張地說道：「王爺，您先把妾身的手放開……」

「不放。」東方玹固執地拒絕自己的媳婦兒，回頭提醒錢太后道：「皇祖母，糖庫！」

閔窈被他氣得兩腿一軟，就要跪下給太后請罪，被旁邊的李尚宮及時扶住。

「窈兒免禮。」錢太后看兩人緊緊牽在一起的兩隻手，眼裡的笑意幾乎都要溢了出來，她打趣地逗著孫子。「玹兒，雖然這親你是成了，媳婦兒也給祖母帶來了，可是……祖母怎麼知道你對媳婦好不好呢？你別忘了，祖母可是說過，你今後要好好愛護你媳婦兒，不然這糖庫祖母就不送你了。」

「皇祖母，這些玹兒都做到了！」東方玹急著證明道：「昨晚玹兒摟過她了，還給她吃了一盒子的糖呢！」

錢太后一聽，笑得更開心了，問閔窈道：「孫媳婦兒，是這樣嗎？」閔窈紅著臉點點頭，這時心中總算有些明白過來。人人都說秦王不喜歡與人親近，她之前還有些納悶，怎麼這傢伙從昨晚一見面開始就對自己就那麼好呢？又是給糖又是牽手的，原來……竟是為了讓太后送他一座糖庫！

唉，果然是孩子心性。

閔窈心中正在暗暗嘆息，錢太后卻從袖子裡拿出一把明黃的鎏金鑰匙，猛地塞到閔窈手裡。

「皇祖母給玹兒啊！」東方玹見鑰匙進了閔窈的手，一雙好看的丹鳳眼頓時瞪得老大。

「玹兒不准搶，你敢搶你媳婦兒的東西？你不是答應祖母要愛護你媳婦兒的嗎？」

東方玹聞言，一隻本來要伸向閔窈的大手僵硬地停在空氣中，俊美的臉上滿是委屈。

「……皇祖母，您騙人！」

「玹兒，皇祖母什麼時候騙過你呀！祖母答應送你糖庫，自然不會反悔，不過……」錢太后壞笑道：「不過你大婚後，你們夫妻就是一體的，你的東西就是你媳婦兒的東西嘍！咱們大昭都是男主外，女主內，糖庫當然得交由窈兒管著。以後你要吃糖，就找你媳婦兒要去。」

「哼！」東方玹聽到這裡，滿臉都是失望和憤慨。「祖母見了媳婦兒，就不疼玹兒了！」說罷，他放開閔窈的手，跑到角落裡拿後背對著錢太后和閔窈，生氣地拆起魯班鎖來。

「這孩子，竟在哀家跟前吃起他媳婦兒的醋來了。也罷，讓他自己玩一會兒，說不定等會兒就氣消了。他這麼愛吃糖，多了對牙不好，以後交給妳管著，哀家也就放心了。」

錢太后拉著閔窈坐到榻上，瞧著閔窈的小圓臉和豐腴身段，她的笑容和藹極了。「好，好……一看就是個有福氣的孩子。」

又見閔窈手上戴著她賞賜的那對水晶龍鳳鐲，錢太后更加高興，撫著閔窈白嫩的手讚道：「瞧瞧這雙小手，嫩得都要掐出水來！難為妳一片孝心，還特地戴上這對鐲子來哄哀家開心。」

閔窈垂頭說道：「太后娘娘特意賞賜，窈兒無以為報，只能戴在身上，好時刻記著您的恩典。」

「哎喲，李尚宮，妳聽聽，這小嘴竟比玹兒的還甜。」

錢太后越看，越覺得眼前這孫媳婦兒她是選對人了。「窈兒啊，以後妳也跟著玹兒叫哀家祖母，別老是太后娘娘長、太后娘娘短的，聽著生分。」

「是。」閔窈依言，帶著笑意喊了一聲。「皇祖母。」

「誒，真乖。」錢太后很受用地應了，忽然想起什麼，回頭問邊上的薛夫人道：「昨晚這兩個孩子……」

在錢太后身邊多年，薛夫人此時自然知道她想問什麼，趕緊來到錢太后跟前低聲道：

「回太后，昨夜王爺與王妃尚未圓房。」

「什麼?!」錢太后聽了她這話，臉上霎時就流露出一股濃濃的失望來。

沒想到太后和薛夫人會當著她的面說這個，閔窈當即臊得連耳根都紅起來。

「咳咳……沒圓房就沒圓房吧，有什麼大不了的。」見閔窈羞得不行，錢太后趕緊緩了緩臉色，嘴裡說出的話不知是在安慰閔窈還是在安慰她自己？「你們才剛大婚，以後的日子還長著呢，咱們不急於這一時啊。」

薛夫人也跟著附和道：「是是是，太后娘娘說得對，有些事急不得……來日方長嘛！」

聽兩個長輩繼續在邊上討論著她和東方玹的房中事，閔窈不知如何接話，只能脹紅著臉，垂下頭去。要不是她的手被錢太后抓著，她此刻還真想找個地縫來躲一躲。

正在這時，李尚宮帶著宮人奉上兩盞香茶來。「秦王妃，您該給太后娘娘敬茶了。」

閔窈借機抽出身來，角落裡氣鼓鼓的東方玹也被薛夫人哄過來，小夫妻兩個一人端了一盞茶，恭敬地彎身舉過頭頂。

「皇祖母喝茶！」

「請皇祖母喝茶。」

「嗯，都有賞！李尚宮，秦王和秦王妃每人賞一千兩黃金！」

「是，太后娘娘。」

錢太后眉開眼笑地喝了兩口茶，看到孫子和孫媳婦猶如金童玉女般乖順地站在她面前，她不禁感嘆道：「緣分二字果真是玄妙啊！哀家還記得十年前，窈兒妳進宮探親時幫玹兒打架的事呢！當年妳才五、六歲，竟一拳就把十歲的瑨兒揍得哇哇大哭。他狀告到皇帝和哀家跟前的時候，哀家簡直都不敢相信呢！」

閔窈有些不好意思地笑了笑。

這事她記得模糊，只知道小時候外祖父藺老將軍很疼她，經常手把手地教她拳腳，把她寵得像個小霸王。在外頭無法無天慣了，所以當她跟著外祖父進宮，看到幾個小男孩以多欺少時，她腦子一熱就上去揮拳相助了……

錢太后口中那位被她揍得大哭的「瑨兒」，便是她今天剛見過的太子——看來這小子從小看東方玹不順眼，小小年紀就知道帶人一起去欺負她夫君了。

回想起母親說她那次一口氣揍趴下好幾個皇子，閔窈覺得面上有些過意不去，對錢太后難為情道：「讓皇祖母見笑了，那是窈兒小時候不懂事胡鬧。小孩子動起手來沒什麼輕重，幸好當時沒有傷著太子和其他皇子，不然窈兒可是犯下大錯了……」

「唉，小孩子打打鬧鬧而已，哀家都是當笑話看的，窈兒不必如此認真。」錢太后很欣賞地望著閔窈。「自開國以來，咱們大昭官家那些跟妳一般大的小姐們，還沒聽說哪個敢和男孩子打架的，更何況還是路見不平，一個打好幾個呢！哀家從那時候就開始留意妳了，將門出虎女，這藺老將軍的外孫女真是不一般啊！」

聽到這兒，東方玹默默地掏出魯班鎖，溜到邊上玩起來。

一邊玩，他一邊豎著耳朵聽他媳婦兒謙虛地說道：「……皇祖母真是謬讚了，窈兒哪有您說得那麼好。本來小時候跟著外祖父學過一些拳腳功夫，不過後來因為窈兒懶惰，沒人監督後就荒廢了。」

錢太后連連點頭稱是。「對，凡事貴在持之以恆。像妳姨母藺妃就很好，冬練三九，夏練三伏，進宮多年她是一天都沒落下過。前些日子她搬來哀家宮中，每到五更天時分，哀家總能聽見她在庭院裡舞劍的聲音呢！」

「……姨母也在您宮中？」閔窈聞言，一對杏眼中露出驚訝的神色。雖然大婚前她就聽母親說藺妃已經出了冷宮，但是怎麼都沒想到藺妃現在和太后她老人家住在一起。

「藺妃如今住哀家宮中的西側殿裡。」

錢太后對閔窈露出一個慈祥的笑容。「說來妳和妳這位姨母也是好些年沒見面了。窈兒，妳快隨李尚宮去看看她吧。」

閔窈聽了眼圈一紅，趕緊謝過太后的恩典，隨李尚宮匆忙往西側殿去了。

等她走遠了，錢太后一張老臉立刻拉下來。「薛夫人，大婚前哀家讓妳負責教導玹兒房中之事，妳出宮前也拍著胸脯保證能教會的。現在竟告訴哀家這小倆口都沒圓房——妳是在戲弄哀家嗎？」

「冤枉啊太后娘娘！」

薛夫人看了一眼角落裡歡樂玩耍的王爺，臉上滿滿都是委屈。「奴家早就把皇室珍藏的圖冊、典籍哄著王爺看了個遍，王爺他過目不忘，大婚前已經能倒背如流……只是他這一進洞房就開始惦記他的魯班鎖和糖盒子，大概、大概就忘了正事。」

為了這件「正事」，她還特意賄賂秦王十盒粽子糖呢，沒想到這小子光收糖不辦事，那些糖最後還是打了水漂。

「妳這根本就是紙上談兵，如何行得通？」錢太后氣得牙癢癢，恨得不把東方玹抓過來狠狠揉搓幾下。

「這臭小子！大婚前又不肯讓生人靠近他，簡直快把哀家給愁死了！妳說咱們兩個把他拉拔到這麼大，好不容易娶上孫媳婦兒，就盼著抱重孫子了。他倒好，整個沒事人似的……要是抱不到重孫子，哀家死都沒法合上眼。他一日不安定，哀家就一日懸著顆心哪！」

薛夫人見錢太后越說越生氣，趕緊上前扶住她。「太后娘娘別動氣了，奴家向您保證，這重孫子您一定抱得上！等回了王府，奴家一定想辦法撮合王爺和王妃。您也別太上火了，說句實話，兩個孩子算是剛見面，王爺沒有排斥王妃接近就是好的開端呀！總得給他們一點時間先相處吧。」

「罷罷罷，哀家就再指望妳一回，妳可別再讓哀家失望了啊。」

薛夫人攙著錢太后應下，角落裡忽然傳來一陣低笑。兩人嚇了一跳，循聲望去，只見東方玹不知從哪裡翻出一盒龍鬚糖，此時正彎著兩隻眼睛，沒心沒肺地往嘴裡塞著大把雪白的糖絲……

東方玹這邊樂呵呵，他媳婦兒閔窈則在西側殿裡抱著蘭妃哭得梨花帶雨。

前世她嫁給蕭文逸後，就再沒進過宮了，只知道姨母久居冷宮，一直都沒有放出來過。沒想到這一世她選擇秦王，竟陰差陽錯地解了姨母的困境，實在是意外的驚喜。

「姨母這次能出來，說是太后相助，其實是多虧了窈兒妳啊。」

蘭妃聲音清冷，妝容素雅，一張臉和蘭氏有六分相像。因為長期練武的關係，蘭妃氣色很好，黑白分明的眼睛炯炯有神，內心對局勢也看得比較透澈。

「太后最疼愛的孫子就是秦王，窈兒妳是她親自選中的孫媳婦兒，她想要的很簡單——只要妳護好秦王，為秦王誕下子嗣，太后就永遠不會虧待閔家和和蘭家。窈兒，這兩條妳定要記在心上。」

閔窈鄭重地點點頭。「姨母放心，窈兒明白的。」

姨甥倆多年未見，自然是有說不完的體己話。不知不覺就聊到正午時分，有宮人過來西側殿傳話，說太后請蘭妃和閔窈一起去正殿用膳，兩人趕緊整裝前去。

到了慶祥宮正殿，只見上百道宮廷佳餚熱騰騰地擺在一張圓桌上，皇帝和錢太后早已在桌前坐著。

閔窈和蘭妃行禮入座，皇帝坐在錢太后左側，蘭妃坐在錢太后右邊，閔窈和東方玹緊挨在皇帝邊上。

大家都知道蘭妃當年是因觸怒皇帝而入的冷宮，卻沒人知道她具體是如何觸怒的？這事兒蘭妃沒說，閔窈也不清楚。不過皇帝顯然還記著仇，席間她那皇帝公公與蘭妃沒有半個眼神交流，彷彿當蘭妃不存在。

圓桌上一時間安靜得可怕，大家都沈默地用膳。錢太后為了打破尷尬的氣氛，硬逼著東方玹給閔窈挾了十幾次菜，直吃得閔窈手忙腳亂。

第十章

東宮，書房。

「什麼？太后竟讓秦王今晚留宿宮中?!」

聽到探子報來的消息，太子氣得把手上的書簡往地上狠狠一砸。「這老虔婆又在搞什麼花樣?!」

太監鄭德寶匍匐在他腳邊，低眉順眼地回道：「回太子殿下的話，中午慶祥宮家宴時，太后說捨不得秦王離宮，聖上為表孝心，已經特意恩准秦王夫婦今晚留宿慶祥宮了。」

「哼，家宴……」太子冷笑一聲，緊握的雙拳上青筋暴跳。「他們才是一家人哪！這些年來，太后防本宮就像是防賊，一有機會就帶著秦王到父皇跟前，不就是想勾起父皇對那傻子的愧疚，好讓父皇廣貼皇榜，繼續找人治她的寶貝孫子嗎？若是那傻子好了，朝中一幫老臣們的心思可不得活絡起來！」

太子說著，抬腳用繡著金龍的靴子，慢慢勾起腳邊小太監的下巴，陰沈沈問道：「德寶，你說，到時候他們還會繼續擁戴本宮做太子嗎？」

鄭德寶聞言，渾身抖得像只篩子，顫巍巍地道：「先太子去後，殿下就是聖上最大的兒子，您又是中宮所出，無論……無論是立嫡還是立長，您都都都、都是眾望所歸啊！」

「眾望所歸？對，本宮才是大昭眾望所歸之人！」太子咧嘴獰笑，冷不防一腳飛在鄭德寶門面上，踢得他鼻血直流。「去！派人到慶祥宮那兒繼續監視！」

「是……小的領命。」鄭寶德捂著鼻子，齜牙咧嘴地站起身來，剛想開門離去，卻在門縫看到太子妃帶著一排宮女等在書房外邊，他回頭賤兮兮地笑道：「殿下，您還沒用午膳哩。太子妃娘娘帶著食盒，已經在外頭等您半個時辰了。」

「你讓她滾！這倒胃口的賤人！對了，晚上把宋小郎君帶到寢殿來，本宮要泄泄火。」

「是，殿下。」

鄭寶德哪敢說半個不字，出去支開太子妃後，他便領著主人荒唐的命令，偷偷摸摸地從東宮暗道裡走了。

閔窈跟著東方玹在他從前住過的甘泉殿過夜，兩人一宿相安無事。

第二天小夫妻倆又陪錢太后用了午膳，要不是顧及閔窈明天就要回門，錢太后真想再留他們住一晚。

午後時分，東方玹夫婦出宮的馬車早已裝備妥當，整整五輛四輪的大馬車在宮門口一溜兒排開，看上去很壯觀。

這五輛馬車裡，除去東方玹一行人昨天進宮時乘坐的兩輛馬車，其餘多出來的三輛馬車都是錢太后貼給東方玹夫婦裝東西用的——馬車裡嚴實地堆著各宮的賞賜和贈禮，東方玹夫婦這趟可以說是滿載而歸了。

辭別宮中眾人之後，閔窈和東方玹被宮人們攙扶著進了來時的那輛四駕大馬車。

「王妃娘娘！王妃娘娘！」

屁股還沒坐穩，閔窈就聽李尚宮的聲音在馬車外焦急地響起來。她撩開馬車邊的一道小簾子，只見李尚宮舉著一個赤金紫檀木盒子，火燒火燎地遞過來。「王妃娘娘，這盒子裡有套書，是太后娘娘特地送給您的……太后說，讓您好好看看，書裡有什麼不懂的，可以向薛夫人請教。」

「……好的，我知道了，有勞李尚宮跑一趟，還請替我謝過皇祖母。」

「好說好說，王妃娘娘客氣了。」

李尚宮送完東西，又一溜煙往慶祥宮方向跑去。

這時候，東方玹的馬車隊移動起來，緩緩駛出那道華美的宮門。

馬車平穩得讓人感覺不到一絲顛簸，寬敞的車內鋪著層柔軟的羊毛褥子，東方玹腰板挺得筆直，端端正正地坐在一張小几案前，把他的魯班鎖拆得七零八落。

閔窈則跪坐在他邊上，疑惑地抱著紫檀木盒子滿腦袋亂想。

賞完黃金珠寶之後，太后娘娘怎麼又單獨送她一套書呢？難道是見了幾次面之後覺得她這個秦王妃學識不夠淵博，所以讓她回去多讀讀書，免得日後丟皇室的臉？真不知太后送的是什麼書呢……

閔窈一隻潤白的小手，撫在盒身那對冰涼的浮雕鎏金比翼鳥圖案上，充滿好奇地打開盒子，只見一疊線裝書正安靜整齊地躺在裡頭，書面是淡藍色的，上下左右都找不到書名。

隨手翻開其中一本，書頁上一幅顛鸞倒鳳的插畫赫然出現在閔窈眼底，她捧著書一愣，忽然明白過來那是什麼，整張臉頓時騰地一下就炸紅起來。天哪！太后竟然送她這個？還、還讓她找薛夫人討教……真是……

閔窈快速合上書，只覺得自己手上彷彿拿了個燙手山芋，她現在腦子裡唯一的念頭就是要趕緊把這些書藏起來。

抖著手飛快地蓋上盒蓋子，剛要把盒子悄悄往馬車角落裡塞，東方玹卻瞇著雙天真無邪的丹鳳眼朝她看過來。「媳婦兒，妳在幹麼？是不是想把皇祖母給妳的糖藏起來？」

閔窈頂著張小紅臉支支吾吾。「沒……沒……盒子裡沒糖。」

「說話都結巴了！妳騙人！」東方玹憤憤地伸出兩隻大手討要。「快拿出來！」

「王爺，真的沒糖！」

「……拿出來看看。」

「我……妾身……」閔窈差點兒就要被他氣哭，但明白沒法跟孩子講道理，只好無奈地拿出那個讓人羞怯不已的盒子來證明清白。

「咦，真的沒有糖，只有好多不穿衣服的小人書……唔！」

東方玹話沒說完，就被他媳婦兒用一雙柔軟的小手摀住嘴。

「噓……王爺，這個不能說出來！」

閔窈死死堵住東方玹的嘴巴，情急中壓低聲音，在他耳邊半哄半騙道：「王爺，回府之後妾身就帶您去糖庫好不好？皇祖母答應您的那座糖庫，昨天已經在府中安置好了，王爺想吃糖的話就點點頭，妾身這就放開您，但是王爺不許再提書上的小人兒。那個，人家聽見了會笑話的！」

聞著他媳婦兒身上傳來的淡淡清香，東方玹修長的丹鳳眼在閔窈花瓣一般的粉唇上停留片刻，最後終於笨拙地動了兩下腦袋。

錢太后對東方玹賞賜一向都是大手筆，這次她給東方玹建在王府中的糖庫，共收集了大昭境內境外三百五十八種糖品，每種糖品十箱，全部有三千五百八十箱。

閔窈拿著鑰匙打開這座糖庫的時候，瞬間就有各種糖混合在一起的香甜味道撲面而來。跟在她後面的東方玹更是激動得說不出話來，立刻抱著他那八卦多寶盒，在糖庫裡橫衝直撞地到處跑，樂得像是一隻掉進蜂蜜罐裡的小熊。

依照馬車上的約定，東方玹不依不饒地裝了滿滿三個多寶盒的糖，這才心滿意足地離開糖庫。趁他在外邊吃糖，閔窈在寢房找了個安全的地方將一盒子書藏好，心中的一塊石頭總算落地。

晚膳過後，東方玹去後園找侍衛們玩耍去了，薛夫人趁著空隙帶上府裡的帳本過來找閔窈。

「娘娘，這些帳本請您過目。」

薛夫人把一沓帳本抱到閔窈跟前的大几案上，坐在邊上開始給她解說帳目。

閔窈大概翻了下主要的幾本帳本，得知王府占地共三百多畝，實封有一千兩百戶，府中帳面上有數百萬兩銀錢……府上侍女童僕共五百人、侍衛三百人、秦王親衛隊「祥雲」精銳侍衛十八人。其他帳本則都是些金銀玉器、地產、田莊、鋪子之類的，閔窈還沒來得及翻閱。

薛夫人把王府的各項收支交代給閔窈，因為條目眾多，她才講完就到了二更天。

「天色不早了，娘娘該歇息了。」薛夫人笑道：「帳本以後可以慢慢看，您明天要與王爺一塊兒回門，得好好養足精神。您放心，回門禮奴家早幫您準備好了，您明早再看看禮單，有什麼缺的再補上。」

見她把一切安排妥當，閔窈感激地說道：「如此真是煩勞嬷嬷了。」

「娘娘莫要客氣，這都是奴家的本分。」

薛夫人說著，親自打著燈籠，帶著一群侍女送閔窈回了寢房。

一番洗漱之後，閔窈換了寢衣，秋月、秋畫將她送到床邊就放下寢房裡的層層帷帳，輕手輕腳地退了出去。

寢房四壁懸著的夜明珠發出淡淡的白光，藉著那光，閔窈看見東方玹全身裹著條薄薄的白錦被，像隻幼蠶一樣在寬廣的大床上滾來滾去。

「媳婦兒，妳來啦！」

有了兩晚同眠的經歷，再加上一整座糖庫的誘惑，東方玹對閔窈親近許多。聽說閔窈明天要帶他回娘家，又聽說閔窈家附近的街上有現做現賣的糖畫攤子……東方玹麻溜地滾到閔窈身邊，乘機跟她敲下十個糖畫。

第二天早上，當閔窈帶著東方玹從馬車上下來時，閔方康早就帶著閔家大大小小數十位男丁在大門前恭候多時了。

「王爺、王妃！」

閔方康臉上誇張的笑容讓閔窈覺得很不自在。她前世總覺得父親和她不像是父女，現在更甚，父親對她而言已和陌生人差不了多少了。

閔窈帶著東方玹剛走完大門口的臺階，閔方康便帶著眾男丁跪在大門邊上行起禮來。

「臣閔方康偕同閔家眾男丁，在此恭迎秦王與王妃！」

雖然知道禮數如此，但是看著閔方康那卑躬屈膝的樣子……閔窈眉頭微皺，正要開口，她身邊的東方玹已經抬了抬手，淡淡說道：「免禮。」

閔窈聞言，微微詫異地扭頭看他，只見這傢伙朝她彎彎嘴角，露出一個足以撩倒眾生的微笑。

「媳婦兒，糖畫！」東方玹悄悄地提醒她。

「嗯，妾身知道的。」

東方玹出身皇室，早就習慣別人向他行禮，會應對這些事不足為奇，只是心中不知為何，竟然閃過一絲莫名的失望。她本來還以為奇跡出現了呢……

閔窈收斂好情緒，扯了扯東方玹的袖子，讓他跟著自己還有閔方康一行人往家裡走。

本來根據大昭習俗，一般女兒、女婿回門，女婿是要留在正堂大廳與岳父說話，女兒則是去後宅內堂與娘家的母親、姊妹們敘舊的。

然而東方玹情況特殊，根本不願待在大廳和閔方康他們說話。

到了陌生的環境，又一下子見到這麼多陌生人，東方玹就像一隻怕被人遺棄的小動物，兩隻大手緊緊攥著閔窈的手，眨巴著一雙可憐兮兮的丹鳳眼，死也不肯放開他的媳婦兒。

閔窈哄了許久未果，只好與閔方康知會一聲，把這傢伙帶進後宅。於是乎，數百個侍衛也跟在閔窈和東方玹身後，一路往閔家後宅的大小門前留人站崗。

進了內堂正屋，只見屋內只有藺氏和兩個侍女。原來聽說王爺也要過來，柯姨娘與閔玉鶯已經退避回院了。藺氏今天特意穿了淺緋色連珠紋的大袖深衣，頭上戴著左右兩支明晃晃的金步搖，面上妝容清淡，整個人神采奕奕。

「母親！」

雖然才離家兩天，可是閔窈卻覺得這兩天彷彿有半年那麼漫長，看到藺氏的臉，她激動得一下子就拖著東方玹衝過去。「母親，窈兒回來看您了。」

東方玹見閔窈屈身向藺氏行了個禮後，她兩個眼圈一下子變得紅紅的……修長的丹鳳眼微微瞇了瞇，他勾起嘴角，也學著他媳婦兒的樣子，朝藺氏甜糯地喊了一句。「母親！玹兒也來看您了！」

藺氏被東方玹這一句「母親」給嚇了一大跳，忙對著女婿連連擺手道：「王爺，使不得、使不得！您這樣稱呼，可真是要折煞妾身了！」

「王爺別鬧了，妾身的母親你應該叫岳母才對呀。」

看著媳婦兒哭笑不得地捏了捏他的大手，並沒有半點誇他的意思，東方玹嘟起嘴，氣鼓鼓地喚了藺氏一聲「岳母」。

「誒。」藺氏微笑著應了。眼前這個女婿雖然只有小孩子心智，可是他率真隨和得不像是個王爺，反倒像是個俊美出塵的鄰家少年郎。

其實藺氏見了東方玹第一眼就生出幾分親切感來，後面再看他對閔窈言聽計從，乖巧中又帶著點委屈的小模樣，藺氏只覺得自己身上的慈母心忽然空前暴漲，要不是礙著禮儀和身分，她此刻真想上前去摸摸這孩子的腦袋。

「王爺、窈兒，來，快到上邊來坐。」藺氏熱情地招呼著女兒、女婿，回頭吩咐兩個侍女。「紅纓，快去沏一壺好茶上來；青環，妳去後廚端些大小姐愛吃的點心。」

東方玹挨著閔窈坐了上座。

因為今日陪著媳婦兒回門，薛夫人不讓他帶魯班鎖和糖盒子，東方玹坐下後百般無聊，只能低頭捏著他媳婦兒那隻白嫩軟乎的小手玩。

閔窈則是支著身子湊到藺氏邊上，任憑自己一隻手被東方玹扳來摟去，母女倆絮絮叨叨地嘮起了家常。

「……妳那些嫁妝裡，有不少是外祖家那邊的親戚們送的，阿娘都給妳單獨列了張單子出來，妳回去後務必收好，這些以後都是要還禮的。」

閔窈點點頭，又聽藺氏笑道：「妳父親在太常寺好多年都沒往上挪了，昨日聖上下旨，竟一下子提拔他為正四品的太常寺少卿！妳父親接了聖旨後都哭了，昨晚高興得喝醉酒，硬是拉著阿娘絮絮叨叨說了大半夜呢！」

第十一章

「父親一向克己守禮，很少有失態的時候。」閔窈想到她父親那副官迷樣，淡淡說道：「這回，大概是高興過頭了吧。」

「就是呢，阿娘與他成婚多年，從未見他像昨晚那麼開懷過。那個，窈兒啊，其實阿娘還有件喜事……」

藺氏看了看邊上的女兒、女婿，臉上飛過紅暈，兩隻手攪著手裡的帕子，欲言又止。

「什麼喜事？」閔窈破天荒看到她母親害羞的樣子，不由好奇心起，用自己閒著的那雙手拉著藺氏的袖子急急催促道：「哎呀，母親別吊著我了，您倒是快說呀！到底是什麼喜事哪？」

「王爺在這兒呢……」

藺氏被閔窈纏得滿臉通紅，她正後悔自己嘴快之際，忽然見正屋門外人影一閃，母女倆雙雙抬頭，只見閔方康捧著一個淡黃色紙盒子笑咪咪地走進來。

「父親？」

閔窈站起身來，她身邊的東方玹也跟著站起來。幸好這一回他沒有直接跟著閔窈喊閔方康「父親」，不然閔方康肯定會嚇到魂飛魄散——他一個官員，被堂堂秦王喊作父親，這要是讓有心人傳出去，閔家鐵定是誅九族的下場啊！

「王爺，妾身的父親，您該叫岳父的。」閔窈扯了扯東方玹的手，把正確的稱呼告訴他。

「岳父。」東方玹乖乖地叫了一聲，一雙眼睛盯著閔方康手上的紙盒子。

「……誒！」聽秦王喊自己岳父，閔方康受寵若驚，立即舉起手中的紙盒對女婿獻殷勤道：「剛才王爺手底下兩位侍衛大人去街上買了糖畫回來，臣聽說王爺愛吃這個，就趕緊給王爺送過來了。」

東方玹一聽「糖畫」二字，兩隻眼睛立時發出光來，閔窈只覺得手上一鬆，再抬眼看時，她夫君早已閃身到閔方康邊上了。

閔父愣了愣，立刻回過神來，舉著雙手把一盒糖畫獻給女婿。

數十幅琥珀色的糖畫被凝固在一枝細白的竹籤上，香甜的糖絲流暢地勾勒出栩栩如生的飛禽走獸、山水花果。

東方玹小心翼翼地從盒子裡拿出一枝糖畫蝴蝶，放到嘴裡哧溜吸了一口。「好甜！」

閔方康弓著身子，只聽東方玹在他腦袋上方稱讚了一句，然後抱著那盒糖畫就大步流星地往屋外走去，像是怕別人跟他搶似的。

「王爺，您等等微臣啊……」

好不容易找到和女婿套近乎的機會，閔方康忙邁開兩條老腿，一溜小跑地跟上去，屋內只留下母女倆面面相覷。

「王爺他……這麼喜歡吃糖啊？」

「嗯，為了這個，太后還特意賜了他一座糖庫呢！」閔窈笑嘻嘻地抱著蘭氏的胳膊，不忘繼續纏問。「母親，現在您可以告訴女兒是什麼喜事了吧？」

「唉，妳這孩子……」

望著剛剛嫁為人婦的女兒，蘭氏覺得害臊極了，張了張嘴還是不好意思說出口，於是湊到閔窈耳邊，輕輕說了一句。「阿娘、阿娘有了。」

有了?!閔窈驚訝地睜大眼睛。「母親……有身孕了？」

「嗯，已經一個月了。」

閔窈心中一陣驚喜，忙抓著蘭氏問。「那父親他知道了嗎？」

「知道，前天就是他請大夫來診脈的。」

蘭氏說完，紅著老臉低下頭，卻不期然被女兒一下子抱在懷裡。

「窈兒？」

「太好了！母親，真是太好了……」閔窈窩在母親蘭氏的頸窩處，嗅著母親髮髻上散發出來的淡淡茉莉花香，她眼中的熱淚一下就流出來。

蘭氏有些無措地撫著女兒的後背。「窈兒，妳怎麼哭了？」

「母親，我這是高興、高興啊！」

閔窈吸了吸鼻子，伸手抹了把臉上的淚，輕輕把自己的腦袋靠在藺氏尚未隆起的腹部，咧著小嘴問道：「母親，您說我會有弟弟還是妹妹啊？」

前世，母親在她出嫁後就染上重病，挨不到一年就去世了，一輩子就只生了她這個女兒；現在，母親不僅身體康健，而且腹中還孕育一個新生命。

一切真的改變了，她和母親的命運，都因為她的選擇而產生真切的變化！

「這才一個多月，大夫都看不出來，阿娘怎麼知道是男是女？窈兒放心，不管是弟弟還是妹妹，阿娘還是一樣疼妳。」藺氏用帕子給閔窈擦乾淨眼淚，彎著眼睛說道：「瞧妳這又是哭又是笑的，哪裡有一點王妃的樣子。」

「當了王妃也永遠是您的女兒啊！」閔窈坐起身來，拿母親的手帕很沒形象地抹著臉。

這時候，紅纓端著一套青瓷茶具走進來，一見屋內母女倆的樣子，心中立即就有數。

「王妃娘娘您是沒看到，老爺得知夫人有孕時有多歡喜喲！」紅纓說起話來眉飛色舞。

「自您和王爺說親開始，老爺大半時間都在夫人房裡，可把西院那狐媚子給氣死了……」

「就妳這丫頭話多！」藺氏笑啐了紅纓一口，嗔道：「還不快沏妳的茶去！」

「是是是，奴婢這就沏茶去！」

紅纓嬌笑著用帕子摀嘴，輕盈地扭腰退了下去。

正房有孕，又逢貴婿臨門，閔府上下一片喜氣洋洋，唯有後宅西院上空卻是一片愁雲慘霧。

西院大屋內，柯姨娘柳眉倒豎，抖著根纖長玉指，指著一身齊胸石榴色寬廣長裙的閔玉鶯，恨鐵不成鋼地低斥道：「女兒啊！妳糊塗啊！妳怎麼能什麼都沒到手，就讓那姓蕭的給沾了身子啊?! 玉鶯啊玉鶯，妳忘了阿娘平日是怎麼教妳的？妳說說妳，現在這肚子都三個多月了，等過一陣子，怕是再大的裙子都遮不住了！」

跟柯姨娘的急赤白臉相反，跪坐在紅木几案前的閔玉鶯，竟是一副若無其事的樣子。

她此時端著杯熱水送到嘴邊，一小口一小口慢慢地飲著。「阿娘您就放心吧，女兒早上差綠菊去蕭府送信了，他是離不開我的。您與其在這裡瞎擔心我，還不如好好想想，為何父親這幾個月都跑到正房那兒去了呢？現在正房有孕，您怎麼不急？」

「哼，妳還不知道妳父親！他是在我這兒吃多了大魚大肉，吃膩歪了！蘭文君那種清粥小菜，他也就是圖個新鮮！呵，我就不信了，一個人開葷之後會回頭去永遠地吃素……」柯姨娘妖嬈地摸了摸自己頭上的靈蛇髻，媚眼如絲。「她不是有了嗎？妳父親在她那邊盡不了興，自然會想起阿娘往日的好處來。只是妳父親沒有兒子，她這胎若是生了個兒子，那可如何是好？」

柯姨娘話音剛落，忽然外邊兩扇房門吱呀一響，侍女綠菊氣喘吁吁地走進來。

閔玉鶯眉毛一挑，問綠菊道：「蕭公子怎麼說？」

「小姐、二夫人。」綠菊怯怯地看了眼閔玉鶯，顫聲回道：「蕭公子得知小姐有了身孕，他說……他說……」

柯姨娘急道：「說什麼？妳這死丫頭吞吞吐吐的做什麼！」

閔玉鶯見綠菊腳下抖得不行，平靜的面上隱隱有了一絲裂縫。「綠菊，他說了什麼妳儘管告訴我，我不會責罰妳的。」

「……蕭公子他說，他過陣子就託人到咱府上和老爺說這事。他還說，要二小姐今晚趁著天黑先進蕭府，等您在蕭府生下孩子後再、再從長計議……二小姐，這會兒蕭府的轎子已經在後門等著了……」

「從長計議……從長計議個屁！他蕭文逸，竟想用一頂小破轎子來打發我？閔窈嫁個傻子還八抬大轎呢，我懷的可是他的親骨肉！」

沒想到蕭文逸會如此待她，閔玉鶯兩眼赤紅地將几案上的茶具嘩啦一下全部掃到地上，此刻她面上終於繃不住，露出一副氣急敗壞的神色來。「他這是什麼意思？當初他摟著我快活的時候可不是這麼說的！他說過，要明媒正娶的！」

「就是啊！我們玉鶯怎麼說也是閔家的二小姐，要是這麼被他一頂轎子摸黑抬進蕭府——豈不就是無名無分、連妾都不如啊！」

柯姨娘擰著眉頭走到閔玉鶯面前，扠腰替女兒抱不平。「那姓蕭的小子也太不是東西了！我們玉鶯一個黃花大閨女被他騙得大了肚子，他卻連個正經名分都不肯給！什麼國公府的世子爺？哼，阿娘看啊，他跟勾欄裡那些恩客一樣，都是翻臉無情的貨色！玉鶯，妳以後可要記住了，這男人在興頭上的話可是半句都信不得的！」

閔玉鶯聞言，一雙手不自覺地撫向自己在裙下那已經微微隆起的腹部，兩隻大眼睛裡蓄滿憤怒而又恐懼的淚水。「阿娘，我沒想到這殺千刀的會這樣……我不要坐他的破轎子！可是事到如今，我、我該怎麼辦才好啊？」

「那轎子當然不能坐！你父親大小也是個官，又那麼好面子，妳要是這麼偷偷摸摸地進了蕭府，那以後整個閔家的臉往哪兒擱啊？」

柯姨娘心疼地抱住女兒，憐惜道：「女兒啊，妳就是太年輕了，沒經歷過事妳不知道這世間的險惡啊！千不該、萬不該，妳不該八字沒一撇就懷了人家的骨肉啊！不過妳放心，這事有阿娘在，不會輕易便宜了那姓蕭的！阿娘晚上就去求妳爹，求他出面放話，讓姓蕭的小子託人到咱家來下聘。妳雖然是庶出的小姐，可妳父親現在是正四品太常寺少卿，上頭嫡姊又是王妃，給他們衛國公世子做個貴妾，他們國公府也不吃虧啊！」

「貴妾？說來說去，還不是給人家做小！阿娘我不要！」閔玉鶯一把推開她娘，瞋目切齒道：「妳自己給人做妾還沒做夠嗎？還想讓妳女兒也往火坑裡跳！要我做妾？除非我死！」

說完，閔玉鶯猛地轉身衝到內屋針線籃子前，抓起一把泛著冷光的剪刀就往自己脖子上戳，直把柯姨娘嚇得半死。

幸好柯姨娘反應快，失神片刻後立即與綠菊衝上前，主僕倆七手八腳地將剪子從閔玉鶯手上奪下來，往地板上噹啷一甩，那把沾了點紅的剪子被扔得老遠。
「哎喲！真是作孽啊！」
看著閔玉鶯細嫩脖子上被剪刀尖戳出一個米粒般大小的血口子，柯姨娘頓時心疼得涕泗橫流。「小祖宗啊，妳不做妾就不做妾吧，何苦拿自己身子出氣啊！阿娘知道妳從小心氣高，都怪阿娘沒本事做了人家的妾，害得妳一落地就是庶出的命啊！可是，眼下妳都有了身子，這也不是沒辦法的事嗎？」
閔玉鶯仰面倒在柯姨娘懷裡咬著牙，睜著大眼睛恨恨地流淚。
「是啊，二小姐您可千萬別想不開啊。」綠菊看著這母女倆哭成一處，也怯怯地上前安慰一句。
「綠菊……」閔玉鶯抹了把淚，鐵青著臉，緩緩從柯姨娘懷裡坐起身來。「妳去後門，讓他們把轎子抬走！還有，妳把我的話帶給蕭文逸，就說我閔玉鶯一定要八抬大轎，絕不做小！」
「這……這……」綠菊有些為難地看了看柯姨娘。「姨娘，真的可以這麼說嗎？」
「唉，去吧，就照二小姐的話說。」
綠菊聞言，欠了欠身子道：「是，那奴婢這就去傳話。」
等綠菊出了屋，閔玉鶯想了想，又有些不安起來。「阿娘，妳說蕭文逸會不會就這樣被我嚇跑了？」

「嚇跑就嚇跑吧。」柯姨娘嘆了口氣，無奈地抱著女兒說道：「妳寧死不願做妾，聽說他們衛國公府又是一貫注重門第出身的……看來妳肚中的孩兒是留不得了。鶯兒別怕，等弄掉這小孽種，阿娘就讓妳父親給妳找個家底殷實、為人忠厚的男人。到時候一定是八抬大轎，明媒正娶！阿娘的寶貝鶯兒啊，一過門就是正正經經的大房夫人……」

閔玉鶯一言不發地窩在她娘懷裡，秀氣的眉頭緊緊擰起來。

綠菊出了西院，一路遮遮掩掩地往閔府後門方向而去，一面走，一面在心中叫苦不迭。二小姐這是讓她傳的什麼話嘛！他們小姐和公子之間鬧彆扭，倒讓她這個做下人的來回跑個半死。

以往蕭公子和二小姐幽會，給的賞錢一向豐厚。她做侍女的工錢不多，每個月就靠這些賞錢貼補家用。現在好了，兩人鬧翻，她今日跑來跑去愣是半個銅子兒都沒撈著不說，兩邊還都給她臉色瞧，真是吃力不討好啊！

綠菊心中百般不願地邁著步子，到了後花園附近，忽然看到府中三、五個相熟的小姊妹悄悄趴在花園側門邊上，爭先恐後地往門中間擠。

這是怎麼回事？難道那邊在發賞錢？

綠菊邁動兩腿湊過去，只見小姊妹們個個伸長腦袋往花園裡瞧，嘴裡紛紛發出激動的低呼。

「天哪！原來秦王生得這麼好看啊！」

「嘖嘖，妳看看那臉、那身形……哪有人長這麼完美的啊？我今天總算開眼界了！」

「對對對！簡直不是人，跟畫上的神仙似的！大小姐真是好福氣啊！」

秦王？就是二小姐常說的那個，大小姐的夫君秦王？他不是個傻子嗎？

「哎哎，起開，讓我也瞧一下！」

綠菊好奇心起，撥開兩個小姊妹往院子一瞧，只見閔家老爺正笑呵呵地陪著他那位姿容絕倫、丰神俊朗、正悠哉吃著糖畫的女婿往側門邊上走過。

第十二章

「我的親娘啊！世上怎麼會有這麼俊的人……」

綠菊看得兩腿一軟，差點就要坐到地上。

就在前一刻，她還堅定地認為二小姐的相好、衛國公世子爺、洛京第一美男蕭文逸蕭公子是世上最英俊的男人。甚至在很多個午夜夢迴，她曾大膽地幻想二小姐嫁給蕭公子後，她有朝一日會幸運地被蕭公子看中，收作通房侍女……給那麼俊美風流的公子做通房，綠菊都覺得自己作夢都要笑醒了呢。

沒想到山外有山、人外有人。當親眼見到天神一般高貴完美的秦王從她跟前經過後，昔日英俊倜儻的蕭公子在綠菊眼中，瞬間就變得油頭粉面、庸俗不堪起來。

「咦？綠菊，這都傳到妳們西院啦？妳也來看秦王？」一個小姊妹脹紅了臉，興奮地問她。

「咳咳，沒，我是碰巧經過這裡……我還有事，先走了！」

唉，大小姐真是命好啊！天天守著神仙一般的秦王，就算他是個傻的，光看在那臉的分上就無所謂了，更何況秦王身形還那麼修長挺拔……

綠菊一邊往後門走著，一邊無比羨慕大小姐身邊和她一般年紀的秋月和秋畫。同樣是貼身侍女，她們姊妹倆現在不僅在王府當差，還每天都能見到這麼個美到不像話的男主人！回頭想想自己那位心比天高，命比紙薄的二小姐。綠菊不禁幽幽嘆了口氣。如果可以，她真想馬上就投靠大小姐去……

回到王府用過晚膳後，閔窈就帶著秋月、秋畫一頭鑽進書房。

母親有了身孕，她這個做女兒倒是最高興的一個。

閔窈在書房一坐定，就興沖沖地提筆，列了滿滿一張滋補珍品的單子交給秋畫去置辦，又吩咐秋月明天帶上一千兩銀子去閔家，賞給母親身邊伺候的人，教他們務必盡心盡力。

這些花費都是閔窈從自己私房裡扣除的。等她整理完幾個嫁妝鋪子上的帳本，又翻開王府裡的帳時，薛夫人笑吟吟地走進來。

「娘娘，現在已經是戌時一刻了，您該去給王爺沐浴了。」

「沐浴？」閔窈驚訝地睜大眼睛。「嬤嬤，這事不是一直都是妳給王爺他……」

「唉，奴家老了，骨頭僵硬，給王爺擦背都抬不起手來了。」薛夫人面上露出一個狡黠的笑容。「這不，幸好王爺現在身邊有娘娘了嘛，奴家這把老骨頭總算可以偷個清閒了。」

「這……」一想到要給東方玹洗澡，閔窈面上一紅，囁嚅道：「這不是還有伺候沐浴的侍女嗎？」

「哎喲，娘娘瞧您說的，咱們王府侍女是不少，可是那也得王爺允許她們近身啊！您也知道，王爺就是這麼個生人勿近的性子，以前在宮裡只有奴家和太后能挨得到他身邊，現在王府裡也就娘娘和奴家能靠近他……」

薛夫人說著，裝模作樣地捶了捶自己的胳膊，面露痛苦之色。「不瞞您說呀，前些日子為王爺大婚的事一通忙活，奴家手上的舊傷又犯了，一動就痛得慌啊，實在是沒法伺候王爺洗澡，還請娘娘體恤奴家年老力衰，以後給王爺洗澡更衣的大任，就交給娘娘您了。」

「嬤嬤的手這麼痛，要不我現在就派人請個大夫來看看吧。」

「別別別，底下人已經去請大夫了。娘娘如此關懷，奴家真是感激不盡。不過，王爺現在已經在浴池裡泡著了，娘娘還是早點過去吧！嗯，一會兒水涼了，王爺他怕是容易著涼……」

「那、那好吧。」

見薛夫人都把話說到這分上，閔窈只好放下手上的帳本，咬著唇，跟上外頭候著的一眾侍女，羞怯地往浴池方向去了。

眾侍女簇擁著閔窈走了一會兒，很快在寢房附近一處燈火通明的浴堂門口停下來。侍女們有序地在大門處排列站立，等閔窈進去後，浴堂的大門便被她們輕輕地合上去。

浴堂內一片水氣氤氳，閔窈暗自深吸一口氣，緩緩向前走了幾步，就看見一個熱氣騰騰的浴池出現在她眼前。

浴池是環形的，很大，足足比閔家後花園的小池塘還要大上兩倍。

浴池八面的牆壁上分別探出八隻威武的龍頭，每隻龍頭嘴裡都吐著一小股汩汩清水注入浴池中，池子裡的浴湯卻呈現出淡淡的乳白色，整個浴池散發出一種清新甘甜的草藥香味。

朦朧水霧中，身形高大的年輕男子站在浴池中間，修長的大手在身前不停地划動著，身旁微微波動的乳白色浴湯隨著他手上的動作，不斷沖刷到他那線條剛勁的腰腹上。

「嘿嘿嘿，開船咯……開船咯！」

東方玹興高采烈地撥弄著浮在他跟前的五、六只魯班鎖，兩手在浴池裡歡快地撥出一道道水花，以驅動他的魯班鎖「船隊」在池中乘風破浪。

圓潤晶瑩的水珠在他健碩的後背上一顆顆快速滾動，然後逐漸融入白氣裊裊的浴池中。閔窈看得小臉一紅，想到此時池子裡的東方玹是寸縷不著的，她有點不敢繼續再往前走去，心裡有兩個小人兒在那裡激烈地爭論起來。

正經臉閔窈怒斥：閔窈！難道妳忘了，前世妳就是因為貪戀蕭文逸的相貌，才會落到那麼淒慘的下場。重活一世，妳可千萬不能再被美色迷惑而誤事啊！秦王他還是個「孩子」，萬一妳意志不堅定，把他給嚇壞可就糟了！

壞壞臉閔窈慫恿：快去吧快去吧！秦王是妳明媒正娶的夫君……呸呸呸！妳可是秦王明媒正娶的王妃，碰幾下、摸幾下又怎麼了？名正言順啊！蕭文逸那狗崽子能和他比嗎？秦王長相如此俊美絕倫，做王妃的應該偷笑才對呀！妳也知道他是個孩子，他不喜歡生人靠近，妳不給他洗，薛夫人又不方便，難道讓這可憐的「孩子」一直泡著嗎？

「媳婦兒？」閔窈內心正在天人交戰之際，浴池中的東方玹忽然回過頭來，用兩隻丹鳳眼水汪汪地瞧著她的紅臉蛋。「妳也想玩開船嗎？」

「啊？不不不，王爺，妾身……」閔窈不敢看他，心慌意亂地垂下眼皮，用比蚊子還輕的聲音說道：「妾身是來幫王爺沐浴更衣的。」

「哦，沐浴……」得知她不是來和自己玩開船遊戲的，東方玹失望地嘟起誘人的紅唇，但還是乖乖把曲線硬朗的後背轉向閔窈。「來吧！快點！」

「是，王爺。」閔窈應了一聲，趕緊把浴池邊上的一個大托盤拿起來，那托盤裡早被侍女整齊地放上浴巾、澡豆和各種沐浴用具。

閔窈拿著托盤，忽然發現自己身上的衣裙、鞋襪剛才還沒來得及換下，看看浴池中正挺背以待的東方玹，她咬咬牙，在池邊脫了齊胸裙和雲頭鞋，僅穿著一身素紗單衣，舉著大托盤就往池子裡走。

浴池邊緣淺水處設有臺階，閔窈順著臺階一級一級往下，溫熱的浴湯漸漸漫上她的小腿肚子，等她走到東方玹邊上的時候，乳白色的池水幾乎已經淹到她的胸衣。

「……王爺，妾身該從哪裡給你洗好呢？」

閔窈兩手攥著一條潔白的浴巾，像隻被煮熟的小蝦米般，縮在東方玹巍峨的後背下。她心裡有些納悶，這「孩子」不是吃就是玩，怎麼長得這一身腱子肉？難道因為他們皇家的伙食精細？平日穿著衣服的時候挺瘦的，沒看出來有這麼壯的啊！

「媳婦兒！搓背、搓背！」東方玹稍微矮下身子，非常配合地把肌肉結實的後背送到閔窈面前。

「是。」

閔窈努力摒棄心中一切雜念，從大托盤裡抓起一把澡豆，用水化開，她把澡豆水輕柔均勻地抹在東方玹的背上，然後用濕浴巾不輕不重地揉擦起來。

「起風了，快點開到岸上！」

東方玹也不閒著，任由媳婦兒給自己洗著後背，一雙大手在前頭趕著他那幾只在浴池中沈沈浮浮的魯班鎖。

魯班鎖都是木質的，在池子裡吸飽水後都發漲、發沈，「船隊」七零八落不好把控，氣得東方玹把水面攪得一團大亂。「哼！不玩了！」

這時閔窈已經搓完他的後背，見他發起小孩子脾氣，忍著笑問他。「王爺，妾身給你搓好背了，咱們接下來沐髮吧？」

「嗯！」

東方玹應了一聲，起身挪向浴池牆壁上一處龍頭，走的過程中，他還不忘恨恨地踢開那幾只不聽話的魯班鎖。十足孩子氣的模樣引得閔窈側臉暗笑不已。

到了浴池龍頭下，閔窈替他除去束髮的玉簪，拿象牙梳梳順他那頭黑綢般的頭髮，然後把沐髮用的茵樨香湯倒在他頭髮上，用兩隻手，從他腦袋到髮間一點一點地揉搓。

因為從沒伺候過別人沐髮，閔窈手上的力道很小，生怕自己不小心弄痛他。

「媳婦兒，妳累不累？」東方玹在閔窈手底下愜意地彎著嘴角，問道：「等沐完髮，咱們就可以回房了嗎？」

「王爺，妾身才給你洗了後背……」

「其他地方我都自己洗好了。」東方玹邀功似地看了閔窈一眼，忽然想到什麼，他飛快用兩隻胳膊捂住胸口，有些警惕地看著她。「媳婦兒妳想幹麼？難道妳想給我再洗一遍?!」

「沒有沒有，妾身沒想過！」其他地方他自己能洗自然是最好！

閔窈聞言，心中著實鬆了一口氣，不過臉上還是被他無心的話激得一陣發燙。

她用清水給他沖淨頭髮，然後眼觀鼻、鼻觀心地，火速把他帶到浴池邊擦乾頭髮，最後給他換上一身乾淨的寢衣——她這頭一次給秦王沐浴的大任總算勉強完成了。

東方玹沐浴完畢後，跟著外面的侍女先回了寢房，筋疲力盡的閔窈則留在浴池處，被秋月、秋晝兩個拖去搓洗一番。

等閔窈沐浴完走進寢房的時候，東方玹的頭髮已經乾了，他身上那件緋色薄綢寢衣領口微微敞開，透出一片泛著光澤的肌肉，黑亮柔順的長髮軟軟籠罩在身上，再配上那張謫仙般的臉，純真中帶著一絲魅惑，教人瞬間無法挪開眼。

「媳婦兒！」一見閔窈進來，東方玹迅速地從床榻上爬起來，赤著腳踩到寢房裡那張鋪了半個屋子的富貴花開羊毛毯上，拖住閔窈的手就把她往床上帶。

「王爺……」

閔窈羞澀地坐到床榻裡面，只見東方玹猛地就把自己腦袋往她手上塞。「媳婦兒！捏捏！」

「捏什麼？」閔窈詫異地問他。

「脖子，嬤嬤每次給我洗完都要捏的。」

原來他洗完澡都要按摩……閔窈了然地點點頭。說到按摩，小時候外祖父倒是教她認識過一些穴位。

閔窈搓了搓手，看了看乖乖趴在她腿上的東方玹，伸出手指在他頸後兩側枕骨下方的風池穴輕輕地揉按起來。她記得外祖父說過，此處穴位有通利官竅的作用。

指尖上傳來熱熱的溫度，觸感堅實緊繃，那是和女子細嫩柔軟的肌膚完全不同的感覺。

「好舒服！肩膀也要！」

聽到東方玹的稱讚，閔窈信心大增，移手到他肩膀處的秉風穴又按了按。這個穴位也有通絡的作用，按揉有緩解肌肉痠痛的功效。

「媳婦兒好厲害，比嬤嬤都厲害！再捏再捏！」

東方玹嘗到甜頭，樂呵呵地把他整個山一般高壯的身子都掛到閔窈身上。

第二天早上，大概是昨天累過了頭，閔窈早早就醒過來。

看著外邊透到紗帳裡的矇矇天色，估計也才剛過寅時不久，東方玹沒有實職，不用上朝，所以兩人一般都是卯時起身。距離起身還有一個時辰，閔窈正打算睡個回籠覺，忽然瞥見外側東方玹身上那條錦繡軟衾不見了。

這「孩子」，睡相挺好的人，怎麼踢被子呢？

瞧著東方玹英俊安寧的睡顏和落在床榻邊上的軟衾，閔窈甜絲絲地勾起嘴角。她輕手輕腳地爬起身來，正想越過他的身體去撿回地上的軟衾，卻不期然撞見他身上那處異常聳立的崛起。

「啊！」

回想起出嫁前母親的教導，還有給她看過的那些壓箱底的畫冊，閔窈很快知道了那是什麼，她下意識地摀住自己的嘴，小圓臉上瞬間紅得幾乎要滴出血來。

他不是個「孩子」嗎？怎麼會……

東方玹還在沈睡，閔窈不敢再看他那處異常的地方。想了想，她一把掀起自己的軟衾扔到他身上，然後別過臉，七手八腳地替他掩蓋住。

做完這一切，閔窈縮回床榻裡邊，遠遠地背對著東方玹，心中一陣慌亂。

夏季的清晨還是有些冷的。

閔窈身上沒了軟衾，然而她又不想越過東方玹身上那令人尷尬的部位，去撿地上的軟衾……所以只好緊抱著胳膊，縮在床榻裡邊微微發抖，強忍著往她身上侵襲的陣陣寒意。

迷迷糊糊睡了一會兒，窗外漸漸天光大亮。

等秋月、秋畫兩個進屋來伺候她梳洗的時候，閔窈已經是腦袋昏沈、四肢痠痛，無力地趴在床榻裡頭，支不起身來了。

「冷……好冷啊……」閔窈身上打著哆嗦，額頭上卻是燙手得很。兩個丫鬟見她病得不輕，馬上就跑去請大夫。

第十三章

得知王妃病了，薛夫人也很快趕過來，親自守在閔竅床前照看。

東方玹抱著八卦多寶盒站在床邊地毯上，好奇地看著寢房裡一群女人圍著他媳婦兒焦急地打轉。

薛夫人看到他站著，趕緊過去柔聲哄他坐到床邊軟榻上。「王爺別擔心，王妃娘娘會沒事的。奴家看娘娘身子熱得很，興許是見了風導致的……」

東方玹聞言，一雙迷人的丹鳳眼往床榻裡的女人身上瞧了瞧，然後悠哉地從他的多寶盒裡拿出一片梨膏糖放進嘴裡，低下頭，嘴邊抿出一絲甜甜的笑意。

唉，這孩子真是沒心沒肺，媳婦兒都病了，他竟然還笑咪咪的。薛夫人暗暗搖搖頭，心想，也不知道她剛才說的那些話，他到底聽懂了幾個字？

她正納悶間，忽然見王妃身邊的侍女秋畫，氣喘吁吁地領著位滿頭白髮的老大夫到了寢房門口，薛夫人立即吩咐侍女們將寢房裡的三重青紗帷帳放下。

「娘娘、娘娘，大夫來了，奴家在您手上繫條絲線，好讓大夫給您診脈。」

閔竅聽到耳邊有人呼喚，吃力地睜開沈重的眼皮，看見薛夫人往她手腕上繫了條紅色的細線，然後命侍女拿著這條長長的紅線傳到帷帳外頭。

紅線直直懸在半空中，不一會兒，就聽見帷帳外有個蒼老的聲音響起來。「……娘娘脈象浮緊，頭熱，無汗，是風寒的症狀啊……嗯，底子也很虛，但此時風邪入體，不宜滋補，待老夫先為娘娘開幾服祛風散寒的藥。」

薛夫人聽著，坐在床榻邊，覺得有些奇怪。「這大熱的天，娘娘怎麼會突然受了風寒呢？」

「是呀是呀，娘娘昨天還好好的呢！」邊上的秋月、秋畫也是十分不解。

「媳婦兒妳不乖喔！」就在眾人不解之際，東方玹抱著多寶盒猛地竄到閔窈邊上，只見他伸出一隻大手摸了摸閔窈發燙的額頭，甜糯地說道：「媳婦兒，以後睡覺別踢被子了。」

「哦……原來是這樣啊。」

聽王爺這樣說，薛夫人和一群侍女臉上露出恍然大悟的表情，隨即各自抿嘴偷笑起來。看不出啊，王妃娘娘這樣一位端莊的人兒，竟然會在睡覺的時候踢被子——還把自己給弄著涼了。

「你……」

閔窈在東方玹的大手下一陣氣結。這傢伙，明明是他自己踢被子！要不是早上為了給他撿被子，要不是看見了那不該看的……她能搞成現在這副樣子嗎？

不過，這真正的原因她是沒臉當著這麼多人的面說出來，當下也只好默認了東方玹這罪魁禍首的說詞。一想到自己生生被人誤會卻不能辯解，閔窈氣呼呼地咬著唇，把一張小圓臉憋得通紅。

東方玹看到他媳婦兒那滿臉憋屈的小模樣，嘴角不經意彎起的弧度更加深了幾分。

「哎呀！真是有勞大夫了，來人，快筆墨伺候！」薛夫人見東方玹到床榻邊關心他的王妃，頓時笑得合不攏嘴，她立即很有眼色地帶著幾個侍女撤出來，走到帷帳外對老大夫獻起殷勤來。「大夫，您剛才說娘娘身子虛？」

「沒錯，妳家娘娘底子虛，這是自娘胎裡帶的，調養的話得花上些時日，沒有個一年半載是不成的……不過現在得先把娘娘的風寒治好，才能再議其他。」

閔窈隱約聽見老大夫細細囑咐薛夫人道：「現在天熱，娘娘卻受了風寒，妳們得仔細讓她別再見風，特別在早晚不能受涼……」

薛夫人在外頭一一應下，等她派人去抓藥、熬藥一通忙活，端著托盤上一碗烏黑的藥汁再到閔窈跟前的時候，東方玹已經把注意力從閔窈身上收回，自顧自地坐在床榻邊吃了十幾片梨膏糖。

「娘娘，來，您先把這碗藥喝了。」

薛夫人話音剛落，秋月、秋畫便上前將閔窈扶起來。閔窈在床上坐定後，馬上就聞到一股苦澀的藥味朝她飄過來。

「娘娘，您身上不舒坦，不如讓奴家用湯勺餵您喝吧？」

「多謝嬤嬤好意。不過用湯勺一口一口喝太慢了，我喝藥向來都是一口喝完的，還是讓我自己來吧。」正所謂長痛不如短痛，這是前世她做藥罐子時悟出的道理。

閔窈對薛夫人露出虛弱的微笑，接過她手上的藥碗，十分豪邁地仰頭往嘴裡就是一灌。

「唔！」

藥汁的味道苦澀酸麻，和她前世吃的那些治風寒的藥居然是完全不同的味道，也不知道那老大夫給她開了哪些奇怪的藥？閔窈用手帕摀著嘴，生生把最後一口藥給吞下去。

「娘娘，您沒事吧？」看著閔窈臉色隱隱發青，薛夫人有些自責道：「這藥聞著就苦，奴家怕影響藥性，剛才只放了一小勺蜂蜜，早知道……」

「沒事沒事，嬤嬤妳也是為我好嘛……唔?!」

閔窈開口安慰了一句，沒想到嘴裡忽然被東方玹塞入一片甜甜的梨膏糖。

「甜的！」閔窈詫異地扭頭看著東方玹，只見這傢伙瞇著眼睛對她說道：「吃了就不苦了。」

「哎呀，還是咱們王爺想得周到啊！」見東方玹疼媳婦兒，薛夫人樂得連牙花子都笑出來了。「梨膏糖潤肺止咳，這會兒娘娘吃這個，正好啊！娘娘喝了藥該好好歇息一下，奴家先去前頭送送那老大夫，問一下還有什麼禁忌？秋月姑娘、秋畫姑娘，娘娘這裡就由妳們先照看著了。」

「夫人客氣，都是奴婢們分內之事。」

秋月、秋畫忙一起福身應下，等薛夫人走後，兩個小丫頭又給閔窈端來清粥，配上些素食小菜。

閔窈吃完那片梨膏糖，嘴裡雖不苦了，卻也沒什麼胃口，她用了半碗粥後便起身去洗漱一番，然後被秋月扶回床榻上。

「媳婦兒，妳病好了嗎？」她剛躺好，東方玹便急急地湊過來問她。

閔窈有些哭笑不得。「王爺，妾身才剛喝了藥，哪有這麼快好的，現在人還感覺暈乎乎的。」

「……那可怎麼辦好呢？」

看到東方玹臉上露出難過的神色，閔窈心中有股暖流緩緩湧過。這孩子，他雖然什麼都不懂，可是人非草木，孰能無情，他現在是在擔心自己啊！

想到這兒，閔窈完全忘了她的風寒是怎麼得來的，不由向東方玹顫顫地伸出一隻手，有些動容道：「王爺……」

東方玹這時也抬頭定定地看著她。「媳婦兒要快點好起來呀！」

閔窈淚光閃爍。「嗯！王爺，妾身一定努力喝藥，早日讓身體康復。」

聽她這麼說，東方玹放心地點點頭。「太好了，那晚上再給我捏捏吧！」

閔窈伸到一半的手頓時僵在空中，嘴角微微抽搐。「……好。」

這傢伙，原來是擔憂她今晚能不能繼續給他按捏脖子！

閔窈心頭一陣失落，扯過床上的一條軟衾蓋在身上，悶悶道：「王爺，妾身要休息了，您還是去別處玩吧。」

軟衾外頭寂靜無聲。閔窈探出腦袋偷偷一看，原來那傢伙不知何時掏出了魯班鎖，已經坐在床邊羊毛毯上玩開了。

好吧，他一定要在這裡玩，她也沒辦法。

閔窈無奈地嘆了一口氣，閉上眼縮到軟衾裡。大概是剛吃下去的藥起了作用，她覺得人很累，沒一會兒就睡著了。

屋外的日頭越昇越高，空氣也越發悶熱，這時候，閔窈卻覺得身上慢慢發起冷來。

「秋月……冷……被子……」

她嘴裡無意識地喃喃幾句，感覺自己好像回到前世蕭府後宅那間四處漏風的破廂房裡，無邊的絕望和痛苦在心底漫漫泛開。閔窈眼角滲出一滴晶瑩的淚水，將身子蜷縮在那條單薄的軟衾下瑟瑟顫抖。

半夢半睡之間，突然有個暖暖的懷抱將她整個身子密不透風地裹起來，閔窈本能地往身後那堵火熱的肉牆上蹭了蹭，身上的寒意逐漸散去，她終於安心地進入夢鄉。

自從大婚以來，閔窈還是頭一回睡得這麼踏實，等她幽幽醒來的時候，屋外的太陽已經開始往西山傾斜了。

「……秋月？秋畫？」

閔窈掙扎了下，發現自己爬不起來，只好弱弱地躺回床榻上；身上雖然一陣無力，但是腦袋裡倒是比早上那會兒清爽不少。

東方玹俊美的臉蛋忽然從床頭邊探了出來，把毫無防備的閔窈嚇出一身冷汗。「王爺，你……你怎麼在這兒啊？」

「媳婦兒！妳醒啦！」

寢房裡這麼安靜，她還以為他出去玩了呢！

「別動，讓我給妳摸一下。」東方玹一邊說，一邊伸出修長如玉的大手把閔窈額頭摸了個遍。他的手心乾燥而溫熱，覆在她頭上時給她帶來一陣舒適的暖意。「嗯，不燙了。」

得出一個令人頗為滿意的結論後，東方玹火速坐回床頭下邊的羊毛毯，撿起毯子上的魯班鎖，繼續專心致志地拆起來。

唉，這孩子……

閔窈在床上呆呆地撫著自己被他摸過的額頭，此刻真不知是該哭還是該笑？秋月聽到寢房裡的動靜，在帷帳外輕輕問道：「娘娘，您醒了？和王爺一塊兒起身了嗎？」

「嗯，我醒了。」

閔窈看了一眼地毯上那位耍木頭耍得兩眼發亮的王爺，覺得這傢伙一定是從她歇息開始就在寢房待到現在都沒出去過，要不然秋月怎麼會以為他也在裡面睡著了呢？

想到自己剛才睡覺時他一直坐在床邊，閔窈突然有些不好意思起來，趕緊對外頭喊道：

「秋月、秋畫，妳們都進來吧！」

兩個丫頭在外面應了一聲，很快端著洗漱用具閃了進來。

「把帷帳都束起來吧，房裡有些暗。」閔窈看了看窗外，問道：「現在是什麼時辰了？」

「娘娘，這會兒過了用午膳的時候，已經是未時一刻了。」

「都這麼晚了。」

閔窈在秋月、秋畫的攙扶下去了偏房梳洗，等她收拾好出來的時候，東方玹還在地上玩著，她不由搖了搖腦袋，走過去蹲到東方玹跟前擔憂地問道：「王爺，你在房裡玩了這麼久，肚子不餓嗎？」

東方玹頭也不抬道：「餓。」

「那怎麼不去用午膳呢？」

東方玹還是頭也不抬一下。「媳婦兒病了，我要在這裡看著。」

「……」說得好聽，你媳婦兒我就蹲在你跟前，你看我一眼了嗎？你在全心全意地玩你的魯班鎖啊，王爺！

「王爺，其實妾身睡了一覺後，病已經好多了。」

不管怎麼樣，總不能讓這傢伙餓著肚子。閔窈面上擠出一個賢慧無比的笑容，伸手扯了扯東方玹的衣袖說道：「王爺快去前頭用膳吧，你要是為妾身餓傷身體可就不好了。等會兒薛嬤嬤過來看見，可要心疼壞了。」

「嗯，那好吧。」東方玹飛快地把地毯上一堆零碎的魯班鎖收進懷中，無奈地往寢房外走去，快走到門口的時候，他還很不放心地回頭看了閔窈一眼。「媳婦兒，要乖乖喝藥啊，不然不給妳糖吃喔！」

「嗯，好的，妾身知道了。」

見閔窈衝他直點頭，這傢伙才悠哉地從懷裡掏出八卦多寶盒，跟著四個貼身侍衛往前頭去了。

閔窈吁了口氣，回過身來，就見秋月和秋畫躲在桌子後面偷笑。

「瞧瞧，王爺多緊張咱們娘娘啊！別看王爺平日喜歡玩那個魯班鎖，娘娘這一病，他連玩都玩得不安心。」

「就是就是！起先娘娘剛睡下時好像說冷，我正想去給娘娘添條皮毯子，妳猜怎麼著？剛進去就見王爺把娘娘抱在懷裡。哎呀，羞得人家連忙退出來。」

「秋月、秋畫！妳們兩個又在嘀嘀咕咕說什麼？」閔窈佯裝沒有聽到她們在說什麼，生氣地拍了拍桌子。「我都快餓死了，快端些吃的上來。」

天哪！她們說的是真的？原來剛才是王爺他……怪不得她睡覺時隱隱感覺到有人抱著她呢！可王爺是個「孩子」啊，他怎麼會知道要抱著自己呢？腦海中冷不防冒出自己被東方玹緊緊擁住的畫面，閔窈手心一熱，禁不住脹紅了一張臉，心臟不知怎的，頓時怦怦怦跳得慌亂極了。

「娘娘、娘娘？娘娘您怎麼了，可是身上又不舒服了？哎呀，這臉怎麼又燙成這樣！娘娘，您別嚇唬奴婢呀，奴婢們錯了還不行嘛！」

兩個丫頭見她臉色大變，立刻緊張地跑過來圍在閔窈身邊問長問短。

閔窈生怕被她們看出自己的窘態，低著頭，躲躲閃閃道：「我……我這一餓就心裡慌，妳們快把吃的先端上來。」

「好好好！奴婢這就去！」

秋月三步併作兩步跑到門口，忽然一拍腦袋叫道：「對了娘娘！聽說您病了，夫人很擔心，中午派了她身邊的青環姊姊到王府代為探望。您之前睡著奴婢也不敢叫醒您，青環姊姊這會兒還在偏廳等著呢！」

閔窈沒想到她的風寒這麼快就驚動了娘家，急忙道：「秋畫，妳馬上帶青環來見我。」

秋畫應了一聲，與秋月兩個忙往屋外走去。

過了片刻，一身俐落男裝打扮的青環就被秋畫領到寢房。

「青環見過娘娘！娘娘，聽說您病了，夫人擔憂得連飯都吃不下，她現在身子不方便，特意命奴婢前來探望。」

閔窈把青環從地上扶起來，笑道：「只是不小心受凍得的風寒，我現在已經好多了。妳快回家裡替我報個平安，省得母親掛念我。」

「是，奴婢回去馬上告知夫人。」

青環見閔窈臉色不是很好，有些躊躇地道：「娘娘有所不知，夫人之所以會如此憂慮，是因為咱們府上二小姐近日得了個不能見風的怪病，柯姨娘請了好幾個大夫來都看不好，現在二小姐已經被送去祖宅調養了……」

第十四章

「不能見風的怪病？」

閔窈心中很疑惑。前世閔玉鶯雖然看著嬌弱，但是她身體底子比閔窈好，從未見她得過什麼怪病啊。

「對呀，聽說二小姐一吹風臉上就會起疹子。」青環嘖嘖稱奇道：「真可惜了二小姐如花似玉的一張臉呀！柯姨娘這回倒是良心發現，說是怕二小姐過了病氣給宅子裡的人，求老爺送二小姐去鄉下養病。這不，昨天一早二小姐就上路了，還帶走西院那邊十幾個侍女和婆子。」

「那母親還好吧？母親院子裡的人都沒異常吧？」

青環篤定地應道：「娘娘放心，府裡上上下下都熏過艾了。夫人院子裡是奴婢和紅纓熏的艾，裡外都是乾乾淨淨的。二小姐走後，還沒聽說有人和她一樣得怪病的。」

「那就好。」閔窈放心地點點頭。「青環，我如今不在府中，母親身邊就妳和紅纓最貼心，有妳們兩個照顧她，我心裡也安穩。」

青環福身笑道：「娘娘真是太抬舉奴婢兩個了，這都是奴婢們的本分。」

「也難為妳大熱天的跑一趟。」閔窈扭頭吩咐。「秋畫、秋月，還不快帶妳們青環姊姊去帳房領賞銀去？時候不早了，妳們叫門房備好馬車，送青環回去吧。」

青環聞言，立即福身謝過。

晚上閔窈剛喝完藥歇下，東方玹就大步流星地進了寢房。

因為閔窈病著，晚上伺候他擦背的是薛夫人。不過這傢伙一沐浴完就拋下薛夫人，火燒火燎地跑到閔窈跟前要求「捏捏」。瞧著他那副眼巴巴的小可憐樣，閔窈只好咬牙從床上撐起，抖著兩個胳膊給他揉起脖子和肩膀來。

閔窈一邊揉一邊哄他道：「王爺，妾身身體不適，怕過了病氣給你，等會兒捏完你去別處就寢好嗎？」

東方玹在閔窈手底下舒服得哼哼唧唧。「嗯……脖子再重一點。」

閔窈加重手上的力道，繼續商量道：「那不如妾身今晚去偏房吧？」

東方玹彷彿沒有聽到她在說什麼。「好舒服！媳婦兒，別停。」

閔窈挫敗地垂下頭。「……好。」

過了約莫一刻鐘，好不容易把他捏舒坦了，這傢伙沒有一絲絲要走的意思，大手把閔窈往他懷裡一圈，說道：「媳婦兒，睡覺。」

「王爺……你快放開妾身啊……」

閔窈滿臉通紅地在他懷裡掙扎起來，沒想到使盡全身力氣竟不能掙脫半分。

「不放！放了妳又會說冷了。」

「妾身哪有說過？」閔窈覺得自己真是冤枉極了。「剛才秋月已經在床榻裡頭加了條熊皮毯子，妾身今晚不會冷了……」

「我比熊皮暖。」

「這……好吧。」看來講道理和比體力都奈何不了這頑固的「孩子」，閔窈只好放棄掙扎，任由東方玹從後邊抱著她睡。

閔窈心裡其實對風寒這病是有些犯怵的。

前世她就因為風寒病了半年多，身子一日虛過一日，喝藥快喝成藥罐子了都不見好。現在這風寒可能比較輕微，又有東方玹這個「暖過熊皮」的暖著，她竟然一天好過一天，喝了小半月的藥，不知不覺就痊癒了。

而東方玹的身體也壯得沒話說，抱著她睡了小半月，愣是一點事都沒有。

風寒一走，閔窈喜出望外地出了病榻。然而薛夫人卻立刻拿著黃曆過來告訴她，說太后今年的壽辰就快到了，讓她儘快張羅祝壽的事。

給太后祝壽？那豈不是又要進宮去?!

一想到太后送她的那箱子書，閔窈不由得愁眉苦臉。

那些書……她藏起來之後可是一頁都沒翻過，不知太后到時候會不會向她問起呢？

七月十六，皇太后壽誕，大昭上下舉國歡慶。

閔窈早起的第一件事便是給東方玹束髮更衣。自從她病好之後，薛夫人就找了各種藉口，把照料王爺起居的大小事務悉數託付給閔窈，只有遇到閔窈不懂的，她才笑咪咪地在邊上指點幾句。

東方玹卯時不到就被媳婦兒火燒火燎地從床榻上拉起來，此時他半瞇著丹鳳眼，明顯是一副沒睡醒的樣子。不過這「孩子」還算配合，經過閔窈連日來有些生澀的照顧，兩人之間也親近了不少。

閔窈在薛夫人的建議下，先給東方玹穿上一套玄紫色盤龍紋的交襟大袖深衣，他那黑綢般順亮的頭髮被閔窈打理得一絲不苟，束了一頂鏤空赤金遊龍冠，以一支細長的龍紋簪固定。

腳下踏著金線祥雲靴，腰上繫著獸紋白玉帶，俊朗的五官再配上他與生俱來的天家貴氣……

閔窈本想查看他髮髻有沒有束歪，誰知這傢伙在閔窈捧著他臉時忽然勾唇一笑，讓她不禁愣住。這是她第一次如此近距離地看他的眼睛，那雙條長的丹鳳眼妖嬈地彎起來，一對黑曜石般的瞳孔彷彿兩股誘人的漩渦，對視的瞬間，就讓人深陷其中，不能自拔……

「媳婦兒，我餓了。」東方玹對著發愣的閔窈嘟了嘟紅潤的嘴。

「……啊？餓了？那那那……那王爺先去前廳用早膳吧！」

閔窈後知後覺地把自己放在他臉上的手收回，小圓臉上飛過兩抹紅暈。嘖嘖，這孩子面上的肌膚真是潤澤又細膩，之前她還想給他抹點雪膚膏潤潤臉的，現在看來是什麼都用不著了。

「媳婦兒一起去嘛！」

「哎，妾身上妝、更衣需要些工夫，王爺可別餓著了，還是先去前廳用早膳，妾身馬上就過來陪你。」

「好吧，媳婦兒快點！」東方玹乖乖地抱著他的魯班鎖和八卦多寶盒跟著薛夫人走了。

閔窈幽幽嘆了口氣，心想，這傢伙更衣就是換套衣服、梳個頭，怎麼知道她們女人家梳妝的繁瑣呀！

她一坐下來，秋月、秋畫兩個就帶著一隊侍女湧進了梳妝閣。

閔窈一頭如雲般柔軟的長髮很快被盤成個高聳的元寶髻。

九支鑲紅赤金寶鈿在她頭頂「元寶」正中間拼出一朵閃耀的八瓣花，髮髻兩邊的底部各插一支鏤空點珠蝶舞金步搖，步搖上的金絲累花珠串垂至頸肩。

閔窈稍稍動了下腦袋，兩邊步搖銜著的珠串晃晃而動，與她耳朵上那對綴紅寶金花流蘇交相輝映，溢出點點華美的光彩。

為了使閔窈氣色好看些，秋畫給她用了鮮紅色的口脂，額間牡丹形的花鈿也是以大紅描繪。

脖子上戴了錢太后賜的鑲玉純金項圈，穿著齊胸的月白色蝶戀花描金繡裙，外罩一件牡丹紋的絳紅色大袖羅衫——滿身沈甸甸的閔窈捏著把小虛汗，一路上盤算著等會兒見了太后，若是太后問起那箱子書的事來她該如何應對才好？

奈何想了半天，她都想不出什麼頭緒來，直到被東方玹抓著進了慶祥宮正殿大門的時候，閔窈的兩腿還在微微打顫……

進了正殿，只見裡面的后妃、內外命婦們早已濟濟地坐了一堂。殿中設了上百張席，錢太后穿著莊嚴的暗紅大袖金線鳳紋長袍，戴了頂綴滿珠玉的五彩點翠鳳冠，正坐在殿中央的紫檀鎏金浮雕九鳳椅上。

皇后陪坐在錢太后的右側，藺妃坐在皇后下方的第一席，其餘后妃、命婦閔窈都不相熟，匆匆一眼望去只覺得彷彿置身花海中，到處都是富貴逼人的豔麗顏色。

閔窈與東方玹循規蹈矩地上前給錢太后請安祝壽，又跟著薛夫人與殿中的長輩們見禮。大概是因為人多，錢太后沒有拉著閔窈問長問短，只是在請安之際，這位皇祖母的眼睛在她身上定定地轉了好幾圈，等薛夫人上前耳語一番後，錢太后面上舒展了一下，吩咐李尚宮先帶夫婦兩人到帷帳後稍微歇息。

大殿中間坐的都是年長的后妃和命婦，殿內兩側則設著一道道朦朧縹緲的寬廣帷帳，後面坐的大多都是些未出閣的宗室女眷，或是像閔窈這樣年輕臉嫩的皇室新婦。

李尚宮把閔窈和東方玹帶到距離錢太后最近的左側第一道帷帳後面，第二道帷帳後面坐著位妝容明媚的少女，一見秦王夫婦坐在與她相鄰的位置，頓時就笑嘻嘻地湊過來脆聲喚道：「三哥、三嫂！」

閔窈扭頭一看那少女，不由微微抿嘴一笑，道：「原來是華城妹妹。」

東方玹卻是沒有理會她，自顧自掏出魯班鎖，放在他和閔窈跟前的几案上拆了起來。

見他這樣，閔窈不由暗自在心底嘆了口氣，帶著歉意對華城笑了笑。

華城公主卻是和她父皇一樣，早習慣了她三哥的冰塊臉，所以她不但絲毫沒把東方玹的冷臉放在心上，反而還就地跪坐到秦王夫婦的帳子裡，拉著閔窈親熱地聊起天來。

「三嫂，怎麼自從上次進宮後就沒見妳來玩了？都有大半個月了吧？」華城歪著腦袋問她，嬌憨無忌的眼神一看就是在宮裡受盡萬千寵愛的貴公主。

「有勞公主惦記了。前些日子得了風寒，就在王府中一直養著，近日才好了些。」

華城聞言，脫口而出道：「哎呀，三嫂妳得好好保重身體啊！妳說妳病了，三哥他又腦子不好……」

說到這兒，她彷彿才發現自己說了什麼不該說的，趕緊吐吐舌頭。「咳咳，三嫂，我沒別的意思，其實我的意思是……」想來想去，她也沒法把話圓回來，只好轉移話題。「哎，三嫂，妳和三哥今天給皇祖母送的什麼呀？」

知道她是個無心的，閔窈也沒把她的話往心裡去，只是淡淡笑道：「我和妳三哥一起送了尊白玉觀音，還有一幅萬壽無疆的繡品。」

「哦？繡品是三嫂自己繡的嗎？」

閔窈點點頭。「正是。」

「那等皇祖母壽宴結束了，我定要去討來看看。」華城公主嬉笑著說道：「我也給皇祖母繡了幅百鳥朝鳳圖，等下咱們比比看誰繡得好！」

閔窈一聽，忙擺手道：「聽聞教妹妹女紅的師傅是宮中尚功局的崔司制，崔大人的針法登峰造極，正所謂名師出高徒；我針腳拙劣，呈繡品給皇祖母主要是想盡一份孝心，哪敢在妹妹面前獻醜呢？」

「這倒也是，那我就不為難三嫂了。」

見閔窈誇她，華城沾沾自喜，心裡對這位三嬸的好感瞬間提升不少。她是皇后唯一的女兒，中宮所出的嫡公主，天生就有一股身為正統的優越感，平日對兩個庶出的妹妹華玉和華蕊很不屑。

今日太后壽誕，儘管華玉和華蕊緊挨著坐在她下首的席位，華城也不肯紆尊降貴找兩個庶妹玩。身邊好不容易來了個說話的人，還挺會說話，華城自然是停不下嘴，黏著閔窈繼續東拉西扯。

閔窈未曾料到一個公主竟會比小丫鬟們還要碎嘴八卦，她用身子替東方玹擋住聒噪的華城，硬著頭皮，聽這位公主足足叨了一個時辰的洛京閨秀圈秘聞之後，華城忽然毫無徵兆地安靜下來。

她這總算是說完了？

閔窈側過臉去看華城，卻見到華城不知何時脹紅了臉，一手顫顫地指著帷帳外正進殿的某個男子，對閔窈壓著嗓子低呼道：「三嫂！快看快看——蕭郎來了！蕭郎來了！」

蕭郎？什麼蕭郎？這個公主妹妹怎麼比她以前還要咋咋呼呼的？

閔窈彎起嘴角，順著她那根蔥白玉指向外望去，只見一抹眼熟的身影跟著太子夫婦招搖地進了大殿。

蕭、蕭文逸?!待看清來人，閔窈的笑容一下子凝在臉上。這狗崽子也來給太后拜壽？

「孫兒、孫媳祝皇祖母眉壽顏堂，康樂綿長！」

見太子和太子妃在前頭向錢太后行禮祝賀，蕭文逸也趕緊跟在後面跪下身去，雙手抱拳道：「衛國公世子蕭文逸拜見太后娘娘，願太后娘娘福如東海，壽比松齡！」

「好好好，都起來吧。」錢太后笑眯了眼，側頭問邊上的皇后。「底下那位衛國公世子看著眼生，可是鎮北大將軍、老衛國公蕭元樊家的孫子？」

皇后欠身答道：「回母后，那孩子正是老衛國公家的孫兒。當年他父親襲了老衛國公的爵位，不幸英年早逝，此後衛國公府與宮中鮮少走動。妾身也是近日聽太子提過幾次，說這孩子自幼被他祖母陶氏帶大，今年十七歲，因未行冠禮，所以還沒正式向陛下請旨襲爵呢。」

第十五章

「原來如此，這衛國公府世子的模樣生得還挺俊俏。」

錢太后面帶笑意地問蕭文逸道：「世子，府上老夫人可還安好？」

「託太后娘娘洪福，小臣的祖母身體康健，只是近來年事已高，腿腳不太方便走動，但她老人家非常惦記太后娘娘，是以讓小臣代她前來給太后娘娘賀壽。」

一番話說得錢太后面上笑意更深。「難為她有心。世子如今在朝中可有官職？」

蕭文逸垂首道：「小臣不才，承蒙太子殿下眷顧，現任御史臺正八品下監察御史。」

「不錯不錯，也算年少有為了。」因後宮不便干政，所以錢太后也沒再往深處問，繼續與蕭文逸寒暄幾句，就讓太子一行人退下了。

閔窈在帷帳後把這番對話聽了個清楚，此時心中滿滿都是疑惑。

前世她嫁到衛國公府時蕭文逸還未曾襲爵，因為蕭文逸的爹，也就是第二任衛國公去世得早，所以衛國公府多年遠離朝堂中心，等到成親第二年蕭文逸要襲爵的時候，他身上既沒有功名，朝中又無人幫著說話，最後只能依舊制降級襲爵，被陛下封了個郡公，從此國公府也改成了郡公府。

前世閔窈在蕭家待了七年，親眼見過蕭文逸向朝廷請封襲爵時那焦頭爛額的樣子，那時他與太子是毫無交集的，沒想到這一世他卻成了太子的跟班，甚至還因此謀到了官職。難道是因為她這一世的選擇，而影響了蕭文逸的命運軌跡？

閔窈記得，前世閔玉鶯進門後，蕭文逸可是恨不得每時每刻都和閔玉鶯黏在一起的。他從不去外頭爭什麼功名……難道現在他娶不上閔玉鶯，於是只好發憤圖強結交皇族，要一心一意往上爬了嗎？

一想到這個狗崽子因為自己的選擇而混得比前世更好，閔窈心裡真不是滋味。

「哎呀！蕭郎他要走了……」

正當閔窈心中有些意難平之際，她邊上的華城卻對著蕭文逸的背影露出無限嚮往的神情。「蕭郎如此風度翩翩，這舉手投足間的風流，真要把洛京城內外的閨秀們都迷死了！將來誰要是能嫁給他，那可真是前世修來的福氣啊……」

華城一張臉越說越紅，兩隻眼睛依依不捨地送著蕭文逸出了殿門，癡迷意亂的神態讓閔窈似乎從她臉上看見了前世那個傻乎乎的自己。

「咳，華城妹妹，我覺得，其實有些事物不一定像看上去的那般美好。」

蕭文逸這一世雖然跟著太子當了官，可是他的秉性未變，早就罔顧禮法與閔玉鶯私自苟合在一起。念及華城終究是東方玹的妹妹、她的小姑子，閔窈決定旁敲側擊，善意地提醒她一下。「比如這位蕭世子，雖然長得是不錯……可是誰知道他腹中是否有才華，品行是好還是不好呢？」

「哎呀！三嫂，妳可真是站著說話不腰疼！」

見閔窈質疑她中意的蕭郎，華城一下子就急了起來，指著正在玩魯班鎖的東方玹憤憤道：「三哥俊美無雙，三嫂妳自然是看不上旁人的。可是像我三哥這樣的，翻遍咱們大昭能找出幾個來？蕭郎固然是沒法和三哥比，但他在士族子弟中也是公認的第一美男啊！他……他長得好看，人肯定也是很好的。」

「這話可不是這樣說……」長得好看人也肯定很好？閔窈差點要笑出聲來。這華城說的話，可真是和前世的她如出一轍。

「媳婦兒，這個拿一下。」

閔窈正要再勸，手上忽然被東方玹塞了一塊魯班鎖碎片過來。

「王爺？」以往東方玹拆魯班鎖的時候，整個人彷彿和世界隔絕一般，從來都沒讓她幫著拿碎片，閔窈不禁有些疑惑地問道：「你是要和妾身一起玩嗎？」

「嗯。」東方玹點點頭，一雙眼睛專注地盯著几案前的其他碎片。

「三哥、三嫂，那你們玩，我先出去走走。」

華城見閔窈沒工夫說話，她轉了轉眼珠子，嘻嘻一笑，帶著貼身的幾個宮女，偷偷摸摸地就往大殿後門跑去。

「哎，華城妹妹……」

等閔窈回頭低聲喚她的時候，華城已經提著裙子溜之大吉了。看她走時那副少女懷春的樣子，該不會是追著去看蕭文逸吧？

唉，該說的她都說了，以她現在的身分，也只能做到這些了。

閔窈微微嘆了口氣，心道：華城妹妹，三嫂只能幫妳到這裡了，但願妳別被那狗崽子迷惑了才好。

晚間的壽宴一直熱鬧到一更天還沒散。

太后怕東方玹熬不住睏，早早就讓李尚宮引著東方玹夫婦去甘泉殿休息。

甘泉殿是東方玹從小住到大的地方，他一進殿就帶著閔窈輕車熟路地去了殿後的浴池，纏著閔窈給他沐浴捏肩。

等閔窈把他收拾舒坦之後，外頭已經過了二更，前面的宴席也散場了。

東方玹這時候卻毫無睏意，他很精神地掏出魯班鎖還想偷摸再玩幾下，不幸被閔窈發現了。接著她繳了他的魯班鎖，然後將他無情地趕到寢殿的床榻上。

「王爺，該就寢了，你要是乖乖的，明天出宮妾身給你買糖畫兒吃。」

東方玹一聽，立即在床上躺平，然後緊緊地閉上眼睛。

見他饞成這樣，閔窈偷笑著給東方玹蓋上被褥，轉身退出殿外想洗漱一番，沒想到李尚宮又從前頭提著燈籠笑吟吟地走過來。「娘娘，太后還沒歇下，想請您去她寢殿說說話。」

唉，該來的還是來了……她就知道太后沒忘了那箱子書的事！

閔窈在心底哀號一聲，面上擠出一個視死如歸的笑容。「嗯，好的。那就煩勞李尚宮在前頭帶路。」

閔窈跟著李尚宮一路戰戰兢兢地到了錢太后的寢殿。

走進殿門，只見錢太后穿著一件對襟的深紅色暗紋薄綢寢衣坐在床榻邊，她頭上的鳳冠髮釵早已卸下，此時正素著張布滿皺紋的臉，像是尋常人家的老祖母一般親切慈祥地招呼閔窈。「孫媳婦兒，快到祖母身邊來坐。」

「是，皇祖母。」

閔窈聞言，趕緊上前行禮，錢太后一把就將她拉到床邊坐下。

「玹兒已經歇下了？」

閔窈乖巧地回道：「是的，皇祖母。」

「哀家聽薛夫人說，現在玹兒的起居事務都是孫媳婦兒妳親力親為？」

閔窈紅著臉點點頭。

「好好好！」錢太后面上露出欣慰的笑容，終於問出令閔窈最害怕的那個問題。

「那……哀家上次讓李尚宮送去的書冊，窈兒可看完了？」

「回皇祖母的話……窈兒……」

閔窈心虛地低下頭，支支吾吾道：「窈兒只看了一點……後來得了風寒，腦袋昏昏沈沈的，就、就沒再看了。」

說完，她偷偷看了錢太后一眼，所幸錢太后聽了她的話，面上並沒有露出什麼不悅的表情。

「……這事哀家知道，妳底子虛，過幾天哀家派個太醫去王府給妳把把脈，開些補藥給妳好好調養調養。」

「窈兒謝皇祖母關懷。」

「書可以留著以後慢慢看，不過呢……」

錢太后話鋒一轉，拉著閔窈的小手語重心長道：「說句心裡話，玹兒的病治了這麼多年也沒見成效，哀家現在也不指望什麼了，只盼著他一生能夠平安喜樂……當然，如果窈兒妳能早日為他誕下子嗣，讓哀家在有生之年抱上重孫子，那哀家也就死而無憾了。」

這話說得有些嚴重，閔窈感到自己肩頭上的重擔一下子沈重得厲害，急忙說道：「皇祖母，今日是您的壽誕，您千萬別說這麼不吉利的話啊！」

「這傻孩子，瞧把妳給嚇的。都說生死有命、富貴在天，哀家都活到這歲數了，也沒什麼好忌諱的。」

錢太后的笑意直達眼底，望著閔窈意有所指地道：「事在人為啊！玹兒雖然長得這麼高、這麼大，可是他心智與孩童無異，等養好身子，有些事就需要窈兒妳主動些。哀家知道實在是委屈了妳，可是你們是要過一輩子的，這也是沒辦法的事啊！」

等閔窈紅著臉回到甘泉殿的時候，東方玹已經睡著了。在宮人的服侍下洗漱一番，閔窈換上質地柔軟的素紗寢衣，輕手輕腳地鑽進床榻裡邊。

回想起錢太后剛才說的那些話，閔窈有些睡不著。

藉著窗外皎潔的月光，她側身看著旁邊呼吸綿長的東方玹，心中隱隱湧動起一絲說不明，道不清的異樣感覺。

他們是夫妻……這個像孩子的男人，是她重生後自己選擇的、要一輩子在一起的人！

這樣想著，她心中霎時生出一股淡淡柔情來。

白嫩的小手不由偷偷伸了過去，順著他俊顏上硬朗的線條，從深邃的眉眼流連到挺直的鼻梁，然後掠過他溫軟的唇畔……感受到溫熱踏實的觸感，閔窈的嘴角不自覺地微微彎起。

也許在別人眼裡，東方玹只是個腦子有病的呆傻王爺——可是在歷經兩世的閔窈心中，他卻是這世間最純真可愛的孩子。

擁有足以傾倒眾生的妖孽美貌，內心卻偏偏純潔得像張白紙；平常總是一副生人勿近的樣子，可是她生病難受的時候，他會用自己的方式笨笨地對她好……比起前世，閔窈覺得自己真是太幸運。

我們是要過一輩子的。以後，就讓我來好好守護你吧。

小手堅定地環過東方玹起伏的胸膛，閔窈把頭靠在他肩上，一臉甜蜜地睡著了。

夜越來越深，月亮漸漸被大朵烏雲悄然地遮住。

「……阿微！妳醒醒……妳再看朕一眼啊！……不！這不是朕的錯，都是妳逼朕的！都是妳逼朕這麼做的……」跪在重重帷帳前的男人如同受傷的野獸一般咆哮著，滿是青筋的兩隻大手不甘心地搖晃著床榻上的絕美女子。

「妳不可以拋下朕！妳不能就這麼拋下朕……」

他臉上的表情越來越殘暴，好似隨時要將手中的女子生吞入腹。

「母后？……」窗外的東方玹小手上捏著一只風箏，怔怔地往後退了幾步，一對稚嫩的丹鳳眼中充滿了不可置信。

「誰？誰在外面？」

男人敏銳地察覺到殿外的動靜，忽地站起身來，就要往外面查看。

小小的東方玹慌亂極了，他飛快轉身，只見腳下是一座高達數百格的漢白玉階梯，從上往下看去，眼前一陣暈眩——他從小就怕高。

男人的腳步聲越來越近，他正要挪腳，驀地，一雙小手忽然出現在他身後，往他背上狠狠一推！

「啊——」

他整個人像是斷線的風箏般，從臺階上空失重飛了出去，耳邊猛烈的風聲呼呼作響。

「玹兒！」

男人撕心裂肺的呼喊穿透風聲鑽進他耳朵裡，他感到硬冷的地面距離他越來越近了。

「啊——」東方玹驚叫一聲，猛地從床榻上坐起身來，一滴滾燙的汗水從他額頭滑下，緩緩流進他半敞開的寢衣領口裡。

又是這個夢，又是這個夢！

結實的胸膛猛烈起伏，東方玹大口大口地呼吸著夜間冰涼的空氣，修長的丹鳳眼裡湧出一片難以抑制的水霧。

父皇殺了母后……是父皇親手殺了他的母后?!那個在心頭盤繞了無數次的可怕念頭終於湧了出來。東方玹渾身散發出駭人的寒意，放在軟衾上的一雙大手死死地攥成拳狀。

「……王爺？王爺？」

聽到身後傳來輕柔的呼喚，東方玹高大的身軀微微一僵，他正想緩和臉色再轉過身去，沒想到背上突然一暖，接著，兩條柔嫩的手臂溫柔地環住他。「王爺是不是又作噩夢了？不要怕，妾身在這兒，妾身會一直保護你的……」

保護他？

身上的寒意逐漸散去，感受到貼在他後背肌肉上那一處暖暖的柔軟，東方玹心中微微一動，瞇起丹鳳眼轉過身去。

如幼獸般驚恐的神情讓閔窈立即心疼不已，她一把就將這高大的男人拉到自己懷裡。

「王爺不怕，夢裡的東西都不是真的，咱們不怕。」

「嗯。」東方玹軟糯地應了她一聲，滿臉乖巧地把腦袋埋在他媳婦兒懷裡蹭了蹭。

嗯，好軟乎……他忍不住又蹭了蹭。再蹭。

「王爺？」

看著窩在她懷裡蹭來蹭去的男人，閔窈感到一絲不對勁，臉上登時一紅，她抱著東方玹身子的兩條手臂頓時有些僵硬起來。

這「孩子」左蹭蹭、右蹭蹭的想幹麼呢？呃，他從小是被乳母薛夫人帶大的，心智又不成熟……他該不會……他他他現在該不會是想喝那啥吧?!

第十六章

所幸東方玹蹭了一會兒之後，並沒有進一步的動作，他在閔窈懷中安靜地打了幾個哈欠，顯然是有了睏意。

「王爺，睏了就睡吧，別怕，妾身會一直守著你的。」

閔窈面上緩了緩，抱著東方玹重新躺倒下去。想到自己剛才用那樣不好的心思去揣測這「孩子」，她心中十分自責，當下更是緊緊地摟住東方玹。

小手在他寬闊的背上充滿安撫意味地輕輕拍打著，閔窈不由想起自己年幼作噩夢時母親哄她的情形，於是用下巴抵著他額頭柔聲道：「傳說月亮裡面住著一條大天狗，專門靠吃凡人的噩夢為生。在妾身母親的老家，誰家孩子要是作噩夢了，只要輕輕唸著『大天狗，大天狗，快來把我的噩夢吃掉吧！』那孩子就不會再作噩夢了呢！」

「大天狗？」東方玹在她懷裡挑了挑濃密的劍眉。

「是呀，那可是天上的神仙狗喔！」閔窈伸手摸了摸他滑順的頭髮，在他腦袋上方虔誠地低聲唸起來。「大天狗，大天狗，快把王爺的噩夢吃掉吧！」

「媳婦兒……」

「嗯？」

「我不怕了。」
「那王爺快歇息吧，等天亮出宮，妾身給你買糖畫可好？」
「好！」
東方玹勾起嘴角，一頭鑽進閔窈懷裡。
第二天，錢太后得知東方玹昨夜又作了噩夢，急急忙忙地就從太醫局調了七、八名醫官過來給他看診。醫官們給東方玹把完脈後，一起商議了幾個時辰，才小心翼翼地開了個安神調養的方子呈上去。
「又是安神的湯藥！每次玹兒夜驚，他們就知道拿這個糊弄哀家！吃了這麼多年安神的湯藥，哀家是一點兒成效都沒見著！」
慶祥宮正殿內，錢太后怒氣沖天地將太醫局呈上來的方子拍在几案上，側頭對邊上的李尚宮道：「哀家看哪，給玹兒看診的這麼多人裡頭，只有那小神醫茅輕塵有兩下子，可他在各地遊歷這麼久都沒個消息，到底什麼時候才能回洛京來啊？」
李尚宮恭敬地回道：「臣聽陛下跟前的人提過，說茅神醫今年在新羅、扶桑等國弘揚醫道，最晚也要明年才能歸朝。」
「哼，這不務正業的小子……哀家等他的偏方等得眼睛都要花了。幸好玹兒今年大婚，身邊有窈兒照應著。」錢太后滿臉欣慰地望著坐在她身側的閔窈，道：「玹兒昨夜噩夢，聽值守的宮人說，是妳安撫他入睡的？」

「是的，皇祖母。」閔窈有些不好意思地點點頭。

「真是好、真是好！哀家早就說過，玹兒身邊有個知冷知熱的人時時陪伴著，他夜驚之時，哀家也就不用那麼揪心了。」

錢太后說著說著，兩個眼圈禁不住微微地紅起來。「以前玹兒被噩夢驚醒後，他就整晚再也睡不著覺，每次哀家去看時，總見他兩個眼窩下青灰一片；現在好了，有妳在，哀家可以放心許多。窈兒，妳做得很好，哀家沒有看錯人啊！」

「皇祖母千萬別這麼說，王爺他是窈兒的夫君，窈兒自然是應該照顧他、護著他的。」

「……哀家就知道，窈兒妳是個好孩子。」錢太后動情地拉過閔窈的手，鄭重說道：「今後玹兒一生的平安喜樂，哀家可就全權託付給妳了。」

「謝皇祖母的信任。」閔窈握著錢太后的手，篤定說道：「窈兒一定不負所託。」

因為東方玹夜驚之事，錢太后強留夫婦倆在慶祥宮住了三日。

這三日裡，小倆口陪著錢太后聽曲兒、看舞、遊御花園，忙得不亦樂乎。東方玹每晚回到甘泉殿一沾枕就睡，連續幾晚都是一夜好眠。

到了第四日傍晚，東方玹鬧著要出宮買糖畫，閔窈只好帶著他去向太后告別。

錢太后對孫子、孫媳婦兒很不捨，可是東方玹畢竟是在外建府的親王，在宮中逗留過久恐怕會引人非議。為了孫子好，錢太后咬咬牙，終於讓他們離宮。

臨行前，錢太后命李尚宮給東方玹整理了一大馬車新奇的禮品，這些禮品中，吃的、用的、玩的，應有盡有，是大昭官員和附屬國國王給錢太后送的壽誕禮，錢太后從自己的庫中盡挑好的給東方玹帶上。

聽見老人家這樣寵孫子，連皇帝知道後都有些眼紅了。

酉時三刻，日落西山，天地昏黃。

秦王的兩輛四駕馬車在一隊侍衛的護送下，緩緩駛出了宮門。

洛京城內的宵禁制度非常嚴格，所以天色一黑，城內便家家關門閉戶，大街小巷空無一人。護衛們手持松脂火把，宛如一條火龍在街上蜿蜒而過，巡夜的武候衛們見到馬車外掛著秦王府字樣的燈籠，立即蹲在路邊行禮，不敢貿然上前打擾貴人。

車內燈火通明，只聽得到外邊車輪在地上滾動的輕微聲響，還有初秋夜裡特有的一陣陣唧唧蟲鳴。

「媳婦兒，妳答應過要給我買糖畫的。」東方玹捧著他的八卦多寶盒，在馬車內不滿地嘟起嘴。

「王爺，這不是天都黑了嗎?做糖畫的老人家已經收攤子回家啦！」閔窈伸手在他腦袋上摸了幾把，寵溺地哄道：「明天，明天一早妾身就派人給你買好不好？」

「哼！那我要三十個！」

東方玹一邊獅子大開口，一邊不動聲色地連人帶盒滾到閔窈的懷裡。自從那晚在閔窈懷裡睡了安穩的一覺之後，他便覥著一張無辜俊臉，隔三差五的就跟媳婦兒要抱抱。

「好好好，三十個就三十個。」

看到這「孩子」與自己越來越親密，閔窈心裡也甜絲絲的，一把抱住他高壯的身子，絲毫沒察覺看似純潔如白紙的某人正在占她便宜。

「轟隆！」忽然，馬車內感受到一陣劇烈的震動。

東方玹驀地從閔窈懷中直起身來，閔窈趕緊朝車外問道：「發生什麼事了？」

馬車外一片喧囂。

「娘娘！有刺客！您和王爺快——啊！」

車夫還沒說完，只聽車門處一聲沈重的悶響，外頭便再也沒了回答。

有刺客?!

作為一個活了兩世的深閨女子，閔窈原先只在俠客傳記裡見到過刺客這兩個字，她從來沒想到有一天真的會遇上刺客，也從來沒想過在大昭境內居然有人會這麼大膽，敢在天子腳下襲擊秦王的馬車隊！

驚慌失措之際，她唯一的念頭就是——絕不能讓東方玹受到傷害！

「王爺！快，快躲到妾身身後！」見東方玹愣愣地看著她不動，閔窈心急如焚地就挪到他前面，迅速把東方玹往馬車角落裡藏。

就在兩人剛剛穩住身形之際，一道白光在馬車中間閃過，眨眼的工夫，馬車車廂就唰一聲被生生劈成兩半。

「啊！」

閔窈驚叫一聲，一雙有力的大手抱著她從殘存的馬車碎片上摔下去。

「哈哈哈！這人定就是秦王了！殺了他，雇主說殺了他，我們後半輩子就不用愁了！」站在馬車前的黑衣男子發出一陣可怕的笑聲。

藉著四處零落的火光，可以看見他手上握著把寒光畢露的橫長窄直刀，腳踏厚底木屐，在他嘰哩呱啦地說了一大串閔窈聽不懂的話後，又有幾十個鬼影般的黑衣人從他身後閃出來。

「殺了他！」

為首的黑衣人發音短促地說了一句，雖然不知他在說何方語言，可是通過這群人看東方玹那不懷好意的眼神，顯然他們是衝著東方玹來的。

「王爺！快跑！」

閔窈顫抖著朝身後大喊一句，下意識張開雙手想攔住那些黑衣人。身為藺老將軍的外孫女，她此刻只恨自己年幼時為何要偷懶放棄習武，如果她會武功，就能護住東方玹，不至於像現在這樣無力，如同螳臂當車。

「大昭皇子，今晚就是你的死期了！」

黑衣人頭頭大笑著喊了一句，絲毫沒有把閔窈一個弱女子放在眼裡。隨著他一聲令下，幾十道黑影志在必得地集中火力朝他們飛快衝過來。

「快走！王爺、東方玹！你聽到了沒有？你走啊！」

感受到身後那雙大手還牢牢地抱著她的腰，閔窈真是急得眼淚都快要流出來了。她轉身狠狠地推了東方玹一把，卻見他身後猛然飛出十幾個銀甲衛士，霎時如十幾把利劍一般，擊潰了黑衣人的進攻。

是王府的祥雲十八親衛！

閔窈面上閃過一陣喜色，拉著東方玹麻溜地往安全的角落躲。

「王爺，剛才從馬車上摔下來的時候你有沒有摔傷了？」

兩人在一處牆角停下，閔窈馬上拉著東方玹仔細地查看起來。「王爺怎麼不說話？是不是嚇壞了……是不是……」

「我沒事。」夜幕微亮的火光下，東方玹的神色波瀾不驚，一雙丹鳳眼中湧動著莫名的情愫。「閔窈……」

「王爺小心！」

他正要說話，眼前的小女人卻望著他身後驟然地尖叫一聲，然後她以迅雷不及掩耳之勢抱住他旋轉，用自己柔軟的身子，抵住一把原本是朝他呼嘯而來的橫長直刀。

千鈞一髮之際，閔窈只覺得有一股巨大的力量瞬間將她摜倒，身子結結實實摔到一堵溫熱的肉牆上。她怔怔地抬起頭，只見眨眼工夫，那刀的主人竟已經睜眼倒在一灘血泊中。

「王爺？王爺？你在哪兒？」

「我在妳身下……」

身後傳來一聲悶悶的回答，閔窈聞言，立即手忙腳亂地從他身上爬起來。

「啊！王爺！你流血了！」

深夜，太監鄭德寶神色慌亂地趕到太子寢殿輕叩大門。「殿下！小的有要事稟告。」

「進來！」

「是。」

弓著身子摸進暗香繚繞的寢殿，鄭德寶輕輕帶上門，就聽到殿內深處傳來一陣男子壓抑的喘氣聲。他腳下不由一滯，偷偷抬眼望去，只見寢殿中間立著的那座十二扇琉璃紗春宮鎏金屏風後，有兩道修長的身影正火熱地交纏在一起。

殿內燈火通明，僅隔著一層半透明的琉璃紗，宋小郎君那張柔弱妖媚的臉緊貼著床榻上的錦被，在屏風後不斷地晃動著。

「……小的該死！小的先退下了。」沒想到會撞見太子的好事，鄭德寶登時冒出一身冷汗，嚇得就要抖腿往外走去。

「站住！何事要稟？」

太子的聲音聽上去格外沙啞，縱然是不能人道的宦官，鄭德寶也明白現在不是說事情的好時機。然而此刻太子逼問，事情又是萬分緊急，他不得不硬起頭皮轉身，戰戰兢兢地稟告道：「殿下，他們失手了。」

話音剛落，屏風後的動靜霎時停下來，偌大的寢殿裡只剩下幾道呼吸聲，氣氛變得十分可怕。

「殿、殿下……」一大顆冷汗從鄭德寶的鼻子上快速地墜下來，他舔了下兩片乾燥的嘴唇，只覺得屏風後有一股滔天的怒意緩緩向他逼來。

兩腿一軟，鄭德寶撲通一聲跪到地上。「殿、殿下……息怒……」

他話沒說全，滿頭冷汗倒是淋漓而下，啪嗒啪嗒打濕了他腳下一小塊華貴的波斯地毯。

「……一群廢物，一群廢物！」

太子陰冷的咒罵從屏風後低低傳了出來，鄭德寶匍匐在地上屏氣凝神，緊接著，裡頭宋小郎君一聲哀過一聲的慘叫就鑽到他的耳朵裡。

「該死！該死！該死！」

「……殿下！不要……求求你……求你……」

床榻在瘋狂地搖晃，似乎下一刻就要分崩離析，宋小郎君嗚咽的求饒聲變得越來越小，直到一刻鐘後再也沒了聲息。鄭德寶聽得面紅耳赤，不敢輕舉妄動，他臉上燙得厲害，手上、腳上被冷汗浸透，此時是一片透骨的冰冷。

「你也是個廢物！」

過了良久，只聽屏風後「砰」的一聲悶響，太子面目猙獰地赤著身體走出來，而床榻之下，一具遍布青紫的身體正蜷縮在冰冷的地上，隱隱顫抖著。

「更衣。」

「是……來人，給殿下沐浴更衣！」

鄭德寶如蒙大赦，搖搖晃晃地到寢殿門口喊一聲，馬上就有一眾宮人魚貫而入，簇擁著太子去了殿後的浴池。

看到太子稍微平復了情緒，鄭德寶暗暗鬆了一口氣，低眉順眼地退到門邊站著。不一會兒，一個模樣機靈的小太監輕手輕腳地湊到他的邊上。「公公，小郎君傷得厲害，現已昏厥過去……小的們該如何處理？」

「這種事還要來問咱家？真是白長了副機靈樣！」鄭德寶用眼睛狠狠地剮了那小太監一眼，低聲道：「送回密室，請個嘴嚴的醫官過來給他瞧瞧。」

「是，公公。」

小太監低頭迅速離去，浴池外另一個小太監卻又急匆匆地跑進來，喘著粗氣，向鄭德寶稟告道：「公公、公公！秦王在宮外遇刺，陛下從秦王府趕回宮中，急召太子殿下前往光明殿議事！」

第十七章

等太子一臉「焦急」地趕到光明殿時，當朝的左右丞相、刑部尚書、大理寺正卿、御史臺大夫及鴻臚寺正卿幾位大人，正在殿內嘰嘰喳喳地談論著秦王遇刺一事。

眾官員看到太子進來，紛紛向他行禮。

「眾位大人免禮。」太子溫文爾雅地抬了抬手，快步走到皇帝跟前問道：「父皇，三弟他現在如何了？」

「受了一點皮肉傷。」深夜受到如此驚嚇，皇帝滿臉惱怒中摻雜了一些疲憊。「但刺客在刀上餵了毒！他現在還昏迷著，太醫局眾醫官正在宮外給他解毒。」

「什麼，三弟他中毒了？」太子聞言，極力隱去眼中的幸災樂禍，面上露出深深的關切之情。「父皇，那三弟有沒有性命之憂？」

「太醫說，暫無性命之憂。」

「……如此，可真是聖祖庇佑。」太子口是心非地說了一句，轉而意味深長道：「三弟實在命大啊。」

「幸好你三弟命大，不過……那群刺客的膽子倒是不小哇，居然敢在大昭國都內動朕的兒子！」

「多半……是些亡命之徒吧？」太子被皇帝的盛怒震得小小哆嗦了一下，試探著問道：「父皇，刺客現已伏法了嗎？」

「伏法?!哼，他們行刺你三弟不成，全部當場自盡身亡了。」

「唉，那豈不是死無對證？」太子心中暗暗鬆了一口氣。

「朕看未必如此。」

皇帝側臉看著刑部尚書和大理寺正卿問道：「兩位愛卿，適才你們在殿中商議許久，關於刺客的身分可有進展？」

「回陛下，所有刺客屍體已經在刑部反覆驗過，這些刺客不是我們中原之人。」大理寺正卿與刑部尚書對了下眼，十分篤定地道：「根據刺客身上的紋身、所用的橫長窄直刀以及他們腳掌變形處，臣可以斷定這些刺客就是扶桑人。」

皇帝瞇眼道：「扶桑人？愛卿是說，這些刺客來自我大昭東海外的那個彈丸小國？」

「沒錯，陛下。」

刑部尚書上前奏道：「扶桑人自小穿木屐行走，與我們中原人的腳比起來，他們腳骨往往是格外寬大而變形的。再者，當時秦王的護衛、馬車夫都被他們用典型的扶桑刀法所傷。根據秦王祥雲十八衛的回憶，這些人說的話就是扶桑土語！」

「扶桑人簡直是活膩了，膽敢行刺我大昭皇族！」太子聽完刑部和大理寺得出的結論，頓時就情緒激昂地跳出來。「父皇，咱們即刻就發兵東海，將這小小的扶桑蕩平，為三弟報仇！」

他這番孟浪的言論，立刻讓殿上的一眾大臣面面相覷起來。

「刺客案尚未結案，朕都還沒說什麼，你倒是比朕還著急。」皇帝冷冷看了太子一眼，頗為失望地說道：「上躥下跳、喜怒形於色，哪有半點我大昭儲君該有的樣子？」

「兒臣、兒臣也是為三弟不平啊……」

「朕知你是護弟心切，但也不能魯莽行事。」皇帝面上緩了緩，威嚴地道：「你放心，若查明此事真是扶桑人在背後主使，朕一定不會放過他們。」

「是，兒臣剛才莽撞了。」太子滿臉慚愧地低下頭去，藏在袖子裡的手捏出一把汗來。

查查查，再查恐怕就要查到東宮了！哼，如果當初在臺階上，他那一下推得更狠一些，今天肯定就不會有這樣的煩惱了……

閔窈廢寢忘食地在床榻前守了兩天兩夜，到了第三天早上，東方玹轉著一雙烏溜溜的眼珠子從床上爬起來，滾到她懷裡弱弱地說了一句。「媳婦兒，我要吃糖。」

「王爺醒了！王爺醒了！我們有救了——」

駐守在東方玹寢房外的太醫們聽到他的聲音，彷彿聽到初春第一聲清脆的鳥啼般激動，數十位太醫拋棄平日的斯文模樣，嚎得像殺豬似的，一下子湧進屋裡，爭先恐後地要給東方玹把脈。

對於這些明顯不正常的人，東方玹是拒絕的。但是耐不住閔窈軟磨硬泡地哄，他只好勉為其難地讓其中一個看著比較順眼的太醫過來給他把了下脈。

「哎喲！祖師爺保佑！常脈，是常脈！王爺身上的毒解了！」比較順眼的太醫把完脈就笑得跟失心瘋一樣，撒開兩腿往皇宮的方向跑了。

「這……這把完脈連藥都不開？」

「王妃娘娘，王爺接下來靜養一段日子即可，無須再用藥了。」

餘下收拾殘局的太醫們見閔窈不放心，和她解釋了幾句。

閔窈聽了又驚又喜，立即吩咐秋月、秋畫給在場的每個太醫發了賞銀紅包，奉上好的茶水點心。等一夥人在王府用完豐盛的午飯後，又安排王府的馬車將太醫們送回太醫局。

午間沐浴更衣後，東方玹披散著帶著水氣的長髮，悠閒地盤坐在寢房地毯上，一個接一個地吃著閔窈給他買的糖畫。

「王爺，糖畫甜不甜？」

「甜！」一個蝴蝶形的糖畫被整個塞進紅潤的嘴裡吮吸著。

「那妾身以後天天給你買好不好？」

「好！」說話間，小猴子形狀的糖畫被咯嘣咯嘣嚼完嚥下。

「今天吃太多了，以後不能這樣吃了。」

望著洗澡後渾身散發誘人光澤的東方玹，閔窈忍不住眼圈一紅，動情地上前抱住他。

「王爺，你答應妾身，以後如果遇到危險，你自己要先跑，不要管妾身，知道了嗎？」
在東方玹昏迷的時候，閔窈無時無刻不在自責。明明說好她要保護他的，可那晚卻差點讓他為自己送命……
「王爺，你有在聽妾身說話嗎？怎麼不回答？」
東方玹一副沒在聽的樣子，自顧自從紙盒裡拿出個梅子大小的琥珀色牡丹糖畫，遞到她嘴邊，甜甜說道：「媳婦兒，只剩最後一個了，給妳吃。」
這「孩子」，竟捨得把最後一個糖給她！閔窈心中一陣感動，張嘴輕輕把牡丹糖含進去，頓時感覺有股淡雅香甜的味道充斥在口腔中。
「媳婦兒，牡丹糖畫好吃嗎？」
「嗯，好吃。」
「我也想嚐一嚐……」
一雙大手忽然定定地捧住她的臉，線條優美的喉結上下動了動。望著閔窈花瓣一般的粉唇，東方玹眼神迷離地低頭，以迅雷不及掩耳之勢覆了下去。
「王爺……唔！」
杏眼不可置信地微微睜大，閔窈兩隻手慌亂地推拒著朝她壓下來的那具壯碩胸膛。
溫熱柔軟的觸感從唇上無法抗拒地傳過來，東方玹一把將她按到地毯上，彷彿是在品嚐世間最美味的糖果般，一下一下輕柔地舔舐著她嘴裡含著的牡丹糖。

「好甜。」

絕美的丹鳳眼染上一絲魅惑的笑意，閔窈覺得自己像是瞬間中了蠱，手上、腳上再也使不出丁點兒力氣，只能軟著身子，眼睜睜地看著他再一次欺上來。

輾轉碾壓中，那顆甜蜜的牡丹糖逐漸融化，東方玹卻是沒吃夠地舔了舔嘴角，俯身就要一路往下。

「不要，王爺！快停下……」雪頸上一片微弱的酥麻刺痛讓她如夢初醒，閔窈一個激靈，使出吃奶的勁兒，猛地把伏在她身上的東方玹推開來。

「媳婦兒……」東方玹滿臉委屈地從地毯上坐起身，一隻大手捏住閔窈的裙角，小心翼翼開口。「妳生氣了？媳婦兒別生氣，我下次不搶妳的糖了。」

「……妾身、妾身沒有生氣。」

閔窈扯過肩上掉落的薄紗衣襟，滿臉潮紅地掩住胸前那片呼之欲出的嫩白……兩世為人，她還是第一次被人親吻！雖然親她的那人是無意識的，可是她的心到現在還堵在嗓子眼附近怦怦狂跳著，腦中更是混亂成一團。

要不是她剛才及時清醒，依著剛才那股狂亂的勁兒，她極有可能要把這「孩子」給……咳咳，幸好她懸崖勒馬，總算沒鑄成大錯，不然以後她該拿什麼臉來面對他啊？

見她沒有生自己的氣，東方玹順杆而上，立即又靠到閔窈身邊。「真的沒有生氣嗎？那媳婦兒的臉為何這麼紅？」

「呃，因為……因為天太熱了。」

不敢抬頭看他的眼睛，閔窈低著滾燙的腦袋，儘量用平靜的語調教他道：「王爺以後想吃糖就自己吃好了，不用分給妾身的。以後千萬不能像剛才那樣……被人看到了不好，知道了嗎？」

「像剛才那樣親親不行嗎？」

「不行……王爺，這不會是嬤嬤教你的吧？」他一個孩子怎麼會知道親親？不用說，肯定是被人教壞的。

「可是嬤嬤說，媳婦兒就是給我親親的。」東方玹很不服氣地指著床榻下的某處，理直氣壯道：「那個盒子裡，書上有很多不穿衣服的小人兒，不僅親親，還抱抱呢！」

盒子？書？不穿衣服的小人？這幾個字眼在閔窈腦子裡過了一遍，她腦子裡轟地一下就炸開來。「妾身藏在床底下的書，你都看了?!」

「都看了！」東方玹乖巧地窩到閔窈懷裡，伸出一根手指偷偷戳著閔窈的小腹。「宮裡還有更多……」

「王爺，咱們別、別說這事了。」

天啊！原來教壞王爺的那個人是粗心大意的她自己！

望著懷裡天真無邪的東方玹，閔窈憂傷地暗暗思忖起來。

看來她這盒小人書要趁早挪到別的地方藏著了。小孩子忘性大，這幾天她先多搞點吃的、玩的轉移一下東方玹的視線，等再過幾個月，他應該就不會記得什麼不穿衣服的小人兒了。

唉，想想真是丟死人啊！她當初怎麼就沒想到，這「孩子」老喜歡坐地毯上玩魯班鎖，稍微轉個頭就能把床榻底下看得一清二楚呢？

自遇刺後，東方玹在府上養了一個月的傷，王府的守衛也由原先的三百人增加到六百人，前前後後把王府圍了個嚴實。

在這段時間裡，大理寺和刑部日夜嚴查，總算查到那幫刺客是假扮扶桑國學者混進大昭境內來的。他們真實的身分是在東海流浪的扶桑武士，之所以會行刺東方玹，是因為有人花重金雇傭他們而來。

案子查到這裡，就斷了線索，所有與扶桑武士接觸過的人不是死了就是失蹤，最後這案子也就變成了無頭公案。

皇帝收到這個結果後龍顏大怒，把滿腔盛火燒到了東海上的扶桑國。

元嘉三年八月十三日，大昭帝國向扶桑國降下國書，國書上大昭皇帝怒斥扶桑王治國不力，導致流寇驚擾大昭沿海子民。為此，皇帝決定永久廢除扶桑王「國王」稱號，稱其為扶桑國主。

國書上還說，扶桑學者選拔不嚴，混有浪人武士企圖謀害大昭皇族，此舉公然挑釁大昭帝國作為中洲宗主國的權威。所以從元嘉三年開始，大昭不再接受扶桑學者到訪求學。不管是未進入大昭國子監太學，或是已經進入太學的扶桑學者，即日起全部逐出國子監，遣送回扶桑。

最後，為表懲戒，駐守洛京的扶桑大使及扶桑官員，悉數被扣押大昭天牢接受審訊，在秦王遇刺案未查清之前，扶桑國主必須在其國內面壁思過，每月向大昭上呈萬言悔過書及加倍的貢品。

聽送國書的官員回洛京說，扶桑國主接完國書後，跪坐在席子上，哇一聲就哭了出來。

到了中秋，天氣變得涼爽不少。

在王府中養傷這段日子裡，東方玹變得更黏閔窈了，連她回趟娘家都要像條小尾巴一樣巴巴地跟著。

而閔方康聽說王爺女婿要來，早早就命人將做糖人的、畫糖畫的手藝人請到府裡，一口氣疊了堆小山般的糖人、糖畫坐等東方玹的大駕。是以東方玹一到閔府，就被他老丈人拿著糖給拐去前廳說話了。

而藺氏的身孕這時已有三月，小腹處正微微地隆起，算起來，母女倆自從閔窈上次回門，至今已經有兩個月未見面了。

「母親近來身子累不累？」閔窈輕輕地靠在藺氏邊上摸她的肚子，笑嘻嘻道：「都說酸兒辣女，母親現在喜歡吃辣的，還是酸的呢？」

「哎，這哪兒說得準哪！」蘭氏望了望几案上那碟酸梅乾道：「阿娘有時候想吃酸的，有時候想吃鹹的，有時候又想吃辣的……所幸這陣子吃了酸梅止吐，胃口也好了些。」

閔窈歪著腦袋說：「酸的、鹹的、辣的都想吃，這可就難猜嘍！不過女兒知道，父親一定希望您生個弟弟！」

「是啊，你父親都三十六了，膝下只有妳和玉鶯兩個女兒，阿娘知道他就盼著兒子呢！」

「那阿娘喜歡兒子還是女兒？」

「妳問妳阿娘啊？」蘭氏抿嘴笑道：「只要是阿娘自己生的，阿娘都喜歡。窈兒，妳也別光顧著說阿娘呀！妳說說，妳都和王爺成親好些天了，你們兩個……可有過？」

閔窈聞言面上一紅，趴在蘭氏腿上輕輕地搖搖頭。

蘭氏還有些不相信。「真的一次都沒有？可是阿娘看王爺他很黏妳呀！」

「真的沒有。他就是喜歡找我玩……哎呀，阿娘您問這個做什麼！」

見女兒羞憤地扭過身，蘭氏馬上拉住她，有些焦急地低聲問道：「王爺他是不行……還是不會啊？」

「阿娘，您怎麼……真是羞死人！」

沒想到母親比太后說得還要露骨，閔窈登時滿臉通紅，簡直不敢相信自己的耳朵。

第十八章

「傻女兒！母女間有什麼不好說的，阿娘這還不是為妳好？王爺不比一般人，妳要是沒有他的子嗣，以後在王府可如何立足啊？妳跟阿娘說，王爺他……」

蘭氏抓著閔窈耳語一番，見女兒羞澀不已地點了下頭，蘭氏一顆懸著的心總算放下來。

「既然王爺身體康健，妳也要主動點才行，出嫁時阿娘給妳壓箱底的那些避火圖，妳要跟著多學學啊！」

「阿娘！他根本就是個孩子，什麼都不懂，妳叫女兒怎麼下得去手……」

「妳這傻孩子！他不懂，妳可以教嘛！難道妳打算一輩子這樣和他過？就不生孩子啦?!」

蘭氏一口氣說了一大串。她真後悔沒早點問閔窈，女兒面皮薄，她今天若是不問，閔窈恐怕一輩子都不會主動和她說這事。一想到女兒現今面臨如此尷尬緊迫的境地，蘭氏急得坐不住了，正想拉著閔窈再耳提面命一番，沒想到她跟前的大侍女青環在這時走進來。

「夫人，前頭宴席準備得差不多了，老爺請您和王妃過去。」

「好，我知道了。」

蘭氏從蒲團上直起身子，閔窈見母親沒時間再和她說那些羞人的事，馬上樂顛顛地伸手將她攙扶起來。

「對了。」藺氏忽然想起什麼，問青環道：「今天老爺宴請女兒、女婿，算是家宴，妳讓姨娘和二小姐也到席上坐吧。」

青環道：「夫人，二小姐和柯姨娘那兒老爺已經派人請過了。柯姨娘這會兒在二門等您；至於二小姐，她說身子乏，中午就不出來了。」

「嗯，身子要緊，那就讓她休息吧！吩咐廚房晚些做點清淡的送去西院。」

「是。」

青環應了一聲，轉身打開堂屋的門，屋外七、八個侍女早已列成一排候著。

「上回女兒染風寒時，不是說玉鶯得怪病去鄉下了嗎？」閔窈覺得有些蹊蹺，問藺氏：「她什麼時候回來了？」

「妳鶯兒妹妹這病，說怪也真是怪，聽說到祖宅喝了幾次土草藥，竟然就養好了。」

藺氏偕同閔窈緩緩往二門的方向，一邊走，一邊笑道：「她半個月前就回府了，阿娘知道妳前些日子忙，這些瑣事就沒讓人跟妳提。」

「原來如此。」

到了二門，果然見柯姨娘畢恭畢敬地站在那裡等她們。

三人寒暄一番後，一行人嫋嫋婷婷地到了正廳。閔窈剛進廳門，就見一道灰色的身形飛快地奔到她眼前。

「窈……王妃娘娘！閔盛見過王妃娘娘！」

看著眼前那張白淨文弱的臉龐，閔窈眼中立即閃過一絲驚喜。「咦？盛哥哥，你怎麼來了！」

聽見閔窈同小時候那樣甜甜地喊自己哥哥，閔盛心中一動，有些緊張地垂頭道：「中秋佳節，國子監放假，父親昨日就派人將我接回府上了。」

閔盛口中的父親就是閔方康，他原來不姓閔，十歲之前叫李盛，他是閔方康十年前從遠房表親家帶到洛京的養子。當年閔父連得兩個女兒後，後宅便再沒了好消息，他怕將來沒兒子養老送終，於是早早就在親戚中留意了幾個聰明伶俐的男娃。

當時年僅十歲的李盛就是這幾個孩子中唸書唸得最好的。閔方康很喜歡，收了他作養子，把他名字改成閔盛。之後閔方康將他從鄉下接到洛京悉心教導，幾年後又費了一番功夫將他送進國子監太學。

國子監是大昭最高學府，能夠進入國子監太學唸書，不知是天下多少讀書人夢寐以求的事。閔盛很珍惜這來之不易的機會，通常他只有過年那幾天才回閔家來，其餘時間都窩在太學發憤苦讀。

四、五年下來，閔盛的學問突飛猛進，閔方康對他將來能光耀門楣的盼頭也越來越大。只是，正當閔方康對這個養子稀罕得不得了的時候，他的正妻藺氏又有孕了。

於是，原本要繼承家業的養子閔盛，這會兒在閔家的地位就有些微妙起來。

閔窈記得，前世她在蕭家病重無人理會，只有這位義兄來看過她幾次。那時她的嫁妝被蕭家的人搬空，滿臉病容、窮困潦倒……閔盛很不忍，每次都偷偷塞銀子給她。

這份雪中送炭的珍貴恩情，讓閔窈心中充滿感激，是以現在她對閔盛比前世更親切。

「盛哥哥難得回來，今年咱們這中秋家宴可比去年要熱鬧了。你在太學一向都好嗎？」

「好，我很好……」

閔窈的關切讓閔盛有些侷促不安，削瘦清秀的臉上頓時湧出一片淡紅，說話也變得有些結巴起來。「這次回府……能見到娘娘，真是、真是太好了。」

閔窈微笑道：「盛哥哥說這話可就有些見外了，我還是喜歡你像小時候一樣喚我『窈兒』，都是一家人，你叫我『娘娘』太生分啦！哎呀，咱們別站在門口了，父親和母親他們已經入席了。」

「好好好，聽妳的。」

閔盛受寵若驚，正想與閔窈一起走，不料眼前一晃，一道高過他頭頂的身影唰地一下就黏到閔窈的身上。

「媳婦兒，快去吃糖，岳父那有好多糖人兒，可甜啦！」

東方玹毫不客氣地把自己的高壯身軀掛到閔窈柔軟的身子上，他兩隻大手摟著閔窈的脖子，修長的鳳目有意無意地掃過邊上著一襲灰色布袍、五官平淡的閔盛。

閔窈與秦王大婚那天閔盛也回家吃過喜酒，雖然沒能親眼見到這位傳說中的呆王前來迎親，但是光憑著對方一副孩童語氣和對閔窈黏膩的態度，閔盛馬上就猜出來人的身分。不敢直視東方玹的眼睛，閔盛立即屈身行禮。「閔盛見過王爺。」

「免禮免禮。」東方玹收回視線，拉著閔窈甜糯道：「媳婦兒，走，咱們吃糖去。」

「王爺，馬上就要吃午飯了，你不能再吃了。」閔窈忍不住絮絮叨叨起來。「太醫說了，這樣沒節制地吃糖，對脾胃不好……」

小倆口說著，拉拉扯扯地就往席子那邊走去，閔盛跟在後頭，看著兩人甜蜜的背影，胸口不禁湧上一股難以抑制的失落來。

國子監的老師幾年前就勸他去參加科舉，他卻總覺得自己沒準備好，年年都不敢去。現在想來，如果他能早些參加科舉，早些進士登科的話，是不是一切都會變得不一樣？而今陪在她身邊的那個人，會不會變成他呢？

因為王爺女婿的到來，閔府今日家宴上的菜餚非常豐盛。

除了各種山珍海味、河鮮野蔬之外，廚房大師傅還特地呈上一道名為「渾羊歿忽」的大昭名吃。

這道菜源自宮廷，做法是將數隻肥鵝宰殺去毛，除淨內臟，把調味拌勻的肉和糯米飯填滿鵝肚，然後這些鵝被塞進羊的肚子裡，一起在火上烤熟後，棄了烤羊，只取出燒鵝來吃。

這樣做出來的燒鵝肉質極其鮮美，鵝肚裡的肉和糯米飯更是香味撲鼻。

閔方康和藺氏對這道「渾羊歿忽」讚不絕口，坐在下首席位的柯姨娘和閔盛等人也紛紛附和著。

大概是在宮裡吃得多了，東方玹對燒鵝興趣缺缺。他一手捏著一個糖人兒，兩隻眼睛在他和閔窈几案上那數十道的菜轉了轉，盯著一碟鱸魚羹道：「媳婦兒，我要吃那個！」

「妾身知道了。」閔窈將魚羹挪到他跟前，又順手在他碗裡添了些白米飯。「好了，王爺可以吃了。」

東方玹聞言，手上卻不肯放下糖人兒，看上去是對那兩個糖人兒喜歡到不得了的樣子。他一本正經地對閔窈說道：「我很忙，媳婦兒妳餵我吃吧！」

「啊？」

聽他這樣說，閔窈的第一個反應就是趕緊看向閔方康和藺氏——父親可是最講究禮儀規矩的，她怎麼好在父親面前餵自己夫君吃飯？那太失禮了，而且還有些羞人。

夫婦倆和閔方康他們並排坐在上座，所以東方玹的話閔方康和藺氏應該都聽見了。察覺到閔窈求助的目光，沒等藺氏開口，閔方康就摸著鬍子笑咪咪道：「看來王爺實在是太喜歡這兩個糖人兒了。哈哈哈哈，窈兒妳還是餵王爺吃飯吧，要不然王爺餓著肚子回去，人家要笑話咱們閔家虧待女婿的。」

「是，父親。」

既然父親都不介意，閔窈也沒啥好說的。她在藺氏讚許的目光中拿起銀湯勺，舀起一勺熱氣四溢的雪白魚羹放在嘴邊輕輕吹了吹，等確定食物不燙口了，才輕柔地送到東方玹紅潤的唇邊。

修長的丹鳳眼得意地往下首席位瞟了瞟，東方玹微微張嘴，啊嗚一口，就把整勺魚羹給一口吞下去。

「王爺，慢點吃，別噎著了。」

「嗯嗯。」東方玹乖巧地點點頭，朝閔窈又張開嘴巴。「啊……媳婦兒，妳快點啊！啊……」

有媳婦兒親手餵飯，東方玹的胃口好極了，一頓飯下來，他吃了一碗魚羹拌飯、一盤糯米蒸肉、半隻燒鵝、三大塊烤羊肉和一大碗湯餅。

「媳婦兒，我覺得好飽……」家宴結束後，東方玹摸著肚子，蔫蔫地靠在閔窈身上。

「剛才妾身不讓你吃這麼多，你偏不聽！」

這傢伙今天是怎麼了，早上出門前在王府不是用過早膳了嗎？從沒見他中午吃過這麼多的，他若是不說飽，閔窈還真以為他脾胃有恙了呢！

「窈兒妳也真是，王爺小孩子心性，他要吃，妳不能慣著他呀！」一行人出了正廳，閔方康一邊攙扶著藺氏，一邊對閔窈說道：「做妻子的，尤其妳還是王妃娘娘，更要督促王爺，要聽之順之，勸之引之。」

閔窈低頭道：「女兒知道了。」

「你這人，女兒好不容易回家，你還說教。」蘭氏掐了閔方康一把，道：「既然王爺吃撐了，咱們一家人就往後園去消消食吧！窈兒，妳父親前陣子翻修了後園，現在那兒多了個小湖呢！」

閔窈眼睛一亮。「真的嗎？那女兒要去看看。」

「王爺女婿，咱們一起去後園小湖邊上走走？」

見東方玹點頭，閔方康樂起來。「府裡今日請了戲班子和雜耍班子，等女婿消完食，咱們一家子就去前頭觀賞。」

說著，他還不忘捏了捏蘭氏的手，悄悄說道：「文君，今天我點的幾齣戲，可都是妳愛看的……」

蘭氏聽了面上一紅，倚著閔方康偕同女兒、女婿，輕快地往湖邊走。

剩下後邊的閔盛和柯姨娘，一個鬱鬱寡歡，一個暗咬銀牙，儘管心中都是不情不願，這兩人還是面色各異地跟過去。

到了後園，果然見到一個新修的兩畝大的小湖，湖心上還建了座兩層高的小亭，裡頭桌椅軟榻一應俱全。

東方玹上了湖心亭的二樓就不肯走了，賴在裡頭的軟榻上要閔窈給他揉肚子。蘭氏和閔方康見狀曖昧一笑，帶著閔盛和柯姨娘很識趣地下了樓。閔方康本來還想留幾個侍女伺候，卻都被東方玹趕出來。

侍女們只好把亭子二樓周圍的竹簾放下，然後全部退了出去。

「王爺真是太任性了。」

好不容易回趟家，閔窈真想和藺氏多說說話，可東方玹卻不給她這個機會，他往亭子裡的軟榻上一歪，撩起袍子像隻撒嬌的小貓一般，向閔窈獻上自己曲線分明的腹肌。「媳婦兒，揉一揉。」

「咳咳……」玉塊般的肌理看得閔窈臉上一熱，她別過眼，伸出柔軟小手在上面輕輕揉起來，嘴裡不忘警告道：「以後再吃撐了，妾身可不給你揉了。」

「嗯嗯。」東方玹舒服地瞇起眼，隨便應了兩聲。

中午天熱，湖心亭上暖風習習。

閔窈坐得累了，索性也躺倒在軟榻上繼續揉。東方玹的呼吸漸漸變得綿長，她也有了睏意，揉著揉著就慢慢合上眼……

不知睡了多久，等閔窈醒來時，竟發現身邊的東方玹不知去向。

「王爺？王爺！」她心中一驚，急忙起身奔向湖心亭的樓下，沒想到卻在樓梯上撞見正要往上走的蕭文逸。

「蕭文逸，你怎麼會在這兒?!」

「……王爺？妳就是鶯兒那位嫁了呆王的長姊？」

原以為閔玉鶯今天約他是想玩新花樣，躲在這亭子裡頭等他呢！沒想到裡面的居然是那位曾經瞧不上他的閔窈！

最初的慌亂一閃而過，蕭文逸瞥了眼閔窈半敞開的豐滿胸襟，四下無人，他頓時惡向膽邊生，兩腳充滿侵犯意味地往二樓上去。

第十九章

「蕭文逸！你給我下去！」

看著對方毫無顧忌地就往上走，閔窈感受到巨大的危險正向她逼近。雖然早就撞見過蕭文逸和閔玉鶯的醜事，可是她怎麼都沒想到蕭文逸竟會如此放肆，進他們閔府後宅跟逛街一樣隨便。

今天蕭文逸會出現在這裡，不用說，肯定是和閔玉鶯幽會來的。只是他見了自己不僅沒躲，反而理氣直壯地走上來，未免欺人太甚！

「你想做什麼？」閔窈氣得手腳發抖，不由顫顫地往後退了幾步，厲聲斥責道：「你大膽，我可是堂堂秦王正妃！你擅入我母家後宅，見了我竟然還不下跪行禮？你再過來、你再過來我就要喊人將你押送官府了！」

「押送官府？哎喲喲，我好怕呀！秦王妃娘娘，妳儘管叫啊！只怕是妳叫破了喉嚨，這會兒也不會有人來救妳喲！」

來之前閔玉鶯早就知會過他，今日午後閔家人都去前廳看戲，看守後園的家丁又都被他收買，為了不破壞他和閔玉鶯的好事，那些人早就躲得遠遠的了。

「來人！來人啊！來人啊！」閔窈大喊幾聲，外頭居然真如蕭文逸說的那樣，沒有一個人應她。看著已經走上湖心亭二樓的蕭文逸，她頓時有些驚慌。

「王妃娘娘……哼哼。」

蕭文逸一雙邪惡的桃花眼直勾勾地盯著閔窈的身子，只見她一身絳紅色薄紗齊胸裙輕盈地包裹著如雪的嬌嫩肌膚，兩頰因為午睡的關係泛著粉紅，閔窈高聳的髮髻微微凌亂，杏眼水光潤澤，渾身散發出一股慵懶甜美的氣息。

「……臉長得雖沒有鶯兒漂亮，不過這身段可真不錯。」

蕭文逸盯著閔窈凹凸有致的身子嚥了嚥口水，用十分下流的語氣說道：「妳個貪慕虛榮的女人，哼！妳當初瞧不上我，卻嫁了秦王那個傻子……可惜傻子不通人道，聽說你們大婚到現在都沒圓房？嘿嘿嘿，怎麼樣？娘娘，這守活寡的日子不好過吧？妳在深夜裡就不覺得寂寞嗎？」

「閉嘴！你這混帳，休在這裡污言穢語！」

前世她真的是瞎了眼才會看上蕭文逸這種下作的東西！自從知道他和閔玉鶯利用自己之後，閔窈對蕭文逸這個人就充滿了厭惡。現在又見識他這般醜陋的嘴臉，閔窈對他的厭惡更甚。「蕭文逸，你站住！要是再對我無禮，秦王、太后還有聖上都不會放過你的！」

「太后和聖上就算了，秦王？妳真以為秦王能護住妳？不怕告訴妳，他惹得太子殿下不痛快，沒幾天好蹦躂了。」

見閔窈用秦王來壓自己，蕭文逸面色變得有些猙獰起來。「等那傻子死了，王妃娘娘可真要守寡了。這般如花似玉的年紀，這般嬌軟的身子，可真讓人覺得可惜……不如讓小臣幫忙，帶娘娘體會一下極樂的滋味吧！」

說完，他眼神一黯，頃刻間像一頭野狼似地撲向閔窈。

「你瘋了！」

兩人之間隔著七、八步的距離，幸好閔窈反應快，在他撲過來之前極力閃身，這才將將躲開他的兩隻爪子。

「蕭文逸！你活膩了?!你這畜生，給我滾！來人哪！來人哪！」

閔窈快步繞到軟榻後面，蕭文逸立即纏上來，兩人隔著一張軟榻對峙，他臉上的無恥與癲狂畢現。「來吧，美人兒！現在這裡只有妳我二人，這事妳不說、我不說，誰會知道呢？妳就從了我吧！包妳嘗了第一次後，就會想要第二次、第三次！」

「呸！我才沒有你這麼不要臉！枉費你出身世家，從小飽讀詩書，卻淨做些偷雞摸狗之事，簡直丟你家祖宗的臉！」

閔窈一邊罵，一邊從軟榻上撈起一只瓷枕往他頭上狠狠砸去。

「咣噹！」

蕭文逸頭一偏，瓷枕在地上摔得粉碎，他心頭火起，一躍跳上軟榻抓住閔窈的手臂，將閔窈一把抓入懷裡。

「放開我，你這畜生！放開我！」

男女體力畢竟懸殊，閔窈在他懷裡拚命掙扎不脫，想到他對自己的歹念，立時嚇得眼淚都流出來，情急中，她張嘴在蕭文逸手臂上狠狠地咬下去。

「噭！」蕭文逸痛叫一聲，將閔窈猛地推倒在地上。「賤人！妳敢咬我？本來我還念妳是個雛，想要憐香惜玉些的。哼，看來妳是想跟我玩野的，行！那我就成全妳！」

「不要！你別過來！」

見蕭文逸目露凶光，一手往他自己腰帶上摸去，閔窈一骨碌從地上爬起來，三步併作兩步就往樓梯處跑。

「想跑？沒這麼容易！」蕭文逸縱身向前，一把扯住閔窈寬大的薄紗衣袖。

隨著哧啦一聲響，大半個衣袖被他扯落，閔窈半條雪白手臂暴露在蕭文逸野獸般通紅的雙眼中。

閔窈愣了一下，馬上邁開腿就往樓梯下跑，不想匆忙間腳下一個踏空，整個人瞬間從樓梯上飛下去。

「啊——」閔窈尖叫一聲，正當她快要撞到湖心亭一樓堅實的木地板上之際，忽然有道銀灰色的影子疾速掠過樓梯上空，接著她身子一頓，落入一個寬闊溫暖的懷抱中。

「妳沒事吧？」

兩人穩穩降落到地上，閔窈一抬頭，只見抱著她的高大男子身穿銀灰色勁裝，面部罩著冰冷的銀絲面具，面具只在眼睛部位有兩個小口，可以看見裡面有對黑曜石般的瞳孔正淡然地注視著自己。

「我沒事……你放我下來。」察覺到對方是個年輕男子，閔窈忙要求從他身上下來。

面具男沒說什麼，將她輕輕放到地上，見閔窈一隻手臂裸露在外，他飛快解下身上的外衣把閔窈裹了個嚴實。

「多謝。」

「娘娘不必客氣。」

面具男側頭看了看縮在樓梯口神情忐忑的蕭文逸，他輕點足尖，霎時如同雄鷹展翅般飛身上樓，伸出一手抓小雞似地將蕭文逸拎起來。

「砰！」

閔窈站在湖心亭樓下，只聽二樓傳來一陣沈悶的巨響，緊接著，蕭文逸殺豬般的聲音不斷地傳出來。

「啊——哎喲！嗷嗷嗷——大俠饒命，別打了！哎喲！別打了！哇，痛痛痛！求你別打了！」

閔窈聽到「喀嚓」幾聲脆響，好像是什麼東西被折斷的聲音。

蕭文逸在樓上痛叫數聲，聲音氣若游絲。「……我錯了……我有眼無珠……我再也不敢了……」

在這個過程中，面具男一言不發，等他將蕭文逸一腳從湖心亭踹到湖邊的時候，附近候著的兩個小廝立刻賊溜溜地冒出來，隨即拖著破布娃娃一般的蕭文逸倉皇地逃出閔家後門。

面具男這才氣定神閒地從樓上走下來，嘴裡很客氣地說道：「娘娘，小的護駕來遲，讓您受驚了。」

他的聲音非常低沈，像是刻意壓著嗓子說話。閔窈低頭，發現自己身上那件銀灰外衣上繡著大朵祥雲圖案。「你是秦王『祥雲十八衛』裡的人？」

面具男怔了怔，隨即應道：「是。」

祥雲十八衛個個身高七尺八寸，不多一分，也不少一毫，一隊人整齊劃一，閔窈是見過的。而眼前男子的身高明顯超過八尺以上，她有些奇怪道：「我好像沒在十八衛中見過你這麼高的，你叫什麼名字？」

祥雲十八衛的名字按大小排名，分別是雲一、雲二、雲三……到雲十八為止。

「雲十九。」面具男對閔窈說道：「小的是『祥雲十八衛』的替補衛士，奉上頭命令，負責娘娘的安全。」

「原來是這樣。」閔窈不解地問道：「你剛才為何放走蕭文逸？他如此無狀張狂，應該把他扭送到官府，讓他好好地出個醜啊！」

「真如娘娘所想，那娘娘的清譽恐怕要毀於一旦。」雲十九雖然低著頭回閔窈的話，可是他的語氣裡有股不容人質疑的果斷。「為了這種人不值得。再者，此處是您父親閔大人的家宅，蕭文逸大小也是個正八品下的監察御史，若是從閔大人後宅將一個御史押送官府……

不僅有損閔大人的顏面，還必然牽扯出許多朝堂上的盤根錯節來，對閔家還有王府都很不利。」

閔窈聽他分析，才驚覺其中的複雜，回想起自己剛才如此簡單輕率的念頭，有些不好意思道：「我剛才氣壞了，只想給那畜生一點教訓，沒想到那麼多……咳咳，十九啊，你知道王爺去哪兒了嗎？」

雲十九道：「娘娘稍等片刻，王爺吃糖人去了，小的這就找人將他帶回來。」

話音剛落，他便縱身幾個連跳，眨眼間就消失在屋瓦之間。

怕藺氏擔心，閔窈沒有將下午的事告訴她。她活了兩世，還是第一次碰到這樣令人不齒的事，所以當她心有餘悸地坐在馬車上時，身上還隱隱顫抖著。

「妳怎麼在抖？」發現她臉色不好，東方玹叼著一個糖人，從後面大力抱住閔窈，湊到她耳邊甜糯道：「媳婦兒別怕，我會一直保護妳的。」

「王爺……」

側臉看著身邊不諳世事的人，閔窈緩緩靠在他懷裡，心中一時五味雜陳。蕭文逸是太子的人，他說王爺惹太子不痛快，沒幾天好蹦躂了——難道，他們上次遇刺的事和太子有關係？

還有閔家，偌大的後宅竟然讓那畜生隨意出入，恐怕府上的下人們也被蕭文逸收買了不少！若是閔玉鶯和柯姨娘起了歹念，與他裡應外合……那正懷著身孕的母親豈不是很危險?!她該怎麼辦？該怎麼做才能保護王爺和母親呢？

心中越想越不安，正當她腦中一團亂麻之際，馬車忽然吱呀一聲停下來。

有了遇刺經驗，閔窈緊張地起身，忙問車外道：「阿大，怎麼回事？」

「娘娘、王爺……」馬車夫阿大的聲音在外頭苦兮兮地傳進來。「不好啦！咱們的馬車好像撞到什麼東西了。」

「撞到什麼了？快下去瞧瞧！」

外面阿大應了一聲，沒一會兒，閔窈又聽見他在外頭隱隱說道：「……哎呀！這大路上怎麼會有狗崽子？」

狗崽子？

一聽到這三個字，閔窈頓時精神一振，她從東方玹懷中哧溜一下爬出來，立即朝車外呼喚她那兩個貼身小侍女道：「秋月、秋畫，快扶我下馬車，我要看看！」

「媳婦兒！妳要去哪兒？」見她要出去，東方玹馬上放下自己手上的小糖人，滿臉緊張地就要跟來。

「王爺，阿大說咱們的馬車撞到小狗崽，妾身下去瞧瞧是怎麼回事？你在車上別下去，妾身很快就回來。」

上次遇刺的陰影還沒完全散去，閔窈可不敢讓東方玹在大街上隨便亂走。再者，這傢伙長得妖孽絕倫，她有點捨不得讓他被街上那些姑娘、媳婦們給白白看了去……

哄好東方玹，閔窈挨著秋月、秋畫下了馬車。她頭上沒戴冪羅，身邊早有侍女拿行障過來替她遮擋，而王府的一隊侍衛也齊刷刷在馬車周圍圍成一圈人牆，阻擋街上行人的靠近。

「娘娘！咱王府裡這幾匹馬，性子一向溫順得很……」

駕馬車的阿大三十出頭，是個老實巴交的漢子，此時他手裡捧著兩團瑟瑟發抖的狗崽子跑到閔窈跟前，一臉不忿地替那幾匹馬叫屈道：「娘娘，小的駕著這四匹馬跑了五年，可從來沒見牠們撞踏過活物啊！牠們可靈性啦！小的看，這兩隻小狗崽身上的傷不像是被咱們的馬給撞的。」

閔窈低頭往他手上一瞧，只見兩隻巴掌大的小狗，渾身沾滿烏黑的塵土和暗紅的血跡。小傢伙們連眼睛都沒開，顯然是剛出生不久，吱吱嗚嗚叫得甚是可憐，這麼稚嫩的小狗崽，哪裡禁得起馬蹄子的撞踏？

「牠們身上的傷應該不是馬蹄所致。」閔窈有些疑惑。「不過這兩隻小狗怎麼會在街上呢？」

「是啊，小的也覺得奇怪。」阿大捧著狗崽，忽然想起什麼。「對了，娘娘！這陣子城中達官貴人經常出城秋獮，這小狗崽不會是他們的獵犬在路上生下來的吧？」

「極有可能。」閔窈點點頭，扭頭往街上看了看，沒見什麼狩獵隊伍，心想大該是早先路過這街上的狩獵者落下的。

「娘娘……」阿大見女主人半天不說話，他捧著兩隻小狗扔也不是，不扔也不是，面上頓時犯難。「您看這兩隻小狗崽該如何處置？」

「近日天涼，把牠們放回地上只怕會凍死牠們。」看著可憐兮兮的小傢伙們，閔窈動了惻隱之心。「既然撞到王府的馬車前，也是一種緣分……秋月，妳找塊布把牠們包起來，咱們先帶回去再說吧！」

回到王府中，閔窈讓人拿了溫水給兩隻小狗崽清洗。

因為狗崽子們身上都有傷，閔窈撩起袖子，小心翼翼地和秋月、秋畫三個齊上陣，足足搗鼓了一個時辰，換了七、八盆水才將兩個小傢伙洗乾淨。

洗完澡，將狗崽子輕輕擦乾，一黑一白兩個軟乎乎、嫩生生的小傢伙，被閔窈用小塊的厚軟棉布裹起來，送進秋畫剛做好的柳條框裡。

秋月一邊給小狗身上抹了一層薄薄的金瘡藥粉，一邊在口中嘖嘖稱奇道：「這小狗命可真大，剛出生沒多久就被摔得沒幾處好肉，躺在大街上沒被行人、車馬踩到，還給娘娘撿回了府，運氣真是夠好的。」

閔窈笑道：「可不是嗎？要是咱們那幾匹馬沒看清就這麼衝過去，那可真是罪過了。我看這兩個小傢伙的樣子，倒很像我小時候在外祖家見過的獵犬，也不知是誰家今日出城狩獵丟在路上的？」

正說話間，薛夫人領著滿臉氣鼓鼓的東方玹走進廳堂來，閔窈和兩個侍女立即起身。

「王爺。」

「王爺萬福。」

「哼！嬤嬤！妳看媳婦兒她……」東方玹傲嬌地扭頭避開閔窈的視線，蹭在薛夫人身邊嘟嘴告閔窈的狀。「嬤嬤，媳婦兒她有了小狗就不理我了，她回來後一直在玩小狗。」

「哎呀呀，瞧咱們王爺還吃小狗的醋呢！」薛夫人忍俊不禁，把閔窈拉到東方玹邊上做起了和事佬。「娘娘，看來您要好好哄哄王爺才是。」

閔窈哭笑不得，伸手去碰他，東方玹並沒有躲開。閔窈膽子大了起來，用小手指輕柔地勾住他溫潤的手，在他掌心裡撓了幾下，低聲道：「王爺，別生妾身的氣啦！你看那兩隻小狗多可憐哪，妾身要是不給牠們處理傷口，牠們會很痛、很難受的。」

迷人的嘴角很受用地彎起來，東方玹一把捏住閔窈的手指，面上做出一副大度的神情。「那好吧，我就原諒媳婦兒這一回。不過以後不准給小狗洗澡，妳只能給我一個人洗。」

他這話一出，屋裡一群女眷都紅了臉。

閔窈有些窘，生怕他再說出什麼驚人之語，忙拉著他連聲應道：「好好好，聽你的！王爺，你看外頭天都黑了，咱們去前頭用晚膳吧！」

東方玹十分滿意道：「好！」

第二十章

因為中午在閔家吃得撐了，晚上東方玹明顯沒什麼胃口。一頓晚膳下來，他就坐在閔窈身旁吃了幾筷子醋芹，喝了一小碗羊肉清湯。

閔窈忙活了一下午，倒是覺得有些餓。今晚廚房做了她愛吃的切鱠絲、酸甜雞、八寶素餡花卷、裹糖紅燒芋頭、竹筍肉絲蛋湯……看著閔窈舉著筷子吃得很香，東方玹也沒起身，掏出魯班鎖，在她邊上默默地拆解起來。

半個時辰後，閔窈心滿意足地放下筷子，只見薛夫人帶著兩個侍女笑吟吟地走進來。

「娘娘，按照您吩咐的，奴家已經派人去問了今天出城狩獵的人家，各府上都說沒丟小狗。」

「啊，沒丟？難道不是狩獵的人丟的？嬤嬤，那咱們明天再貼個告示出去吧，狗主人丟了小狗，說不定正著急呢！」

「好的，奴家明早就讓人去辦。」

薛夫人將這事應下來，伸手招呼她身後兩個侍女上前，閔窈這才看見兩個侍女手上各端著一碗熱騰騰的湯藥。

「……這是給王爺喝的藥嗎？」

薛夫人道：「不光是王爺，娘娘您也有分。上回您風寒初癒，太后娘娘就惦記著給您調養身子的事了。這不，前幾日她老人家就召見上次給您看診的周老太醫，您的脈案周老太醫最清楚，太后娘娘就讓他專門給您開了調理身子的補藥，今天配好便送到咱王府來了。」

「呃，真是承蒙皇祖母惦記我了……」閔窈額間冒出一層冷汗，看向邊上的東方玹。

「可是王爺身體很好，也需要喝補藥嗎？」

「咳咳，這個麼……」薛夫人難得面上飛紅，含糊道：「王爺喝的藥，與娘娘的又有些不同……」

「哦？喔。」

看到薛夫人紅臉，閔窈瞬間就猜到東方玹喝的肯定是滋補那方面的。她心虛地低下頭，直覺得自己大婚後就被太后和薛夫人給帶壞了，竟立即就知道薛夫人隱藏的意思。

「王爺的早晚一回，娘娘的一天三回。王爺、娘娘，快將藥趁熱喝了吧。」

閔窈趕緊起身接過藥碗，往皇宮的方向遙遙一拜，嘴中說道：「謝皇祖母賜藥。」

東方玹卻是直接仰頭把他那碗一口灌了；閔窈見狀，也趕緊喝下去。沒想到補藥的味道略微甘甜，竟是一點都不苦。

看到兩人乖乖喝完藥，薛夫人面上露出欣慰的神情，喊來祥雲十八衛裡的幾個侍衛將東方玹支開後，她把閔窈拉到書房，鄭重其事道：「娘娘，太后送您的那些書呢？奴家得了太后娘娘口諭，今晚開始，要輔佐娘娘『挑燈夜讀』了。」

唉，這太后的記性也太好了吧！

望著薛夫人殷切無比的目光，閔窈知道自己以後肯定是逃不過了，她只得滿臉通紅地讓秋月、秋畫去把那箱書冊給搬過來。

當晚，聽薛夫人指點完第一課後，閔窈不由捧著血紅的小臉深深感嘆。

真不愧是皇室出品！不論是繪畫姿勢還是文字描述，都比母親給她壓箱底的那些避火圖火爆一百倍啊一百倍……

不知是因為夜間上課還是喝了補藥的緣故，半個月後，閔窈覺得整個人有些燥熱起來。

薛夫人聽說她不舒服，飛快就把周老太醫給請到王府，同上回那樣，寢房裡隔了三重帷帳，周老太醫搭著條紅線給閔窈把脈。

「嗯，娘娘體寒，老夫的藥是溫補的，用了半月的藥，娘娘應該感覺熱了不少。」

閔窈聞言，在帷帳後答道：「是的太醫，我總覺得手腳發熱，有時候面上也熱。」

說完，她看了看坐在地毯上玩魯班鎖的東方玹。這傢伙倒是一點事都沒有，一副喝藥喝慣的樣子。

「看來娘娘是容易上火的體質，待老夫改一改藥方……」

外頭紅線被撤下來，周老太醫的腳步移向外屋，忽然傳來一聲驚叫。「哎喲！這兩隻小犬！這……這可是你們王爺養的？」

「不是的，周太醫。」閔窈聽秋畫在外頭答道：「這是我們娘娘半個月前在街上撿來的。當時在洛京城裡問了一大圈都說沒丟狗，王府貼了告示也不到狗主人，娘娘找不到狗主人，索性就將牠們養在府裡。」

「嘖嘖，妳們娘娘手氣可真好！」周老太醫語帶羨慕地驚嘆道：「這兩隻小東西，可是千金難買的極品西域獒犬啊！」

「千金？真的嗎？」秋畫立即圍著周老太醫好奇問道：「這兩隻小狗真這麼值錢？」

「那是當然！獒犬本是產自西域苦寒之地，體格健壯、毛髮豐厚、生性凶猛，最難得的是，這種犬一生只認一個主人，極其護主。哪家府上若是養了獒犬，看家護院不在話下，上山狩獵更是一把好手啊！」

閔窈聽那周老太醫說得頭頭是道，忍不住起身走到寢房邊上，隔著帷帳道：「周太醫，聽您說的就知道您是個懂行的，我有個問題想請教您。自從這兩隻小狗到了府上，每到餵食之際，不管食物多少，牠們總是爭得不可開交，這是何故啊？」

周老太醫在屋外很客氣地回答閔窈。「娘娘謬讚。獒犬生來比一般犬類護食，領地意識非常強，所謂一山不容二虎，娘娘最好將牠們分開圈養為好。」

閔窈道：「原來是這樣，多謝周太醫的指點。」

「不敢不敢。」周老太醫謙虛道：「老夫只是一知半解，術業有專攻，娘娘若是真心想養牠們，還是向獸醫討教些飼犬方法為好。」

閔窈喜道：「周太醫所言極是，我正想找位獸醫給牠們看看。」

周老太醫隔著牆與閔窈又說了幾句，顯然也是個愛犬之人，閔窈依他所言，派人去請了他推薦的那位獸醫前來王府。

經過獸醫的調理，半個月後，一黑一白兩隻小獒犬胖了不少，已經能在地上歪歪扭扭地走路了。

「王爺你看，小狗多可愛呀，走起路來虎頭虎腦，小爪子都是粉嫩嫩、肉嘟嘟的呢！」

這天用過午膳，閔窈興沖沖地拉著東方玹來看她精心餵養大半個月的兩隻小獒犬。這陣子王府的僕人在洛京城又貼告示又是問人，都沒人來領狗，閔窈終於下定決心把牠們留下來。

「哼，一點都不可愛！」斜眼看著前來爭奪媳婦兒寵愛的小狗們，東方玹氣呼呼地拿著魯班鎖，扭頭就要走。

「哎呀，王爺別這樣嘛！」

要在王府裡養狗，至少要王爺首肯。

閔窈笑咪咪地拉住東方玹，柔聲哄道：「王爺，兩隻小狗到了咱們王府，也是難得的緣分啊！妾身是真的想養牠們……你快替妾身想想，給牠們取個名字吧！」

「不要！」東方玹嘟嘴。哼，之前沒決定養時就整天心肝寶貝一樣盯著，要是養了，他在媳婦兒眼中還有什麼地位可言？

「養嘛養嘛！」

「不行！」

「養！」

「不養！」

「那晚上妾身不給你沐浴了，捏捏也沒有！」

「……養吧。」

「這才乖嘛！」

閔窈開心地在他臉上捏了一把，拖著他到柳條紮的小狗窩前，只見兩隻小狗正在狗窩裡打成一團。

「嗚——嗚——」

「汪嗚！汪嗚！」

一黑一白的小傢伙身上均是柔軟油光的毛。牠們的眼睛像漆黑閃爍的琉璃珠子，此時晃著圓圓的小腦袋，嫩乎乎的小嘴都凶凶地齜了起來，各自在小喉嚨裡發出弱弱的咆哮聲，朝對方露出自己剛長出來的兩顆尖尖小乳牙。

「王爺，瞧牠們多活潑呀！你剛才答應妾身了，快點給牠們取個名字啦！」

「好吧。」東方玹無奈地從兜裡掏出八卦多寶盒，打開格子，揀出一顆白飴糖塞到閔窈嘴裡，自己則吃了一個烏梅糖。

「小白狗好像白糖，就叫白糖吧！」

「王爺，會不會太隨便了，哪有小狗叫白糖的？」

「小黑狗好像烏梅糖，就叫烏梅吧！」

「……」

看到媳婦兒一臉鬱悶又不敢說他的表情，東方玹心情大好，忍不住一把抱過閔窈，在她滑嫩的臉蛋上咂了一口。

「王爺！你……」閔窈的小圓臉瞬間紅得透透的，如同一顆剛捂熟的柿子。「秋月和秋畫都在邊上看著呢！你……你再這樣她們會笑話你的。」

東方玹滿臉無辜地湊到閔窈跟前。「媳婦兒，妳小聲地在說些什麼呢？我聽不清……」

這傢伙真是變得越來越壞了！閔窈怯怯地往後躲了躲，羞憤地邁開兩條小腿往寢房跑，留下一群侍女忍笑，在屋外交換著曖昧的眼神。

她前腳剛踏進寢房，後面一道身影就急急跟進來。閔窈以為是東方玹又來鬧她，禁不住一跺腳，回頭嬌聲埋怨道：「王爺！你又欺負妾身……」

「哎喲娘娘，是奴婢啦！」

閔窈轉過身，見秋月正一臉揶揄地看著自己，她原本稍平復的臉又騰地一下紅起來，立即憤憤道：「妳這小丫頭，前腳跟後腳的是不是想嚇死我啊！快說，何事？要說不出個正事來，小心我撓妳癢癢！」

「是正事。」秋月湊到閔窈邊上低聲道：「您上次吩咐的事，奴婢已經派人辦妥了。您看看，這就是府上那些收了錢的名單。」

說完，秋月從袖子裡掏出一卷白色絹布遞上來。

「……好哇，這對狗男女真是好手段！」閔窈瞄著絹布上密密麻麻的一片名字，不由沈下臉來。「閔家看後門的家丁、侍女、掃灑粗使婆子——甚至連母親院子裡都有他們的人，怪不得這狗崽子敢如此囂張！閔玉鶯，她這是想做什麼？」

「還有一事，奴婢不知如何跟您說，是關於二小姐的……」

閔窈深吸一口氣，努力平復心中的怒意，道：「妳說。」

「根據探子提供的可靠消息，前幾個月二小姐得的其實不是什麼怪病，她……」秋月看了看閔窈，面色怪異地道：「她是懷了蕭世子的孩子，躲到鄉下祖宅引胎去了，調養了一個多月才回府，當時跟在她身邊的幾個婆子、丫鬟都被柯姨娘用重金封口，所以現在府上大多數人仍以為她是得怪病去鄉下。」

「那我母親知道這事嗎？」

秋月道：「娘娘您囑咐過，怕夫人孕中憂慮不好，所以這份名單和二小姐的事，奴婢都沒和夫人身邊的紅纓姊姊、青環姊姊透露過。」

「妳平日最細心，我就知道這事交給妳最妥當。」閔窈點點頭，道：「秋月，妳先去侍衛所把雲十九找來。」

等秋月應聲離去，閔窈皺著眉頭走出寢房，就看到白糖和烏梅又在狗窩裡咬上了，她的眼睛忽然亮起來。

「雲十九見過王妃娘娘。」

聽到那道低沈得要命的嗓音，閔窈抱著黑乎乎的烏梅轉過身來。

雲十九依舊戴著面具，墨黑的瞳孔轉到閔窈手上的小黑狗，平靜問道：「不知娘娘召小的前來有何吩咐？」

「是這樣的，我聽說獒犬最護主人……閔家的情況上次你也清楚，我不放心母親，想讓你幫我把這隻小狗送給母親養，喔，牠的名字叫『烏梅』。」

聽到烏梅二字，雲十九的面具似乎顫動了一下。

見他人站著不動，閔窈問道：「怎麼，你不願幫我送？」

「不是。」雲十九伸手接過閔窈手上的烏梅，很不自然地捧在懷裡。「娘娘若無其他吩咐，那小的這就去了。」

「嗯，快些去吧。」

閔窈揮了揮手，雲十九的身影便一下子消失在書房裡。

不知道這個雲十九可不可以信任……人心隔肚皮，還是再觀望一陣子吧！

閔窈心想，閔玉鶯和蕭文逸的事，她定要找個適合的時機讓父親知道；而母親，還是暫時別告訴了，目前最重要的，就是把名單上的人，一個個慢慢換成自己這邊的人才好……

送走烏梅，就剩下白糖獨自占了一個狗窩，一時間天下太平。

「小白糖別怕，以後王府就是你的家了。」

用過晚膳後，閔窈愛不釋手地將白糖抱在懷裡，摸摸牠毛茸茸的小腦袋。白糖一雙墨玉般的眼珠子水汪汪的，大概也知道閔窈是她的主人，吃飽喝足的小傢伙，一條尾巴搖得甚是歡快，不時張開小嘴巴咿嗚咿嗚地去叼閔窈的手指。

「哎呀，白糖真聰明，知道和我玩呢！」閔窈輕柔地抓起牠的小身子，笑嘻嘻道：「原來我們白糖還是個小女娃。」

秋畫在邊上笑道：「對呀娘娘，以後牠還會給您生很多小白糖，到時候可有您忙的。」

正說話間，有侍女過來稟告道：「娘娘，快到王爺沐浴的時候了。」

「知道了。」

閔窈戀戀不捨地把白糖交到秋畫手上，在秋月端來的銀盆子裡洗了三遍手，抹上花露，這才跟著一眾侍女往浴堂而去。

給東方玹擦乾頭髮後，閔窈自己也洗漱一番才回到寢房的床榻上，照例給他捏捏。東方玹今晚好像有點累，等閔窈給他捏完脖子，他便鑽到閔窈的被子裡嚷著要睡覺。

「王爺，你自己的被子在外面，為何要蓋妾身的？」

「媳婦兒，夜裡冷，我睡不著。」東方玹把閔窈也拉進被窩，在她懷裡沒頭沒腦地蹭了幾下，露出像白糖一樣可憐兮兮的眼神來。

「那……那好吧。」萬一要是真讓這傢伙著涼了也不好。

閔窈在心中勸自己不要胡思亂想，把東方玹的錦被在他身上掖好，發現兩人一起蓋果然暖了不少。

第二十一章

本來睡前東方玹躺在閔竕懷裡，腦袋是枕著閔竕一條手臂的。

誰知第二天清晨閔竕醒來時，她竟發現自己枕在東方玹的手臂上，而且他另一隻手臂還牢牢把她整個圈在他懷中。溫熱壯實的胸膛緊緊貼在她身後，閔竕輕輕動了動身，忽然感覺有什麼堅硬的物體正抵在她柔軟的後腰上。

好歹在薛夫人處上了一段時間的夜課，閔竕馬上就反應過來那是什麼……她身子一僵，紅著臉想要掙脫東方玹的懷抱，沒想到身後的人反而把她抱得更緊了。

「王爺……王爺你……」

「媳婦兒，別動。」

東方玹的嗓音完全沒了往日的甜糯，變得十分沙啞。閔竕心中一顫，覺得整個人頓時燥熱起來。慌亂中她只想逃離，身子奮力扭了扭，卻始終掙不開他兩條鐵箍一般的手臂。

閔竕無力地縮著身子，只聽身後的喘氣聲隱隱有些紊亂起來。

「……媳婦兒，妳真是不乖……我都叫妳別動了，妳還亂動。」

後腰被重重頂著，閔竕嚇得登時睜大一對杏眼，再也不敢輕舉妄動。東方玹卻在這時低頭吻過她的耳垂，用充滿磁性的聲音低聲道：「媳婦兒，我想吃糖了。」

「多寶盒……你的多寶盒就在帳外的几案上，妾身、妾身這就給你拿去！」

「不是那個糖。」

「……那還有什麼糖？」這孩子，他他他手往哪兒放呢?!

閔窈欲哭無淚地用自己的小手死死拖住他兩隻大手，東方玹嘟著溫熱的唇，靈活地尋到她的嘴上。

「唔……」這死孩子！他最近是不是又偷看小人書了？怎麼淨學些壞的！

閔窈被他親得滿臉通紅，可是又不敢放開他的手，怕他乘機做出更過分的事來。這傢伙的力氣奇大無比，她根本不是他的對手，雖然他心裡還是個孩子……呸！什麼孩子？他現在的行為可一點都不像是個孩子！

總感覺他最近有些奇怪的樣子，難道……是因為喝了太后賞賜的補藥的緣故？

「媳婦兒好甜！」

東方玹在她腦袋上滿意地咂咂嘴，閔窈乘機呼吸了幾口新鮮的空氣，紅潤的小嘴微微張開，看得東方玹眼神一緊，忍不住又低頭覆了下去。

「王爺！唔……」

閔窈又驚又羞，一張小圓臉憋氣憋得滾燙，身後硌得慌，她卻不敢隨意發出什麼聲響，生怕被寢房外守候的秋月和秋畫聽到裡頭的異樣。

半個時辰後，外頭天光稍亮，東方玹總算恢復正常。

他垂著腦袋一副做錯事的樣子，被滿臉羞憤的閔窈拽著避開門口守夜的侍女，一大一小兩個身影，偷偷摸摸地往寢房不遠處的浴堂而去。

「以後王爺不能隨便鑽妾身的被窩！」

當晚，閔窈兩手扠腰，態度無比強硬地和東方玹定了規矩。

「可是我一個人睡會冷啊……」東方玹眨巴著亮亮的丹鳳眼，很無辜地伸出兩隻手指對戳著。

「現在才剛入冬，王爺冷的話，妾身讓人給你加一床鵝絨軟衾。」冷？騙誰呢！昨夜是她沒想清楚，原來這孩子這麼不老實，他自己本身就是個隨時發熱的大火爐啊！

「媳婦兒……」

「撒嬌也不行！」閔窈拍開東方玹捏住她被角的大手，凶巴巴道：「你要是再欺負妾身，妾身明晚就回娘家去。」

「那、那好吧……」委屈巴拉地爬進自己加厚的被窩，東方玹伸手戳了戳閔窈圓潤的肩頭。

「要是我晚上作噩夢怎麼辦，我怕……」

心中禁不住一軟，閔窈嘆口氣，回身抓住他的大手，一大一小兩隻手立時扣合得嚴絲無縫。

「那妾身牽著你的手睡，不怕喔。」

「嗯嗯，我就知道媳婦兒最好了。」高壯的身子拖著兩條被子吃力地挪過去，緊緊挨在閔窈邊上，東方玹嘴裡跟抹了蜜似的甜。

閔窈牽著他的手微微一笑。

然而，從當晚開始直到這年除夕，可憐的東方玹再也沒能成功地爬進過他媳婦兒的被窩半次……

除夕夜，皇帝在乾極宮舉行了盛大的晚宴。

閔窈按制盛裝打扮了一番，與東方玹一同來到乾極宮。皇帝今晚在乾極宮設了兩處宴席，一處在光明殿，宴請各宮后妃與皇子、公主，算是家宴；另一處設在文德殿，招待政績突出的文武官員，以示隆寵嘉獎之意。

東方玹只比太子小兩歲，又是先皇后嫡出的皇子，他在一群皇子、公主中的輩分僅次於太子，所以東方玹夫婦的案席是緊挨著太子夫婦下邊的。

這晚辭舊迎新，皇帝和錢太后、皇后三人在殿上首相談甚歡，等正式開席的時候，皇帝就親自宣佈，他要將女兒華城公主指婚給衛國公世子蕭文逸的好消息。

這話一出，四座譁然。

閔窈先是驚愕，看著對面席案上華城嬌羞又得意的樣子，她不由暗暗嘆了口氣，與太子妃一起向華城道了聲淡淡的「恭喜」。

在閔窈眼裡，蕭文逸那樣品行敗壞的人是配不上駙馬榮耀的。她上回已經有意提醒過華城，沒想到這位妹妹最後還是一頭栽進去——衛國公府早已沒落，恐怕皇帝今晚的指婚是華城自己去求來的。

到了這一步，她也管不起這閒事了，只能盼著這位妹妹自求多福。不過華城畢竟是公主之尊，想蕭文逸應該是不敢委屈了她；而閔玉鶯膽子再肥，也不會輕易招惹公主吧？

閔窈腦子裡有的沒的想了一大堆，扭頭看看東方玹面前的碗碟空了，便趕緊舀了幾勺鱸魚羹過去。她一邊低頭細細挑刺，一邊聽對面幾位庶公主語帶羨慕地恭維華城。

「華城姊姊真是好福氣呀！早就聽聞衛國公世子是洛京城第一美男，年紀輕輕就進了御史臺，真是才貌雙全，前途無量喲！」

「就是啊！華城姊姊，父皇那麼疼妳，等妳大婚那天一定會很轟動吧！蕭世子雙親早逝，府上只有一位老夫人管家。我看，姊姊的公主府也不用建了，直接搬進衛國公府，反正早晚都是靠姊姊管家的……」

「哎呀，瞧妳們說的！蕭郎他前幾月墜馬摔斷好幾處骨頭，傷筋動骨一百天，這會兒還在府上養著，我倆的日子父皇還沒定呢！」華城一臉歡喜，兩道細長的眉尾抑制不住地揚起。「妳們也知道他長得太招人，我要是不早點向父皇求下這門親事，等明年蕭郎他行完冠禮，指不定被哪家小姐搶去呢！」

「哎喲，哎喲，瞧咱們姊姊急了。」

邊上幾個庶公主聞言，圍著華城起鬨道：「那等蕭世子一好，姊姊就趕緊嫁了吧！趕緊嫁！」

「好哇，妳們幾個敢笑話我……」

幾位公主在席下笑鬧，皇帝也心情大好，在上頭朗聲道：「今年我大昭國泰民安、國庫充實、百姓安居樂業，朕心甚慰。年前有江南匠人往洛京獻了巨型的煙花，聽聞在夜間綻放十分絢麗壯美，朕已命人在子時於宮門口燃放，你們到時候可以去宮門城牆處觀賞。」

殿中眾人聞言，均是雀躍不已。

皇帝和錢太后兩雙眼睛瞄向底下東方玹那桌席位，只見東方玹與平時一樣低頭專心拆卸著他的魯班鎖，而閔窈則在邊上不時往他嘴裡送吃的，他又吃又玩，忙得不亦樂乎。

「母后，您瞧瞧玹兒，這魯班鎖看似簡單，其實奧妙無窮，如果不能領會其中真義，是很難再裝回去的。」皇帝自得地與錢太后說道：「外頭居然有人稱朕的玹兒是『呆王』？哼，朕看他們才呆呢！有本事，也拆個魯班鎖來看看。」

錢太后笑道：「玹兒本來就聰明，這哀家知道。現在就等著他和窈兒給哀家添個伶俐的重孫子了。」

母子倆有說有笑，全然沒顧到旁邊略微僵笑的皇后和底下暗暗捏拳的太子。

酒過三巡，皇帝便起身去文德殿招呼大臣。

太子不用與皇帝一同前去，卻也後腳跟著離席出了光明殿，半個時辰後都沒見他回來，太子妃見錢太后與皇后問起太子，忙起身去尋。

太子妃帶著幾個宮人繞到乾極宮一處偏殿暖閣，只見太子身邊的鄭德寶尷尬地守在門口，而暖閣的窗櫺裡傳來一陣時輕時重的曖昧聲響。

「娘娘……」

「讓開！」

太子妃眉間帶著厭惡之色，撇下鄭德寶，推門而入，只見昏黃的燭火下，一名柔媚少年正扭著水蛇一般的嫩腰在几案下起起伏伏，而她的夫君拿著一壺酒，就那麼歪在几案上大口大口地往嘴裡灌著。

「你！……你退下！」

暖閣內酒氣沖天，太子妃顫抖地呵斥柔媚少年。那少年卻沒理她，緩緩抬起頭，一雙充滿水霧的勾魂眼望向雙頰酡紅的太子。

「鈺安，你跟鄭德寶先回寢殿。」

「是。」

在少年著衣快步離去後，太子拿著酒壺，搖搖晃晃地站起來。

見他衣衫不整，太子妃無奈地別過頭，低聲道：「殿下，您少喝點酒。現在外面開著席，太后和母后都在等您……」

「啪！」

她話沒說完，臉上便挨了太子一個重重的耳光。高聳的髮髻立時朝一側散下來，髮間大把貴重的珠花寶鈿撲簌簌滾落到地上，太子妃撲在地上吃痛地捂著臉，眼中有兩行滾燙的淚水迅速滑落。

「賤人！妳敢監視本宮？」太子的腳狠狠踢向太子妃身上腰背處，狹窄的細鳳眼幾近瘋狂。「說！是不是太后那老虔婆派妳來的？妳們姓錢的聯合起來算計本宮是不是?!」

「沒有，妾身沒有！殿下，妾身從來沒有想過要害您啊……是您離席太久，妾身怕父皇知道訓斥，這才來尋您的！啊！」冷不防又被太子在小腹上重踢了一腳，太子妃登時捂著肚子在地上痛苦地蜷曲起來。

「哼，別以為本宮會相信妳的花言巧語！要不是老虔婆抬舉妳，妳也不過是個鄉下丫頭！妳算什麼東西？竟敢當著本宮的面讓鈺安走?!」

太子陰沈地蹲到太子妃面前，伸手將她的下巴捏到幾乎變形。「錢芸嫣，就算全天下的女人都死絕了，本宮也絕不會碰妳！」

太子妃回到席上的時候，髮髻明顯是重新梳了一遍，一溜的花釵寶鈿比出去時還要整齊，新加的一道繁複金步搖明晃晃地垂在前額右側，遮住了大半張右臉。

太子仍舊沒有歸席，隔著一個東方玹，閔窈似乎看見太子妃眼中隱隱閃爍著淚光。

難道太子和太子妃吵架了？

太子妃溫柔嫻靜，沒什麼架子，一看就是個好相處的人，剛才開席之前她甚至還主動過來和自己說了會兒話，兩人相談甚歡，對她頗有好感。現在太子妃好像很難過，她要不要上前詢問一下，以示關懷呢？

閔窈心中有些躊躇，猶豫不決之際，身後忽然被人輕輕拍了一下。

她一回頭，只見李尚宮面色凝重地湊到她耳旁，低沈著嗓子說道：「王妃娘娘，您的侍女秋月姑娘有急事求見，說是您母親在府上出事了！」

閔窈將東方玹託付給薛夫人照看，她面色發白地向錢太后和皇后告退，乘著錢太后所賜的輿轎一路飛奔到宮門口。

一下轎子，秋月就火燒火燎地迎上來。「娘娘！夫人在堂屋門口摔了一跤，現在腹痛不止，聽說還見了紅！侍女們已經請大夫在看著；老爺不在府上，所以青環姊姊特地給奴婢報信，請您趕緊到府上去！」

閔方康因為女婿東方玹的面子，今晚也被邀請出席文德殿的宴席，閔窈得到消息後，馬上就派人去前頭通知他了。

「父親可能要晚點才能出來，秋月，咱們先回府上！」

閔窈緊繃著臉，拉著秋月一同上了馬車。一路快馬加鞭地到了閔府，到了藺氏屋中，見一屋子的女眷圍著大夫嘰嘰喳喳，閔窈衝到前頭，一把抓著那大夫氣喘吁吁問道：「大夫！我母親她如何了？」

「娘娘稍安勿躁。」那大夫顯然是認得閔窈的，不急不躁地道：「夫人受了驚嚇，胎氣大動，在下已經給夫人施針，這會兒已經無大礙。」

閔窈聽了大夫鎮定自若的一番話，心中一塊石頭頓時就落了地。「母親沒事就好……真是多謝大夫了。」

「娘娘客氣。」大夫淡然道：「給夫人安胎的藥，紅纓姑娘已經去屋後煎了，等夫人醒來就可以服用。」

那大夫醫德甚好，怕蘭氏醒來後又有其他變故，他也不急著趕回家過年。閔窈心中感激，忙命秋月、秋畫把大夫領去前廳，備上一桌豐厚的酒菜好生招呼著。

處理完外頭的事，閔窈才急急進了蘭氏的寢房。

「母親……」

蘭氏緊閉著雙眼，面色蒼白地躺在大紅色的鴛鴦錦被下，她七個月的腹部在被子上凸起一小塊山丘般柔和的形狀。

閔窈看了心疼不已，眼圈一紅，拿過熱帕子，輕輕擦拭著她額頭上那層細密的冷汗，顫聲問了邊上站著的青環。「夫人是怎麼摔的？」

「回娘娘，夫人是在堂屋門口不小心滑了一跤。」

青環用絹帕擦了眼淚，心有餘悸道：「老爺今晚不在府上，夫人便和姨娘還有二小姐在前頭廳堂一起吃年夜飯，誰知回來進堂屋門的時候，夫人竟不知怎的腳下一滑。幸好奴婢與紅纓及時攙住她，夫人又自小練過拳腳，當時就穩住身子。可是夫人進屋走了幾步後就喊疼，接著裙子上就見了紅……」

「在這之前，母親她身子可有不適的跡象？」

青環毫不猶豫道：「沒有，自夫人有孕，奴婢幾個比平日更加小心，老爺也對夫人格外緊張，夫人稍微皺一皺眉頭，老爺都要請大夫來看。剛才那位大夫就是咱們府上經常請的，所以夫人一出事，奴婢就自作主張把他給請來了。」

「妳做得很好。」閔窈讚賞了青環一句，走到她邊上道：「這麼說來，咱們倒要好好瞧瞧堂屋門口有什麼蹊蹺了。」

「娘娘想得沒錯，堂屋門口那塊石階正是被人動過手腳的。」青環低聲道：「所以奴婢才請您先回來……娘娘，您隨我來。」

青環叫院子裡的小侍女們拿了四、五只燈籠，引閔窈到堂屋門口的石階，只見銀白色的燈光下，石階上凝結著一層薄薄的冰。

「周圍都是乾冷的石面，怎麼單單就入口處結了冰？」

「娘娘您先別驚訝，單這一處還不是最稀奇的……」青環說到這裡，眼中不禁閃出一絲冷光。「最稀奇的是，夫人滑倒後奴婢迅速派人查看過，居然發現院子裡每處入口都結了冰。而且，這些地方不偏不倚的，全是夫人每日必經之路！」

閔窈聞言，面上一寒。「妳的意思，是有人蓄意要害我母親?!」

「沒錯！」

青環說到這兒，眼中不禁湧出熱淚，她撲通一聲就跪倒在閔窈跟前。「娘娘，您可要為夫人作主啊！現在是滴水成冰的時節，在地上澆了水，沒一會兒就會結成薄冰，夫人懷著身孕，要是摔一下就是危險萬分。而且可怕的是，等明天天一熱，這些薄冰就會被日頭曬化，到時候什麼證據都沒有了。」

閔窈聽得心頭火起，她知道青環對母親最忠心不過，伸手將青環一把從地上托起，聲音沙啞道：「妳別哭，快去和紅纓把所有人都召集到堂屋裡來，我今晚一定要將那人揪出來！」

「嗯！」青環抹了把淚，立即挺直腰板，帶著小侍女們飛快地往後宅去了。

不一會兒，一大群下人還有柯姨娘和閔玉鶯，都在燈火通明的堂屋裡站成一堆。

「今晚夫人摔倒之事，想必青環剛才都和你們說了。我召集大家前來，就是想查查到底是哪個這麼大膽，竟然敢在閔家做出這等謀害主母的事來！」

這話一出，堂屋裡的人立即一片譁然。

閔窈冷著臉從正座的几案前緩緩站起來，一雙杏眼毫無溫度地從面前的人群掃過。被蕭文逸和閔玉鶯收買的那些人已經暗中被她替換了大部分，現在名單上還剩不到十人未處理……不消說，母親摔倒的事和西院肯定是脫不了關係的。

她正想著如何開口盤問，忽然眼前一晃，有一道閃電般的黑影衝了進來，帶著驚雷般的咆哮聲猛地撲向人群中的某人。

第二十二章

「嗷嗚！嗷嗚！」

「啊啊啊！救命！救命啊——」

幾聲凶猛低鳴下夾雜著婦人驚恐萬分的呼喊，等眾人回過神來，只見一頭暴怒的黑犬將人群中一位婦人啪地一下撲倒在地。

那黑犬背上毛髮直豎，此時正齜著一口森然的白牙，急速地往婦人面上招呼過去。

「救命啊！」

「烏梅！住口！」

閔窈大喝一聲，那黑犬動作一頓，轉過兩隻黑寶石般的圓眼睛看了看閔窈，蓬鬆的大尾巴立即歡快地搖兩下。

被牠用爪子按住的婦人乘機試圖逃跑，黑犬卻凶狠地摁住婦人，回頭急切地望著閔窈，嘴裡咿嗚咿嗚地叫個不停，一雙圓溜溜的眼睛滿是焦急和委屈的神情。如果牠是人的話，這時一定有很多話要和閔窈說。

「烏梅，不能咬人，聽話！」

閔窈走上前去，在眾人驚愕的目光中伸出兩手，捧住黑犬的腦袋，黑犬不甘地低吼幾聲，最後不得不被閔窈從那婦人身上拖下來。

四、五個月大的烏梅已經有普通家犬一般大小。加上經過藺氏連日來的精心餵養，烏梅一身的黑毛油光水亮，體格健壯威猛，乍一看真讓人不敢隨便靠近。

閔窈半抱著烏梅剛走到一邊，地上的婦人便連滾帶爬地站起來，她裙下兩腿還在不停打顫。「多謝……多謝娘娘救、救命之恩……」

說完，婦人遮遮掩掩地就想往人群深處躲。

烏梅見狀，又朝那婦人氣急敗壞地吠了幾聲，身體在閔窈手下蠢蠢欲動，要不是閔窈制住牠的脖子，恐怕那婦人就要被牠撲上去一頓撕咬了。

「站住！」閔窈一邊拎著烏梅的脖子，一邊冷聲道：「妳就沒什麼要交代的嗎？」

那婦人膽戰心驚地轉過身，捏著兩隻手乾笑道：「娘娘，您這是……想讓老奴交代什麼呀？」

「妳叫什麼名字？在府中當什麼差？」

「回稟娘娘，老奴娘家姓張，是洛京西郊人，在府上後園灑掃已經七年了。」

負責後園的灑掃，那十有八九是西院的人嘍？

閔窈眼中閃過一絲寒芒，撫著烏梅頭上的軟毛道：「獒犬是最護主的，我把烏梅送給母親，在府上養了這麼久，牠從未主動去咬過人。可是我母親出事後，牠剛才一進屋不看別人，卻偏偏就直衝著妳而去，妳說這到底是為什麼？妳是曾經苛待過牠，還是冒犯了牠的主人呢？」

「冤枉啊娘娘！老奴就是有天大的膽子，也不敢苛待您送給夫人的獒犬，更別提冒犯夫人了！」

張婆子一臉惶恐地跪倒在地上，口中不斷喊冤。見烏梅憤怒地又衝著她吼幾聲，張婆子抖著身子往後縮了縮，眼角餘光不住往柯姨娘和閔玉鶯身上哀哀地掃過去。

柯姨娘母女卻看也不敢看那張婆子，互相扶著，往人群後不動聲色地退了幾步。

「冤枉？妳說妳與烏梅沒有宿怨，也不敢冒犯夫人，看來是烏梅一時糊塗認錯了人？」

「對對對，求王妃娘娘明鑑啊！不是老奴說啊，狗這種畜牲慣會狗眼看人低的，牠是娘娘送給夫人的，平日過著錦衣玉食的日子，也許是……也許是牠看老奴粗布麻衣的，說不定是想要狗仗人勢，欺負老奴啊！」

「狗仗人勢？呵，看來張婆子妳知道還挺多的啊！」

閔窈將屋中眾人的神態盡收眼底，望著張婆子怒極反笑道：「可是妳應該知道，狗鼻子是最靈的，剛才我讓烏梅在外面轉了一圈，牠訓練有素，已經聞到歹人留下的氣味，不如我現在就將牠放開，讓牠把作祟的人找出來，好給妳洗刷洗刷冤屈？」

「不要啊！娘娘……」聽閔窈說要放狗，張婆子第一個反應就是往後躲。

閔窈淡然道：「怕什麼，妳不是冤枉的嗎？」

「嗚嗚嗚，娘娘，老奴委實冤枉！這狗一向凶殘，萬一牠看老奴不順眼……您可千萬別撒手啊！」

她趴在地上抖得像是篩米糠的篩子似的，雖然嘴裡說害怕，可是張婆子心中並不相信閔窈除了嚇唬她，還能拿出什麼確鑿的證據來？畢竟她當時做得很隱蔽，獒犬鼻子再靈光、再通人性，牠也不能開口來指證她啊！所以，只要她咬緊牙關、抵死不認，就算天王老子來了，也奈何不了她這個「無辜」之人吧？

想到這裡，張婆子心中不由有些得意。不過，她得意得太早了。

就在張婆子以為死無對證之際，堂屋那群僕從中忽然跳出兩個小侍女，怯怯地指著她對閔窈道：「娘娘，就是這老婆子！晚間夫人去前頭的時候，她就提著一桶水在院門口鬼鬼祟祟的！奴婢幾個剛才還有些不確定，現在回想起來，那時烏梅就曾在院子裡衝她吠過幾聲。」

「對！娘娘，我們幾個經過的時候也看見了！」小侍女開口之後，幾個巡院的家丁也跟著跳出來作證。「當時我們快巡到夫人院子時，這婆子急匆匆地從院門口出來，還差點撞到我們兄弟幾個。」

「……你們、你們可別亂說話！」面對眾人的指證，張婆子有些慌亂起來。

「我們才沒亂說！妳張婆子是在後園灑掃的，後園與夫人的院子隔了老遠，妳天黑拿著個木桶去夫人院子裡想幹啥？這妳怎麼解釋？」

「就是！千萬別說妳是去孝敬夫人，給夫人院子裡澆花啊！」

張婆子素來為人勢利，欺軟怕硬，她一直仗著柯姨娘撐腰，在一眾僕從裡趾高氣揚。那些年紀輕的小侍女、小家丁大多在她手下吃過虧，現在有人帶頭把她的醜事抖出來，府上以前被她欺負過的人都紛紛站出來，乘機添上一把火。

「大家安靜！」閔窈看著張婆子平靜道：「現在，這麼多人指證妳到夫人院子行為不軌，張婆子，妳還不承認！」

「冤枉啊娘娘……他們這群小畜生是血口噴人哪！」張婆子還想抵賴，不過她這聲冤枉喊得明顯底氣不足了。

閔窈嘴邊泛起一絲冷笑。「好，那妳說，到底有沒有去過夫人的院子？」

「老奴……老奴……」張婆子顫巍巍地抬眼看向柯姨娘，見對方躲躲閃閃，她眼中閃過一絲憤恨，卻強行忍下來，仍舊強嘴道：「老奴沒去過！」

「撒謊，我們兄弟幾個明明撞見妳了！」

「對，平素烏梅從不亂叫的，要不是烏梅那會兒被夫人拴著，她一個生人進門恐怕早就被咬了吧！」

「娘娘，我們幾個也可以作證。雖然天黑，可是看身段、模樣，就是這張婆子沒錯！她確實拿著木桶！」

「你們這群拔舌頭的小畜生，聯合起來欺負我一個老婆子啊！哎喲喲……咱們大昭還有沒有王法啦！」

張婆子見局勢越來越不利於自己，立即使出她撒潑打滾的拿手好戲來，一雙手扯亂頭髮，撲到閔窈邊上嚎啕大哭起來。「娘娘啊！您是神仙一般的人兒，可別被那些小畜生堵了耳朵、污了眼啊！老奴一個孤苦伶仃的老婆子，膽子小，哪裡禁得起這般誣衊呀？你們這幫人造業，死後要下十八層地獄的！哎喲喲……可嚇死老婆子啦……」

她呼天搶地賣慘，要是不知情的人見到這一幕，恐怕還真以為是一屋子的人在欺負她一個可憐的老太婆了。

閔窈卻絲毫不為所動，現在後頭寢房裡躺著的可是她的母親。

重活兩世，雖然她仍舊不擅心計，不屑於通過陰暗齷齪的手段來達到自己的目的，可是，這不代表她還像前世那般單純好騙。如果放任企圖謀害母親的凶手繼續逍遙法外，那她也枉再來這世上走一遭了！

「妳剛才說大昭沒有王法？妳覺得這屋裡這麼多人都在冤枉妳是嗎？妳說指證妳的人都在欺負妳是嗎？」閔窈滿是譏諷地看著張婆子那賊喊捉賊的嘴臉，沈聲道：「那好，來人，馬上將這婆子押送到官府！你們幾個指證的也一併跟去。等官府按照大昭王法定了她謀害主母的罪，你們每個指證的都可以到我這兒來領賞！」

「……官府？娘娘！」張婆子這下傻了眼。

柯姨娘不是說大小姐是個心軟好騙的繡花枕頭嗎，怎麼下手這般狠？她這事到了官府，必定逃不了一個「意圖殺主」的罪名，這在大昭，可是要斬首的啊！本來只是想賺一筆昧良心的銀子，不想到頭來要把自己這條老命搭進去……誰知道大小姐居然要對自己動真格！

張婆子嚇得魂飛魄散，這時候她也不怕烏梅咬她了，迅速撲過去，扯住閔窈的裙角，嘴裡語無倫次道：「娘娘！不能去官府……老奴招了，老奴一時糊塗啊！我是去過夫人的院子……」

「很好。」閔窈把自己的裙子從張婆子手中扯回來，對屋中眾人說道：「你們剛才都聽見了，張婆子已經承認去夫人的院子做過手腳，等會兒到了官府，大家儘管去作證！」

「娘娘，老奴已經招了，您還要送老奴去官府？」

「妳犯了罪，一句招了就想了事？妳把閔府當成什麼地方了？妳當這府裡的，都是死人嗎?!」

「不不不……老奴不敢！老奴不敢！」

張婆子遙遙望著人群角落，看見柯姨娘和閔玉鶯對她避之唯恐不及的模樣，眼中流露出恨意，跪在地上咬牙切齒道：「老奴犯了糊塗，自當受懲，可是這一切，都是柯姨娘！是她指使老奴這麼做的！她見夫人懷孕心生嫉妒，所以她給了老奴一筆錢，讓老奴在夫人院子的各個路口澆水成冰，好讓夫人在天黑時摔倒。她當時還說，最好來個一屍兩命，省去不少麻煩啊！」

「妳！妳這死老婆子，妳胡說八道！自己犯了事，還想拉別人下水，妳好歹毒啊！」

面對張婆子如此直接的指證，柯姨娘一下子就從人群裡跳出來，跑到閔窈跟前，極力辯白道：「娘娘，您可千萬別聽這老婆子亂說啊！夫人一直待妾親厚，妾感激不盡，怎麼可能要害她？」

「喲！柯姨娘，這會兒妳倒是把自己洗得乾乾淨淨了？妳給我老婆子塞銀錢的時候可不是這麼說的啊！出了事妳想讓老奴一個人去死，沒門兒！」張老婆子破罐子破摔，橫眉豎眼地上去一把抓住柯姨娘纖細的手臂，大叫道：「要死一起死！咱們一起見官去！」

「妳放開我姨娘！」見柯姨娘被張婆子扯得東倒西歪，閔玉鶯急了，飛快地上前一把將張婆子推倒在地上，凶狠道：「老賤奴！妳鬼迷心竅了，敢對我姨娘動手動腳？妳說我姨娘買凶，有何證據？哼，拿不出證據來，今晚妳到了官府，我還要加告妳一條誣陷的罪名！」

張婆子聞言，冷笑數聲。「二小姐，妳以為老奴拿不出證據來嗎？呵呵，不怕告訴妳，妳姨娘給老奴的錢，老奴可是一文都沒來得及花。娘娘，您現在就可以派人去老奴屋裡搜，在老奴屋裡床底下的衣箱底下，整整有一包五百兩紋銀的油布包呢！」

閔窈冷眼看著三人在她面前狗咬狗，對邊上的青環使了個眼色，青環立即帶了十幾個人往張婆子那屋而去。

片刻之後，青環果然和底下人抬著一個沈重的油布包回來了。

「娘娘您看。」青環把油布包放在地上打開，只見裡頭一片白光閃閃，五百兩銀子正靜靜地呈現在眾人眼前。

「娘娘！老奴沒有騙您吧！」

張婆子撲通一聲磕了個響頭，老淚縱橫道：「老奴在府上灑掃多年，月錢是八百文銅子。老奴從來沒有見過這麼多銀子，所以才會被銀錢迷了眼，做出如此丟人現眼、罪大惡極的事來。老奴現在知道錯了，情願去官府領罪，可是指使之人卻休想把一切罪責都掛到老奴身上了事！」

她說著，一隻手直直指向畏縮在一起的柯姨娘母女。「要死大家一起死！柯姨娘，妳也別在那兒裝什麼無辜，敢做就要敢當啊！何況現在人證、物證都齊了，到了官府，大老爺們自有定奪！」

柯姨娘聽完張婆子的話，臉色頓時慘白，邊上的閔玉鶯卻仍強撐著道：「這……這些白銀上又沒刻名字，妳憑什麼一口咬定是我姨娘給妳的？搞不好……搞不好這些錢是妳偷的、騙的、坑來的呢！」

「哎喲！真是有其母必有其女，還想給老婆子我潑髒水？娘娘！您別聽她的，老奴說的句句都是實話啊……」

「夠了！妳們都不用在這裡吵了。」看到她們把對方的底子都抖得差不多了，閔窈冷漠地勾起嘴角準備收網，她朝一群家丁揮了揮手。「來人！把她們幾個連同地上的贓銀全部押送到官府去！」

「是！」

話音剛落，柯姨娘和張婆子，立即被四個人高馬大的家丁一左一右架了起來。

張婆子一臉魚死網破的表情。

柯姨娘則渾身簌簌發抖，沒想到自己會在除夕夜被送官，她瞬間面如死灰，慘白的嘴唇一陣哆哆嗦嗦。「不要！娘娘……求求您……妾不要去官府！」

第二十三章

「娘娘！娘娘！您可千萬別被這老賤奴的花言巧語給騙了呀！」

眼看著自己的親娘就要被人押送出門，閔玉鶯一雙大眼淚盈盈，飛也似地跪撲過去抱住閔窈的小腿，楚楚可憐地哭道：「娘娘……姊姊！我姨娘她是清白的！她對母親一向恭敬有加，怎麼可能會害母親？老賤奴醜事被人揭發，她這是存心想挑撥咱們後宅的關係，好給自己減輕罪責啊！姊姊，鶯兒求妳了！妳小時候姨娘也很疼妳的，妳可千萬要給姨娘作主，不能叫她被人胡亂陷害了啊！姊姊……」

她嘴裡一迭連聲姊姊地喊著，試圖激起閔窈與她往日的「姊妹情」。然而，閔玉鶯卻不知道，她現在抱著的人，是在前世被她算計到淒慘死去的閔窈。

如今的閔窈，早已不是那個任她拿捏好騙的傻姊姊了。

重生後的閔窈本不想招惹蕭文逸和閔玉鶯，她一心只想遠離那些齷齪下作的人，守著自己想要守護的人，安穩地過完這一生。可是那些人卻不肯放過她，不僅一而再、再而三地來招惹她，現在又明目張膽地把爪子伸向母親，還有母親腹中尚未出生的孩子……閔窈覺得自己再不出擊，他們說不定真要把她當成個擺設了。

「鶯兒妹妹別哭，臉花了就不好看了。」閔窈彎身撇開閔玉鶯，冷冷道：「我知妳護母心切，姊姊我又何嘗不是呢？既然妳說姨娘疼我，對母親又恭敬，那我更不能讓人隨便冤枉了她。你們幾個還愣著幹麼？趕緊拖出去送官！」

頓在堂屋門口的家丁們被閔窈喝得渾身一震，趕緊拖著柯姨娘和張婆子，連同那包銀子，火速竄到門外一片漆黑的夜幕中去。

「姊姊，妳……」閔玉鶯頹然坐在地上，兩眼不可置信地望著閔窈。

「來人，二小姐今晚鬧了一場，想必累得很，把她送回西院去好好休息！」

閔窈摸了摸烏梅的腦袋，面無表情地吩咐道：「姨娘惹上了官司，二小姐憂心不已，需要清靜，這些天，你們務必把後宅看緊了，要是哪個敢讓亂七八糟的人從後門進來，擾了二小姐靜養，我這個做姊姊的，一定會替二小姐打斷他的腿！」

聽閔窈說到後門，閔玉鶯登時如遭雷劈。她半張著嘴，驚愕地看了閔窈一眼，只見閔窈此時眼中寒芒乍現。難道她和蕭文逸的事被發現了……是什麼時候發現的？要是這事被抖開了，那她以後還怎麼做人?!

臉上迅速湧起一片火辣，彷彿被人狠狠搧了兩個大耳光。閔玉鶯心虛地垂下頭，一股從未有過的恐懼瞬間籠罩她的全身。

兩個黑臉的婆子上前架起她的胳膊，閔玉鶯不敢再發一言，直愣著一雙大眼睛，任由人把她送出堂屋的門。

閔窈心中終於有了些許暢快。她解散餘下眾人，正要起身去看藺氏，沒想到堂屋門口忽然響起一陣急促的腳步聲。閔窈抬眼一看，只見閔方康帶著閔盛及一眾僕從，神色焦灼地從外頭趕進來。

「父親，您回來了。」

「窈兒啊，妳怎能隨隨便便就將妳柯姨娘送官啊！」

大冬天的，閔方康卻是滿臉熱汗，他邊上跟著的綠菊趕緊乖覺地遞上一塊絹帕，閔方康接過，用帕子在臉上胡亂抹了一把，苦著臉對閔窈說道：「大過年的，這事若傳出去，咱閔家可不得讓人笑掉了牙？為父我年後拿什麼臉見同僚啊！」

他一進門問都沒問藺氏的死活，就開始埋怨閔窈將柯姨娘送官丟他的臉，閔窈聽了心中生怒，不由冷臉道：「父親只惦記著體面，卻不知道母親差點被人害得丟了性命！」

「啊？」閔方康面上赧然，立即問道：「窈兒，妳母親現在如何了？她腹中的孩兒……」

「幸好當時青環和紅纓及時請來大夫，母親這會兒還在昏迷著，不過她與腹中胎兒現在已經沒什麼大礙了。」

「那就好、那就好。」閔方康吁了一口氣，將絹帕交給綠菊，轉身與閔窈輕鬆地說道：「今晚的事只是個意外。為父在門口正好碰到柯姨娘她們，順手就給帶回來了。窈兒啊，這大過節的，妳也別太較真……」

「什麼？父親！您把柯姨娘她們都帶回來了?!」

「清官難斷家務事。再說了，妳柯姨娘解釋過了，她真的是被人陷害的……」

「父親！人證、物證俱在，您還要袒護柯姨娘?!」閔窈氣得頭髮都要豎起來了，一雙杏眼頓時通紅。「大過節的就不用計較了？大過節的，我母親本來好端端的，現在卻在裡頭躺著！父親，她腹中懷的可是您的親骨肉啊！」

「好了好了，我知道妳心疼妳母親，一時心急，為父不怪妳，可妳柯姨娘絕對不是那樣的人！」閔方康堅定地擺擺手，拿出一家之主的派頭來。「窈兒，妳現在貴為王妃，插手娘家內宅之事容易招人非議。這件事情就此打住，為父年後會好好處理的。」

聽他的意思，是打算將柯姨娘包庇到底了？

閔窈心中一片冰冷，斜眼看了看閔方康邊上的綠菊，她是閔玉鶯的貼身侍女。看來，父親今晚回來得這麼及時，這綠菊功不可沒啊！

「父親，窈兒就算做了王妃，也是與母親血肉相連的女兒，我絕不能容忍母親每日處於危險中！」閔窈挺直了腰板，一臉凜然。「既然父親不讓女兒插手您的後宅，又不肯馬上給女兒一個交代……那麼女兒只好在府中住下，親自來護衛母親的安全了。」

聽她這樣說，閔方康臉上當即露出為難的神色，而邊上的閔盛卻望見閔窈眼中強忍的淚水，他的心底一下子疼了起來。

「妳！」眼前倔強的嫡女讓閔方康頓覺一個頭兩個大。這事要是放在以前，閔方康早就一個厲聲呵斥過去了，可是現在礙著閔窈秦王妃的身分，閔方康不得不強壓下心頭的怒火，放緩語氣好生勸道：「窈兒啊！妳這不是存心為難父親嗎？妳如今是天家的媳婦，今晚過後就是新春正月，妳不陪著王爺反倒在娘家待著，這怎麼行呢？要是讓人知道了，會說妳不守婦道的呀！還順帶會說咱們閔家失禮、沒家教，窈兒，妳聽父親一句勸……」

「父親，女兒剛才已經說得很清楚了。」閔窈掩住心底的悲涼，努力使自己平靜地說道：「只要今晚您給女兒一個交代，讓害母親的人付出應有的代價。女兒只是想幫母親討回公道，絕沒有為難您的意思。」

他還為難了？母親可是他的髮妻！說來說去，他只不過是捨不得他的柯姨娘、捨不得他的面子罷了！

閔窈真的沒辦法理解她父親，人家要害的是他的正妻和親骨肉，他卻寧願相信柯姨娘的解釋，也不願意相信明明已經擺在眼前的事實。究竟那個柯姨娘給父親灌了什麼迷魂湯，竟搞得他如此是非不分、混淆黑白，只會一味地和稀泥?!

「交代……妳這孩子，妳讓父親給妳交代什麼啊？」面對咄咄逼人的閔窈，閔方康有些急了。

閔家在朝中沒什麼背景，如今他的仕途全靠東方玹這個王爺女婿才能平步青雲。閔窈自小就是嬌蠻脾氣，若是她真的耍起性子不回王府，把王爺惹生氣了可怎麼好？

「窈兒啊，其實父親知道妳對柯姨娘一直心存誤會……」

正在閔方康苦惱著如何打發閔窈之際，邊上一直沈默的閔盛忍不住開口了。「父親，孩兒覺得，今晚之事您的確應該給府中的人一個交代。」

他話一說完，閔方康和閔窈的目光立即被他吸引過去。畢竟閔盛自從到了閔家，就是個一心唯讀聖賢書、從不過問閔家內宅之事的乖順養子。現在他乍一開口，閔方康倒是很想聽聽這位優秀的國子監太學生對此事的看法。

「哦？盛兒有什麼想法，但說無妨。」

「父親，太常寺主管皇室祭祀，您官居正四品的太常寺少卿，一向最注重禮儀尊卑，平日您也經常教導我們小輩要守禮儀、懂規矩。」

見閔方康聞言含笑點頭，閔盛繼續說道：「可是今晚咱們府上發生奴僕蓄意謀害母親之事，其所作所為實在太過惡劣！母親是閔家的女主人，竟在除夕夜遭此橫禍，而犯事的一干人等卻毫髮無傷……這事要是傳出去，恐怕整個閔府都沒什麼顏面，外面的人肯定議論紛紛，說您……」

見養子欲言又止，閔方康忙追問道：「說為父什麼？」

「說您治家不嚴還是輕的。您雖然以德報怨放過那犯事的婆子，可她不一定會記您的好，要是她將這事再添油加醋地往街坊之間傳……那您的名聲必定受到很大的影響。當今聖上最看中名譽清白的官員，如此一來的話，恐怕父親今後的仕途堪憂啊！」

「這……」閔方康皺眉想了想，額頭上冒出些許的汗來。「盛兒，你說得也有道理啊，那依你的意思，為父該如何處理呢？」

「孩兒不敢越俎代庖替父親作主。」閔盛十分謙卑地拱手道：「孩兒只是覺得，就這樣放過那犯事的婆子有些不妥。一旦給後宅的僕人立了一個不好的榜樣，讓他們覺得在咱們府上犯事不會受到什麼懲罰，那以後母親如何在後宅立威，如何管理整個後宅呢？」

「對！你說得對啊！」閔方康滿是讚許地看著養子，思索片刻道：「那婆子以下犯上，蓄意害主，是該罰！這種人府裡也留不得——就打她個一百棍，逐出府去吧。」

閔盛垂首道：「父親此舉甚是英明，那柯姨娘呢？」

閔窈在邊上聽著他和閔方康的對話，不禁有些佩服起她這位義兄來。真不愧是國子監出來的太學生啊！說來說去，又悄然把父親引回了之前兩難的境地。

「咦，怎麼又扯到你們柯姨娘了？」閔方康不滿道：「不是都說了，她是無辜的，是那婆子故意陷害她！」

「就算姨娘是無辜的，可那婆子一口咬定是姨娘給錢買通她行凶；而且家中眾多僕人都能作證，此事發生之前，姨娘與張婆子一向親厚，她身上的嫌疑始終沒有洗清啊。」

閔盛幾句話把閔方康給難住了。

閔方康眨巴眨巴眼，臉色變了變，乾咳幾聲道：「咳咳，大人的事你們小輩不懂啊！柯姨娘這人很單純良善，平時連踩死一隻小蟲子都怕的人，怎麼可能會害你們母親呢？依為父對她的瞭解，她就是因為太容易相信人，才會被那惡婆子乘機利用陷害……」

「那照父親這麼說，張婆子與母親無冤無仇，為何要害母親呢？」聽到閔方康極力為柯姨娘開脫，閔窈忍不住插了一句。

「……這哪兒說得準，可能是你母親與張婆子有什麼口角宿怨也說不定啊！」閔方康振振有詞道：「窈兒，妳就是對妳姨娘有偏見！她是心思簡單信錯了人，這才被人利用的。」

他如此堅信柯姨娘是無辜的，閔窈覺得，自己今晚就是說破了嘴也無法說服他，只好快刀斬亂麻。「既然父親不相信是柯姨娘做的，而我和盛哥哥覺得柯姨娘有很大的嫌疑，不如咱們就將這事交給官府查辦好了。」

「不行！官府是什麼地方，妳柯姨娘要是進去了，以後讓她在府中怎麼做人?!」

「那母親平白無故地被人謀害，這事就這麼不明不白地過去了？母親以後在府中怎麼做人?!」

「妳！妳這……」

見父女倆各執一詞，誰也不讓誰，閔盛在邊上趕緊做起和事佬。「父親、窈兒，你們有話好好說，大過年的，大家還是和和氣氣的好……」

他話沒說完，堂屋外忽然跑來一個小廝，氣喘吁吁地彎身在門口稟告道：「老爺、娘娘、公子，秦王府的薛夫人來了，說是王爺想娘娘了，派人來接娘娘回宮中。」

閔方康一聽，立即變了臉色，轉身對閔窈柔和道：「窈兒，王爺要緊，快跟著薛夫人回宮去吧！妳放心，妳母親這兒有我和妳盛哥哥守著，保證不會有事的！」

「不，女兒早說了，今晚的事不說清楚，女兒是不會走的。」閔窈就勢跪坐到附近的一個蒲團上，不緊不慢地吩咐門口那小廝。「去回薛夫人，就說我家中有大事，出不了門，讓她先回去照顧王爺。」

「是，娘娘。」

眼看著小廝一溜煙跑了，閔方康氣得面色鐵青，真恨不得當場把閔窈這個忤逆女抓起來暴打一頓。可是想到閔窈背後的秦王，閔方康又不得不逼自己緩下臉，無奈地走到閔窈跟前好生商量道：「窈兒啊，妳這不是胡鬧嗎？好，妳說怎麼辦吧，只要不將妳柯姨娘送官，父親什麼都依妳，這樣行了嗎？」

聽他這無奈至極的語氣，好像閔窈是隻仗勢欺人、橫行霸道的母老虎。閔窈承認她是仗了東方玹的勢，可是她絕不是在欺負柯姨娘，因為柯姨娘一點都不無辜！

「好，那我要父親今晚就將柯姨娘逐出閔家！」

「妳！」

第二十四章

「怎麼，父親不是說什麼都依我嗎？」

反正在父親心中她早已不是什麼聽話的好女兒，而且今晚這場爭吵後，恐怕父親對她的厭惡要更上一層樓了。

閔窈此時只慶幸自己嫁了東方玹，於是毫不客氣地說道：「在今晚意圖謀害母親一事中，就算父親寧死不送官，明眼人都知道柯姨娘難脫關係，您處罰了張婆子不處罰她，是難以服眾的。況且有她這麼個『單純良善』的人在後院待著，要是她再『信錯』一回人，我和母親可受不起今晚這般的驚嚇了。」

「咳咳……窈兒說得有理、有理。」

閔方康垂頭喪氣地看了看西院的方向，想想自己的前途，他最終還是萬分不捨地下了決斷。「那……那就依妳說的。來人！去西院叫柯姨娘收拾包袱，讓她連夜出城去鄉下祖宅的莊子待著，沒有我的吩咐，不准她回洛京！」

門外候著的僕從應了一聲，腳步聲漸漸遠去。

閔方康回頭恨恨道：「女兒，這下妳滿意了吧？」

「還行吧。」閔窈紅著眼圈緩緩地站起來，面上淡淡道：「秋月，妳留下來一起照顧夫人。」

她剛說完，門外一個小廝又匆匆跑來稟告。「娘娘、老爺、公子，王爺見娘娘遲遲未歸，親自趕到府上來了！」

「什麼?!」閔方康一聽，趕緊擦了把汗，如臨大敵一般望著門外，嘴裡不忘埋怨閔窈道：「唉！妳看看妳！把王爺急得都親自上門來了……」

東方玹突然到府，閔府上下頓時一通惶恐地忙活。

已經快要到子時，再過半個時辰，新的一年就要來到。閔方康這時也不敢把閔窈往外趕，只好留女兒、女婿在府上過年了。

閔窈於是別過閔盛，領著東方玹回到自己以前住過的閨房。

夜深風寒，東方玹裹著墨色貂皮大氅，通身純黑色的名貴毛皮襯得他身姿頎長，白玉般的面容更加絕世無雙。

閔窈屏退左右，紅著眼，在自己那張小床前給東方玹鋪被子。剛才與父親的一場交鋒雖然如她願趕走了柯姨娘，可是她勝得並不開心，甚至心中還有很多說不出來的酸楚。

「媳婦兒……」

身子忽然一緊，東方玹默默從後面抱上來，他身上的暖意源源不斷地傳來，讓人感到莫名的心安與放鬆。閔窈強忍著的委屈終於在這一刻決堤，轉身猛地撲到他堅實寬闊的懷中，嘩嘩的淚水霎時肆意洶湧。

「別難過，我在呢。」

「王爺……王、爺……我……」

閔窈窩在他懷中泣不成聲，晶瑩的眼淚如斷了線的珍珠般，一顆一顆落在月白色的盤龍袍上，很快將他胸口繡著的那條四爪龍浸得濕透。

骨節分明的大手輕輕環住她不停顫動的身子，東方玹那雙修長的丹鳳眼疼惜地瞇起來，低下頭，忍不住在她光潔的額頭上輕輕落下一個溫柔的吻。

「被人欺負了？」

清醇的聲線沒了往日的甜糯，不經意流露出一絲凜冽的威嚴來。

「不、不是……我，是母親……」閔窈沒有察覺到他的異樣，仍舊把整個人埋在他暖和的胸懷中，委屈地抽噎道：「母親今晚差點被人害死……嗚嗚……是我沒用，我真沒用……我沒能護好她……」

「媳婦兒不哭，岳母會沒事的。」東方玹皺起眉頭，用力把她摟進懷中。

剛才聽薛夫人說她在娘家出不了門，他還以為她在閔家被欺負了，驚得他直接就從宮中趕過來。沒想到今晚這場鬧劇原是他岳父惹下的風流債，不僅連累了岳母遭罪，還把他家傻媳婦兒的心傷得不輕。

「嗚嗚……王、王爺……」

「嗯。」

「你怎麼……怎麼想到要……要過來？宮裡今晚……不是要放……煙火嗎？」

還惦記看煙火的事？瞧她都哭成什麼樣了？臉上的妝全花了，到處深一塊、淺一塊，一雙眼睛水亮亮，鼻尖紅紅的，簡直跟小花貓似的。

他看得心尖一酸，不由伸手去點她俏麗的小鼻子。「煙花哪有我的小花貓好看？」說著，勾人的面龐慢慢向她壓下來。透過他純淨如黑曜石一般的瞳孔，閔窈含淚愣愣地屏住呼吸，突然從他眼中看到自己那張哭花的小圓臉。

「呀！」被自己的醜樣子嚇得驚叫一聲，閔窈自覺丟人地轉身，迅速拿兩手摀住臉。

「王爺，妾身失儀……妾身這就去外面洗把臉……」

「我給妳洗。」

「啊？不不不，不用了，妾身自己可以的。」

東方玹置若罔聞，拉著閔窈幾步到了隔間的盥洗室。侍女們都在外面守著，他也不叫人，親自從銀盆裡絞了帕子，在閔窈臉上擦拭著，一下一下，動作比秋月、秋畫都要仔細輕柔。

閔窈受寵若驚，呆若木雞地站著任他洗臉。

片刻之後，東方玹很有成就感地捏了捏她的臉蛋，笑咪咪道：「好了，小花貓可算洗乾淨了。」

閔窈不禁臉上一紅。雖然不是第一次在他面前素面朝天了，可是今晚他看著她的眼神似乎能暖到人的心底。望著他如謫仙般絕美的容顏，閔窈心中咯噔一下，覺得自己以後恐怕再也無法把他當作孩童來看待了……

他的懷抱像山一樣堅實可靠，他哄她時的那個吻溫熱甜蜜，他甚至還親手幫她洗臉！他的眼神那麼專注柔情，彷彿在擦拭世界上最珍貴的寶物……

他的心智真的只有八、九歲嗎？她怎麼覺得他現在根本就是個讓人忍不住想要依靠、對她寵溺萬分的男子呢？不不不，這一定是錯覺！今晚她大概是被父親氣昏了頭……

閔窈不知自己這會兒是怎麼了？心中既歡喜又夾帶著些許惆悵；有一點點小慶幸，又有一點點對自己失控的小懊惱。看到東方玹含笑的眼，她心臟處毫無預兆，就一陣怦怦怦快速地跳起來。

「……妾身、妾身先回房了！」

閔窈紅著一張臉，狼狽地逃回自己的閨房；東方玹勾唇輕笑，在後頭悠哉悠哉地跟上來。

「媳婦兒，給妳看個東西。」

「什麼啊？」

整個人被堵在床邊，只見東方玹伸出兩根如玉手指，緩緩地解開他身上貂皮大氅的帶子，閔窈立即感覺喉間一陣燥熱。

她有些慌亂地嚥了嚥口水，東方玹把解下的大氅往床邊軟榻上一扔，兩隻大手又往月白色盤龍袍的領口處狠狠一拉。

「……你你你想幹麼?!」見他越脫越不像話，閔窈終於坐不住了。她滿臉通紅地衝上去死死抓住東方玹的大手，羞惱卻又不敢大聲地說道：「王爺！你不可以在妾身的娘家對妾身……」

「為什麼不可以？」東方玹滿臉無辜。

為什麼？這傢伙還有臉問得出來?!他在王府親她、欺負她就算了，此處可是她的娘家啊！這「孩子」，他到底知不知道害羞兩個字怎麼寫？虧她剛才還在心裡對他……哼，這個壞傢伙！

「不可以就是不可以！」

「可是媳婦兒難道就不餓嗎？」

餓？這又是他從哪本畫冊上學來的暗語？哎喲喲，這傢伙真是要羞死人了！

想到東方玹早就背著她偷看了一箱子不穿衣服的小人書，閔窈臉都紅了。「什麼、什麼餓不餓……妾身聽不明白你在說什麼。」

「咳咳……媳婦兒，妳想哪兒去了？」東方玹把手從閔窈的小手裡抽出來，輕輕在她滿是不可言說的小腦袋上拍了三下，壞笑道：「看，這是我特地帶回來給妳吃的。」

話音剛落，他伸手從盤龍袍的領口處，掏出一只流光金閃的小盒子來。

「咦，這不是王爺的八卦多寶盒嗎？」

閔窈兩手接過那盒子，感受到上面的鏤空鎏金獸紋上還帶著東方玹暖暖的體溫，她心頭一甜，不由想起她和東方玹大婚那晚，她夜裡餓得厲害，他就是給她吃這個八卦多寶盒裡的糖果。

「裡面裝了宴席上的玉露團子，我知道妳喜歡。」

「王爺……」沒想到自己誤會了他，閔窈眼紅，臉更紅，又有要哭的趨勢。

「乖，吃完再哭，我的媳婦兒不能餓著。」

剛才在宴席上她盡顧著給他挑魚刺，壓根兒就沒吃多少東西，回娘家後又一直顧著生氣——傻媳婦兒這麼愛吃的人兒，餓壞了他心疼啊！

「嗯嗯！」閔窈吸了吸通紅的鼻子，打開多寶盒，捏起一只玉露團子就往嘴裡送。

這團子是糯米和綠豆粉做的，通體呈現圓潤的翡翠色，半透明的糕點表面上均勻地撒了一層雪白糖霜，入口香甜軟糯。一口咬到裡面的玫瑰豆沙餡，閔窈滿足地瞇起眼睛。

「好吃嗎？」

「好吃！」

「媳婦兒快過來。」

閔窈吃著玉露團，很聽話地走到窗邊，東方玹長手一撈，就將她整個圈在懷裡。

「子時到了。」

就在他說話的瞬間，洛京城漆黑的夜空中忽然響起「砰」的一聲尖響，緊接著，皇宮方向的上空，綻放出一朵照亮天際的巨大煙花。

「哇！好漂亮的煙花啊！」

「快看快看！西邊這個是牡丹花形狀的！」

「中間那個是五顏六色的！」

院子裡一群侍女和家丁們驚喜地在外面叫起來，在漫天絢麗燦爛的火樹銀花下，新的一年來臨了。

大年初一，閔窈窩在東方玹暖暖的懷裡醒過來。

閔府上下一片熱鬧喧譁，充滿了新年的氣氛。兩人起身洗漱後，閔窈正在給東方玹穿衣，外面秋月來報，說藺氏醒了。

新年的第一天，皇帝要在宮中舉辦元日宴，招待大昭一眾附屬國的朝賀，照舊例，秦王和太子及其他幾個皇子都要出席。

薛夫人一早就來府上候著了，知道閔窈脫不開身，薛夫人很體貼地先帶東方玹回王府換禮服。

閔窈到了藺氏房中，只見閔方康正在床邊殷勤地伺候藺氏喝藥，她轉身吩咐秋畫、秋月給府中眾人發紅包。

閔方康見她來了，臉上明顯是不自然的，牽強地寒暄幾句，就藉著和同僚們吃席的由頭出府去了。而閔玉鶯因為被禁足，今天也沒能在藺氏跟前露臉，房中一下子就剩下藺氏和閔窈母女倆。

「母親經過昨日這一場，大夫說有些傷本了……您以後要緊著自己身子調養，其餘的事不用擔心，一切有女兒在。」

藺氏含淚道：「阿娘活了三十幾年，不是什麼都不知道。阿娘心中明白，只是委屈了窈兒……妳昨晚趕走了西院的，妳父親他必定……唉。」

「母親放心，有王爺在，父親不敢把我怎麼樣的。」閔窈上前抱住藺氏，用額頭親暱地蹭著她慘白的臉頰。「母親，您一定會平平安安的……好啦，大過年的，咱們也不要哭哭啼啼，說些高興的事吧！」

藺氏聞言，趕緊抹了淚道：「對對對，咱們說些高興的事。阿娘早些日子就想和妳說了，妳舅舅去年底調回刑部，往後就回洛京住下了。他在外地上任時娶了妳舅母，咱們一家子人都見過。本來阿娘是想正月回妳外祖家瞧瞧的，可是現在怕是去不成了。」

「哎，說來我也好久沒見外祖母了。」閔窈想了想，笑道：「不如讓女兒代您走這一趟吧！我回去問問王爺，如果他肯出門的話，也帶他去，讓外祖母也見見她的外孫女婿。」

藺氏眼中含笑道：「如此，那真是最好不過了。」

下午東方玹從宮中回來，便被閔窈用三個武將形象的糖人給收買了。因為是第一次帶他見外祖母，閔窈怕失了禮數，領著兩個丫頭在庫房挑了好久的禮品都沒能出門。

東方玹換了身紫色龍紋交襟長袍，外面披了純白的狐皮大氅，在王府門口的馬車旁一邊等媳婦兒，一邊悠閒地吃著糖人。等他快吃完第三個糖人時，閔窈還沒出來，他正想回府，不料街邊忽然湧來十幾個高鼻深目、身穿露臍長紗裙的西域女子，衝著他嘰哩呱啦一通大喊。

東方玹叼著糖人，淡然回頭看了一眼，只見在王府侍衛的阻攔下，其中一位服飾華麗的西域女子格外激動，向他不斷揮手大叫。

看東方玹的目光移到自己身上，那女子更是亢奮不已，立刻用非常蹩腳的大昭語言，向他高聲喊道：「小咯咯、小咯咯！你猴英俊！請問你有妻子了嗎？沒有的花，我可以娶你嗎？」

第二十五章

娶他?!

東方玹挑了挑眉，沒有理那個瘋狂的西域女子，徑直走向府中。王府外的侍衛們見狀，趕緊板著臉，將一群嘰哩呱啦大叫的西域女人趕得老遠。

等閔窈披著火紅的狐皮披風與東方玹一道出來的時候，王府門口一片安靜，除了幾十個正經嚴肅的侍衛們，其餘閒雜人等半個影子都沒有。

「今天是大年初一，街上為何如此冷清？」跟著東方玹上了馬車，閔窈有些疑惑地問車外的阿大。

阿大笑道：「娘娘您是沒看見，剛才有群胡姬見了咱們王爺嗷嗷直叫，跟瘋婆子似的。王爺進去接您後，侍衛就把她們趕走了。」

「原來是這樣。」閔窈看著東方玹勾人的俊顏，忍不住在他白玉般的臉上捏了一把，笑嘻嘻道：「看來以後王爺出門要戴上羃羅才行。王爺長得如此俊美，要是街上的大姑娘、小媳婦兒一見都丟了魂怎麼辦？」

「我不要戴羃羅，那是女人戴的。」東方玹氣鼓鼓地滾到閔窈懷裡。「媳婦兒都不生氣嗎？」

「妾身為什麼要生氣？」

「哼！」修長的手指戳了戳閔窈的肚子，東方玹躺在閔窈腿上扭扭捏捏道：「剛才那個西域女人，她說要娶我……」

「她要娶王爺?!」閔窈聞言驚訝道：「這這這……這西域的女人也太豪放了吧？」

「媳婦兒願意我被她娶嗎？」

「哈哈……那王爺可願意跟她到西域去？」

「媳婦兒，妳再笑，我要生氣了。」

「好好好，妾身不笑了……」

兩人正在車中打鬧，平穩前進的馬車忽然震了一下，有兩個侍衛騎馬到車窗外稟告道：「王爺、娘娘！有十幾個胡人女子騎著馬，一路追在咱們車隊後面，已經追了小半個時辰。給她們讓道，她們也不走，嘰哩呱啦地說要見什麼『小咯咯』。」

東方玹一聽，立即向閔窈告狀道：「就是她們，媳婦兒！咱們快走！」

看他的樣子，似乎很不想「嫁」到西域去……

閔窈忍住笑，對外吩咐道：「不要理她們，車隊加速前進——阿大！讓咱們的馬跑快些！」

「好嘞！」阿大在車外亢奮道：「就讓咱們大昭馬和西域馬好好比試比試！王爺、娘娘，坐穩了！」

話音剛落，馬車霎時間在路上風馳電掣一般行駛起來。

閔窈抱著東方玹的胳膊，只聽車外持續傳來猛烈的風嘯。

阿大的駕車很穩，在馬車飛速前進過程中，車內依然沒有太大的顛簸，一路行來，几案上茶杯中的茶水雖是不停晃動，卻始終沒有濺出一滴茶水來。

不到半個時辰，秦王府的馬車隊就在藺府門口停下來。

「王爺、娘娘，到了！」阿大得意洋洋的聲音在外頭響起來。

「這麼快？」閔窈問道：「那些西域女子呢？」

「嘿嘿嘿，小的駕車繞了三、四條大街，早把她們繞暈了。現在她們說不定在街上問路呢！」阿大收好韁繩，恭敬道：「請王爺、娘娘下車。」

車門被侍從打開，閔窈被秋月、秋畫攙扶著下車，就見阿大滿頭大汗地立在一邊。東方玹下馬車時，還不忘笑咪咪地拍了拍阿大的肩膀，喜得阿大合不攏嘴。

藺府的人一早就在大門口候著了。

閔窈抬眼一看，只見一對夫婦正領著眾僕人緊張地站在大門中間。夫婦中，男的看上去三十左右，身形健壯，模樣與藺氏有三分相像，正是閔窈在外地做官多年的舅舅藺廣雲。

聽母親說，舅舅在地方立了功，現在已經調回洛京刑部，任從六品上員外郎。他身邊那位女人才二十出頭，姓沈，是舅舅在外地娶的媳婦兒。

閔窈還是第一次見到她這位小舅母沈氏。沈氏看上去溫柔靦覥，一笑，面上立即湧出兩個甜甜的酒窩來，讓閔窈一下子對她生了好感。

「臣藺廣雲見過王爺、娘娘！」

「妾沈氏願王爺、娘娘萬福。」

閔窈趕緊上前扶住藺廣雲夫婦。「舅舅、舅母，自家人不必多禮。」

夫婦倆十分拘謹，等東方玹說了免禮，兩人才起身。

「王爺、娘娘快往裡邊請，老夫人知道王爺、娘娘要來，一大早就在堂屋裡等著了。」

閔窈笑道：「是嗎？舅舅，外祖母她近來身體可好？」

「身體硬朗著呢！」聽閔窈還像小時候一樣喊他舅舅，藺廣雲粗獷的眉目登時舒展開來，說話也跟著輕快一些。「老太太飯量不減當年，快六十歲的人了，爬起山來，我們幾個還趕不上她呢！」

一行人到了二門，就見一位精神飽滿的老婦人急急迎了出來。「哎喲，窈兒可來了！快到外祖母跟前來！」

「外祖母快免禮。」

劉氏頭髮花白，比閔窈記憶中蒼老不少。藺老將軍生前給劉氏掙了個三品誥命夫人，知道閔窈要來，劉氏今天特地穿上一身棕色銀線蝙蝠紋的大袖深衣，頭上梳了整齊的圓髻，髮髻兩側簪了兩支鑲紅寶的金步搖，弄得十分隆重體面。

閔窈拉著東方玹走到劉氏邊上，東方玹掏出八卦多寶盒，乖巧地問：「外祖母，要吃糖嗎？」

「這、這孩子就是外孫女婿？哎呀呀，長得真是太俊了！」劉氏一雙老眼直往東方玹手上的八卦多寶盒上瞧，笑咪咪道：「你這孩子，咋長這麼大還吃糖呢？快挑一顆最甜的拿來，不然老身今天就不讓窈兒跟你回去了。」

「外祖母怎麼一見面就欺負人。」閔窈扶著劉氏笑道：「王爺他最喜歡吃糖了。窈兒知道您也喜歡，所以來之前讓秋月給您包了五盒芝麻紅棗糖呢！」

「老身就愛吃那有嚼勁的，窈兒真是有心了。」

兩人說話間，東方玹低頭打開八卦多寶盒，默默從裡頭倒了一大把雪白的龍鬚糖放到劉氏手上，他十分認真地說道：「外祖母，我的龍鬚糖最甜、最有嚼勁了！等會兒妳要讓媳婦兒跟我走喔。」

劉氏拿著糖一愣，下一刻頓時爆發出一陣爽朗的笑聲。「哎喲喲，瞧瞧老身這孫女婿，怎麼就這麼稀罕你媳婦兒啊？行行行，老身吃了你的糖，保證讓她跟你回去，等會兒還給你倆包兩個大大的紅包。」

邊上眾人也跟著笑起來，一行人進了堂屋，侍女們馬上奉上香茶、果脯。

東方玹與閔窈跟著劉氏坐了上座，藺廣雲和沈氏在堂下作陪。

藺家人口不多，自從閔窈外祖父藺老將軍過世後，藺府門前更是清冷。

劉氏生有兩女一子，大女兒藺文萱入宮為妃，也就是當今藺妃；二女兒藺文君，正是閔窈的母親。兩個女兒都嫁出去了，只剩下小兒子和小兒媳在她身邊。

「本來妳舅舅在外地做官，老身和幾個丫頭、婆子孤零零地守著家宅，真是無趣啊！」劉氏一邊嚼著龍鬚糖，一邊笑呵呵道：「現在好了，妳舅舅和舅母回來了，妳姨母、妳母親也都在洛京城中，外祖母的乖窈兒又帶了外孫女婿來，等到妳母親平安生產，咱們藺家很快又要熱鬧起來了。」

閔窈道：「昨日母親的事……您也知道了？」

「知道，青環早派人來說過了，妳和孫女婿來之前，老身已經派妳舅舅去妳娘家看過一回了。」說到這裡，劉氏不禁氣哼哼地咬著龍鬚糖道：「窈兒，就是當著妳的面，老身也不得不說一句——閔方康這小子，實在是荒唐！早知道他這副德行，當初老身就不該把妳母親……」

「阿娘！」聽她這數落閔窈的父親，藺廣雲怕閔窈面上不好看，趕緊說道：「大過年的，您就別說這些不高興的事了。」

沈氏也道：「是啊，母親，聽青環姑娘那邊說，娘娘昨夜氣得不輕，您就別再惹她傷心啦。」

「哎哎，妳看看，外祖母老了，說話也不忌著日子……」劉氏經兒子、媳婦提醒，有些不好意思地看了看閔窈。

「窈兒知道外祖母是心疼我母親。」閔窈握著劉氏的手微笑道：「沒事，其實窈兒心裡想的和您是一樣的。」

看她現在一臉淡然，可是據青環派來的人所說，昨晚閔窈與閔方康幾乎弄到翻臉的地步，才把那歹毒的狐狸精暫時趕出閔府。若是沒有閔窈這個王妃外孫女在前頭撐著，恐怕藺氏這會兒在閔家早就……

想到這兒，劉氏、藺廣雲和沈氏都忍不住有些難過起來。

藺氏調養了近十天，胎象漸穩，已經能慢慢在府中走動。

雖然這段時間閔方康也老實不少，閔窈卻仍舊堅持每天回娘家走動。直到她暗地裡將名單上剩餘的人全部換了一遍，確定藺氏身邊都是可靠之人後，閔窈心中才稍微踏實一些。

正月裡宮中宴席不斷，從正月初二到正月初十，東方玹幾乎每天都要出席兩場以上。錢太后怕他車馬勞頓，索性就留夫婦倆在她宮中的甘泉殿住下。

留宿宮中後閔窈也不方便隨時去看藺氏，於是派了一隊王府侍衛在閔家值守；而秋月和秋畫早被她調到藺氏身邊照看，閔家有什麼事都會在第一時間來宮裡通知她。

穩定了大後方，閔窈便一心一意陪著東方玹去各種宴席上吃吃喝喝了。

到了元宵節這天晚上，皇帝又在光明殿設宴。

上妝更衣的時候，閔窈聽薛夫人說，今晚皇帝宴請的是西域王。

西域國是大昭西疆的友睦鄰國，國內分大小七十二個部落，西域王就是各部落推舉出來的最高首領。

「聽說這些西域人呀，個個高鼻深目，長得比咱們大昭人高壯多了。」薛夫人在銅鏡旁講得繪聲繪色，忽然想到什麼，她打了個哆嗦道：「還有他們的眼珠子不像咱們是黑色的，竟是有藍、有綠的……哎喲喲，跟貓眼睛似的，乍一看可嚇人。」

閔窈被她誇張的樣子給逗得笑起來，等牽著東方玹到了殿上，果然見到幾個五官深邃、綠色眼珠的西域侍從站在殿門處守候。

到了殿中閔窈才被告知，皇帝今晚只宴請西域王一行人，除了皇室成員，並沒請朝中大臣赴宴，所以今晚是專門為西域王接風的小型家宴。

宴會依制分席而坐。皇帝和皇后在殿上正座，西域王與其隨行官員坐在殿中左側，右側是太子夫婦與秦王夫婦還有幾位未成年的皇子。而未出嫁的公主們不便露面，全部在殿中帷帳後的席位坐著。

東方玹和閔窈的位置在右側第二席，西域王在左側首席，是以閔窈稍稍抬眼，就能把斜對面的西域王看得清清楚楚。

西域王看上去有五十多歲，比皇帝要年長。他留著滿臉花白的落腮鬍，頭上的金色王冠中鑲著一顆雞蛋般大小的藍寶石，周圍還點綴著許多珍珠，身上披著白色繡金線的長袍，一雙灰藍色的眼珠激動地望著殿上的皇帝。

西域王身邊坐著位蒙著面紗的粉裙女子，看身段年紀應該還輕。

「皇帝陛下，小王敬您一杯！」

一開席，西域王就舉著酒杯遙敬皇帝，令閔窈驚訝的是，他嘴裡說的居然是標準的大昭語。「都說大昭都城洛京遍地是黃金，人人富庶安樂，今日一見，果然是繁華不似人間的好去處啊！」

皇帝在上頭笑道：「大王過獎了，西域盛產美人、美酒，朕也一直非常嚮往。只是近年國事繁忙，抽不出身出門去呀。」

「哎，陛下用不著出門，美酒、美人小王今日都給陛下帶來了。」說到西域特產，西域王面上頗為自豪。「中原雖然佳釀無數，但是在釀葡萄酒上還是我們西域人略勝一籌，小王特意為陛下運來一百車上等葡萄美酒，只可惜……」

「可惜什麼？」

「唉，說來慚愧，路經兩國邊境時，不幸被小股突厥人偷襲，小王親自率三千護衛，拚死只保住三十車美酒，其餘大部分酒和貢品都被突厥賊偷搶了去。是小王護衛不力，白白丟了上供天朝的貢品，還請陛下恕罪。」

「混帳！突厥人真是越來越猖狂了！竟連大昭的貢品都敢搶？」

皇帝面上微怒，安撫西域王道：「大王無須自責，突厥人最近多次犯我大昭邊境，朕早就想收拾一下他們了。說來這突厥也與西域接壤，不知大王對此有何看法？」

西域王聞言，灰藍眼珠瞬間亮起來。「西域與突厥世代交惡已久，如果大昭能出兵西境，小王願以舉國之力相助，只求踏平突厥人的賊窩！」

「好好好，有大王這句話，朕心甚慰。」皇帝舉杯對西域王道：「元宵佳節，國事咱們明日再議，今晚朕一定要和大王喝個痛快，不醉不休！」

殿中眾人也趕緊舉起酒杯，與西域王還有皇帝敬酒。

西域王連喝了兩壺酒，面上浮現兩朵紅雲，情緒也跟著有些激昂起來。

「如此良辰美宴，小王真高興得不知說什麼好……陛下，不如讓小女阿蓮娜跳一曲胡旋舞為大家助興，您看如何？」

皇帝道：「如此甚好！朕素聞西域美女個個天姿國色、舞技超群，既是公主獻舞，那朕和殿中的眾位今晚必定是大有眼福了。來人，奏舞樂！」

話音剛落，角落裡的樂師齊齊動作，殿中立即響起一首西域有名的舞曲〈沙漠之蓮〉。

第二十六章

悠揚纏綿的異域樂聲中，一道曼妙的身影如沙漠中的紅蓮花般在殿中緩緩綻放。

閔窈兩眼一眨不眨地看著殿中穿著露臍粉色舞裙的女子。她的皮膚是蜜色的，身材玲瓏有致，大冷的天，她那截水蛇般的細腰在眾人面前翩翩扭動著，肚臍上一顆閃亮的紅寶石晃得人眼花撩亂。

「王爺你看，她在中間轉了二十幾個圈都沒摔倒。」閔窈看得新奇，忍不住伸手拍著東方玹的手低聲道：「這西域公主好厲害啊！她怎麼能跳得這麼好呢？」

偷偷低頭看了看自己的腰身，雖然沒什麼贅肉，但是西域公主阿蓮娜的腰比閔玉鶯的還細，幾乎一手就能握住啊！

閔窈滿是羨慕地嘆著氣，那阿蓮娜不知是炫耀還是怎地，竟然扭著那細得快要折斷的小蠻腰，慢慢旋到閔窈席位前。

一陣濃烈的香風瞬間襲了過來，東方玹冷不防被嗆得咳了幾聲。

閔窈一邊給他撫背，一邊睜大眼在心中驚嘆。如此近距離地看，這阿蓮娜的腰更細了！天哪，人的腰竟然可以靈活到這種程度嗎？她簡直就像是一條成了精的美女蛇啊！

此時殿中除了太子和東方玹，右側幾位少年皇子的目光，差不多都被阿蓮娜給深深地吸引住了。

阿蓮娜柔若無骨地來回舞動，最終停在東方玹跟前，樂曲聲低沈起來，她突然以手沿著身上的曲線來回大膽地遊走，胯部跟著樂曲節奏，充滿誘惑意味地不停旋轉扭動起來。

火熱撩人的舞姿看得少年皇子們一陣口乾舌燥，東方玹卻只是似笑非笑地看了她一眼。

阿蓮娜見東方玹看她，立即跳得更賣力了。只見她媚眼如絲，兩道彎彎新月眉微微挑動，紗裙飄揚間，她面上的輕紗突然輕盈地落到東方玹面前的几案上，一張充滿異域風情的美人臉，就這樣暴露在皇子們驚豔的目光中。

「小咯咯，窩們又見面啦……」阿蓮娜嬌笑地看著東方玹，深藍色眸子裡是明目張膽的愛慕。一曲舞畢，她扭著水蛇腰，妖嬈地回到西域王身邊。

「……王爺，她不會就是上次追著你跑的那個胡姬吧？」

東方玹鬱悶地朝她點點頭。看著閔窈後知後覺、滿臉不安的樣子，他的心情居然一下子變好了。

「這可怎麼辦……」那個什麼阿蓮娜好像真的喜歡上王爺了，她還說過要娶王爺的。

閔窈緊張地往斜對面看，只見阿蓮娜笑嘻嘻地在西域王邊上耳語幾句後，西域王馬上眉眼彎彎地站起來，對皇帝說道：「陛下，阿蓮娜剛才和小王說，她愛上了陛下的皇子。其實她剛進洛京那天就對這位皇子一見鍾情了，沒想到今晚宴席上兩人再度相逢。哎呀！緣分這事真是妙不可言哪，小王斗膽，請陛下賜她一段美好的姻緣。」

「哦？竟有這等事？」

皇帝聞言，和皇后對視一眼，帝后倆的目光，下意識地就往殿中兩位未成婚的皇子身上瞧。過完年，四皇子趙王今年算十四歲，他邊上的六皇子江東王也才十二歲……這西域公主阿蓮娜成熟嫵媚，怎麼看，都有十七、八歲了吧？

帝后在上頭交換了疑惑的眼神，皇帝有些尷尬地笑道：「不知公主是看上朕的哪位皇子呀？」

西域王拱手答道：「陛下，小女方才已經將她的面紗落在右側第二席上，這是我們部落女子一貫表達愛慕的方式，她屬意之人就是陛下的秦王！自古英雄配美人，皇子配公主，西域與大昭又是世代友好，陛下，您不覺得這簡直就是天賜良緣嗎？」

「秦王?!」

「沒錯，正是陛下您的三皇子秦王。」

皇帝聞言，不由微微瞪大了眼。他的玹兒隨了先皇后的美貌，身形、容貌在一眾皇子裡的確是最出挑的。可是東方玹身體情況特殊，又是個生人勿近的，去年娶一個媳婦兒都把皇室搞得夠嗆，現在玹兒好不容易和兒媳婦過得順當了些，他這會兒哪敢讓他再娶一個？

「咳咳，兩國一向友好這點是沒錯。」皇帝不自然地掩嘴清咳幾聲。「可是秦王已經有了良配，現在坐在他旁邊的就是他明媒正娶的秦王妃閔氏，看來大王和公主晚來一步啊！哈哈哈……」

皇帝乾笑了幾聲，試圖把這事糊弄過去，沒想到那阿蓮娜公主聽了譯官的翻譯，卻是噘著嘴，當場鬧起了彆扭。

西域王嘰哩咕嚕輕聲哄了幾句，阿蓮娜仍舊是滿臉不高興。

西域王無法，只好厚著臉皮，再度上前道：「陛下，小女對您的秦王愛慕深切，一心只想嫁給秦王為妻，小王也勸不了她……聽聞大昭民間有平妻一說，既然秦王已經娶親，小女說她願意與秦王妃平起平坐，以後姊妹相稱，一同服侍秦王。」

「這……」皇帝有些傻眼，忙拒絕道：「平妻之禮早被我大昭先帝廢除，朕不敢答應大王。」

譯官把皇帝的話一傳，阿蓮娜公主立刻淚眼汪汪地拉著西域王的袖子，嘰哩呱啦地著急起來。

「陛下，我西域大部分國土處於突厥後方，長年被這夥賊人侵擾，小王此次攜小女前來拜見陛下，其實早就心存聯姻之意。」西域王嘆了口氣，眨了眨灰藍的眼珠，兩眼濕漉漉道：「阿蓮娜是小王最疼愛的女兒，對我們西域人來說，她就像是天山上的雪蓮花一樣美麗高貴。小王決定把她獻給大昭皇室，本是想體現西域國對大昭帝國的誠意，正巧阿蓮娜又對秦王情根深種……」

他說著，忽然兩手向前，折腰行了一個隆重的深揖，驚得皇帝趕緊在上頭道：「大王禮重了，來人，快扶大王起來！」

左右立即閃過兩個小太監將西域王攙扶起來。
西域王咬牙對皇帝說道：「做不成平妻也罷！只要小女真心喜歡，只要是與大昭皇室聯姻……小女方才說，她就是給秦王做個側妃也是願意的。」
「怎麼可以讓公主做側妃呢？」皇帝看了皇后一眼，見皇后對他搖頭，皇帝為難道：「大王萬萬不可！阿蓮娜乃公主之尊，給朕的秦王做側妃實在委屈她了。」
平妻不行，側妃也不行……
西域王被皇帝連番拒絕，心愛的女兒阿蓮娜又在他邊上嗚嗚咽咽地流起淚來，他頓時沒了脾氣，擺出一副快要哭的表情，可憐巴巴道：「陛下，不委屈、不委屈！我可憐的阿蓮娜說，只要能陪伴在秦王身邊，就是做他的侍妾也不委屈！」
「唉，大王可千萬別這麼說！」
見西域王父女如此放低姿態，滿臉誠意十足的模樣，皇帝倒有些不好意思起來，斟酌著說道：「實不相瞞，其實秦王素有頑疾在身，他的行為舉止至今如孩童，不喜生人接近……公主說之前對秦王一見鍾情，這其中恐怕有什麼誤會？」
等譯官把話傳給阿蓮娜之後，阿蓮娜臉上露出異樣的神色，狐疑地往東方玹的身上看過來。
東方玹這時候還在津津有味地拆著他手上的魯班鎖，好像之前大殿中，因他引起的一系列對話都與他毫無瓜葛一般。

阿蓮娜目光充滿侵略性地，在東方玹俊美絕倫的面龐、頎長出塵的身姿上流連忘返。

閔窈則在一旁如坐針氈。之前聽這對西域王父女提親她已經是渾身彆扭，此時又見阿蓮娜竟這樣毫不顧忌地打量著東方玹，閔窈心中又氣又急，真恨不得把東方玹整個用布包圓了藏到自己袖子裡，讓旁人再也惦記不著他。

戀戀不捨地收回火辣的目光，阿蓮娜絲毫沒把東方玹身邊的閔窈放在眼裡，她嘴邊勾起一抹輕蔑的微笑，又一次在西域王耳邊低語幾句。

於是西域王再次起身道：「陛下，您說秦王有疾不能讓生人接近，可是為什麼秦王妃坐得離他這麼近都沒關係呢？」

「秦王妃是他的妻子，兩人相處久了，秦王待她不同旁人也是人之常情嘛。」

「既然如此，那陛下不妨讓小女和秦王多多接觸，小王相信，阿蓮娜她一定也能像秦王妃一樣被秦王接受的。」

西域王誠懇道：「小女並不介意秦王的舊疾，她說秦王是她見過最吸引她的男子，此生非秦王不嫁！還請陛下看在小王的面上，讓她與秦王成就百年之好，這也是西域國與大昭永結同盟的好開端啊！」

「這……」

皇帝被西域王父女的堅持再度搞得頭痛不已。結盟和親本是好事，找誰不行？偏他們非盯著秦王不放！秦王已經成親，堂堂大昭帝國的王爺，總不能為了和親休棄原配妻子吧？

況且阿蓮娜怎麼說都是個公主，無論讓她給秦王做側妃還是做侍妾，都顯得大昭太失禮了……

「兒女之事雖然一向是父母之命，媒妁之言，既然公主和秦王都在場，陛下何不問問兩個孩子自己的意思？」見皇帝面上躊躇，皇后趕緊出來緩和氣氛道：「陛下，您和大王兩個做長輩的說了半天算什麼事啊，秦王到現在可是一句話都沒說呢！」

「是是是，皇后說得對！」皇帝茅塞頓開。「大王，這事不如問問公主和秦王他們自己怎麼想？朕聽聞西域男女成婚注重你情我願，不如按照你們西域的習俗來？」

西域王道：「也好，就聽陛下的。」

西域王轉頭對阿蓮娜嘀咕幾句，阿蓮娜聽完，毫無顧忌地走到殿中道：「筆下，窩願意！」

她連大昭語都說不索利就心心念念要嫁進大昭，真是勇氣可嘉。

皇帝側臉望著東方玹，小心翼翼地開口道：「玹兒、玹兒？你可願意娶這位阿蓮娜公主做你的媳婦兒？」

這話一出，霎時殿中所有人的目光都集中到閔窈和東方玹身上。閔窈心中登時生出火氣來，可是為了顧全東方玹的顏面，她面上不得不做出淡然神色。

殿中各個角落都擺著鏤空紫金銅香爐，烘得殿內到處溫暖如春。

閔窈卻在眾人各異的目光中感受到一片冰寒，身上緋紅色牡丹紋綾羅大袖衫，質地輕盈，讓她有種未著寸縷的錯覺，彷彿她現在的一舉一動都被別人看了個透澈，躲也無處躲。

「玹兒？玹兒？」

見東方玹不說話，皇帝忍不住又喊了幾聲。這臭小子平日不給他面子就算了，在番邦客人面前，臭小子還不理人，豈不是要讓他這個皇帝顏面無存？

「玹兒、玹兒，你可是願意？」

正當皇帝幾乎要陷入絕望之際，東方玹的腦袋終於從魯班鎖前抬起來，定定往大殿上看去。沒想到他真的會搭理自己，皇帝一個激動，差點從龍椅上摔下來。

與此同時，閔窈的兩隻手藏在大袖底下緊緊地捏在一起，手心上冷熱交替，忽然她手背一沈，閔窈低眼，看見東方玹的一隻大手穩穩地覆在她的手上。

一股暖意從他手上緩緩傳來，閔窈心中不知怎的，竟一下子變得平和極了。

「父皇，玹兒已經有媳婦兒了！」東方玹笑嘻嘻地說道：「媳婦兒累了，我們要回皇祖母那兒歇息。」

殿中一時安靜無比。

東方玹拉著閔窈，一臉乖巧地向帝后告退。

眾目睽睽下，他如玉般的大手緊緊抓著閔窈的小手，乾燥而溫熱的手掌緊緊貼住閔窈濡濕的手心。閔窈面上飛紅，無暇顧及殿中眾人的目光，一路心頭小鹿亂撞地跟著他出了殿門。

「咳咳，這小子生性就是這麼古怪，大王千萬別往心裡去……」顧及著西域王父女的顏面，皇帝不得不出來打圓場道：「阿蓮娜公主美貌傾城，舞技又如此出眾，想要娶她為妻的大昭男兒多的是。要不這樣，改日朕為公主舉辦一場招親大賽，讓皇族中文武雙全的未婚男子都來參加，到時候讓他們排成一排，任由公主挑選一位做駙馬，大王看如何？」

阿蓮娜聽了譯官翻譯，頓時癟起嘴，望著東方玹離去的方向嚷嚷道：「不！窩就要辣個小咯咯！」

「小女心繫秦王，這招親大賽還是不必辦了。陛下一片盛情，小王心領。」西域王看著女兒愁眉苦臉道：「小王也知道強扭的瓜不甜，只是小女一向嬌蠻慣了，從沒被人拒絕過，希望陛下能饒恕她今日失儀之罪。」

「哈哈，大王多慮了，公主率真可愛，朕怎麼會治她的罪呢？」

皇帝與西域王客套了幾句，但阿蓮娜一副悶悶不樂的樣子，弄得接下來宴席上的氣氛也冷了不少。等散席回到下榻的行宮，西域王圍著女兒好言哄了一番後，阿蓮娜面上才有了些許笑容。

「……這世上還沒人能抵抗得了我阿蓮娜的魅力。」阿蓮娜挽著西域王的胳膊，昂起精緻的下巴驕傲道：「哼！父王，您就看著吧！只要三個月，三個月後，大昭帝國的秦王，一定會臣服在女兒的紅紗舞裙下的！」

第二十七章

西域王在洛京住了小半月，整日進宮與皇帝密談。

到了二月初，西域王一行人等踏上了回國的道路，而他們的阿蓮娜公主卻仍舊住在洛京郊外的行宮不肯離去。

在這段時間裡，西域公主在元宵宴上逼婚呆王的事，不知從宮中哪個角落傳了出去。很快地，幾乎整個洛京城的人都知道，西域王的愛女看上了他們的秦王，經過眾人不斷添油加醋地相傳，大量真假難辨的傳言頓時在城中迅速蔓延開來。

錢太后聽到外頭議論紛紛，於是親自招閔窈進宮說話。

「窈兒啊，在哀家心裡只認妳這個孫媳婦兒，旁的那些什麼藍眼睛、高鼻子、不害臊的，哀家看不上眼！」

錢太后拉著閔窈的手和藹地說道：「不過，西域現在是我們大昭的盟友，雖然咱們女人家不懂政事，但當下是特殊時期，哀家希望妳在這事上能拿出皇家媳婦的高貴大度來，別理會外頭的風言風語，和那西域女子一般見識。」

二月初，大昭正式對突厥用兵，有西域王在突厥後方協助，大昭軍隊必定如虎添翼。錢太后在宮中不問政事，也知道西域王的忠誠此時對他們大昭是很重要的。之前西域王的寶貝女兒被東方玹當場拒婚，場面上已經有些不好看，要是再搞出什麼難堪事來，恐怕有損兩國同盟之誼。

「皇祖母放心，窈兒明白的。」

「妳能明白就好。」見閔窈一副明事理的乖巧模樣，錢太后眼中不由露出讚賞的目光。

西域王走後，阿蓮娜便整日帶著她的侍女在秦王府門口不停轉悠。她是大昭的貴客，王府守門的侍衛也不能隨便趕人。而閔窈得了錢太后的指點，只好與東方玹閉門不出，儘量避免和她正面撞上。

可是有些事躲得了一時，躲不了一世。到了二月中旬，王府接到華城公主與蕭文逸大婚的喜帖，作為華城公主的三嫂與三哥，閔窈和東方玹卻是不得不出門了。

公主的婚期定在二月十六。

皇帝愛屋及烏，大婚前就提拔駙馬蕭文逸為正四品下御史中丞，又下旨讓他提前襲爵。因蕭文逸年輕未曾建功績，只得按制由國公降級襲爵為郡公。不過皇帝特意在他的爵位名稱前加了「開國」二字，稱開國襄陵郡公，以示尊貴隆寵之意。

蕭文逸是蕭家三代單傳的獨苗。

衛國公與國公夫人去世得早，如今郡公府上人丁單薄，華城公主索性也不另外建公主府，而是求皇帝把修公主府的八十萬兩白銀直接拿去修繕郡公府。

郡公府的整修在大婚前十天完工，據說修飾得美輪美奐，華麗得如同宮殿一般。

到了二月十六那天，長長的紅毯從皇宮一路鋪到郡公府門口。皇帝嫁女，洛京城中熱鬧空前，街上兩旁都掛上彩色絲帶，城中百姓們個個上街昂著腦袋，想要目睹一下天家貴女出嫁的氣派。

閔窈下午的時候就聽見街上傳來喜樂喧鬧聲，等她和東方玹穿戴整齊可以出門的時候，外頭天已經黑了。

因為是公主大喜的日子，閔窈今晚繫了條嫩綠鴛鴦戲水的齊胸輕綢描金長繡裙，兩道荷綠色的蝴蝶結絲帶在身前飄逸地垂蕩下來，胸口處雪白的嫩滑被勒得呼之欲出，外頭罩了件比較正式的大袖青色雲錦紋羅衫，將將掩住她前頭那片誘人的春光。

閔窈面部被秋月上了大妝，頭上盤了高聳的凌雲髻，烏黑發亮的髮髻正中戴著一朵金絲大牡丹，花上鏤空的繁複金葉子隨著她的頭部微動而流光顫顫，盡顯皇家華貴氣息。

反看東方玹倒是簡單極了。他穿著身緋色盤龍紋長袍，腳踏一雙祥雲金線靴，除了腰間玉帶鉤和雙環玉珮，就數他頭上那頂白玉金龍冠瞧著還有些重量。

雖然這傢伙不用塗脂抹粉，不過外頭風大乾燥……閔窈想了想，用手沾化了些雪膚膏在他面上胡亂搓抹著。她揉搓了一會兒，直搓得東方玹面上泛起兩團小小紅暈，一雙修長的丹鳳眼望著她越發水潤起來。

「好了，咱們走吧！」閔窈被他看得面上一熱，怕誤了時辰，趕緊拉著他往外頭走。

二月的夜晚還是很冷的，出去時，閔窈給東方玹披上墨色貂皮大氅，自己身上也裹了件白色貂皮披風，小倆口一白一黑，毛茸茸地跟在一大群侍女後面。

迎著寒風到了王府門口，只見寬敞氣派的秦王府門口掛著兩排明黃的燈籠，照得門內外一片亮堂。

閔窈拉著東方玹剛踏上大門口的臺階，一道纏人的身影便風一般地衝上來。

「小咯咯！窩就知道你今晚會粗來！」阿蓮娜兩眼放光地仰頭盯著東方玹，要不是兩個王府侍衛在邊上極力擋住她，恐怕她此刻早就纏到東方玹身上去了。

「你愛吃糖，窩這裡有很多！很多！」阿蓮娜朝身後激動地招招手，馬上有幾十個高鼻深目的西域侍女端著一盤盤糖果閃出來。「這是窩門西域的蜜葡萄，辣個是你們大昭的糖銀、糖畫！還有最後一盤，是突厥的牛乳糖！小咯咯，你想吃辣個？」

大冷的天，阿蓮娜還穿著套露臍的飄逸紅紗舞裙，小巧的肚臍眼上，一顆紅寶石泛著幽幽冷光。她肩上只罩了件單薄的白毛皮大衣，滿頭的棕黃長髮編成無數根油亮的髮辮，額頭貼了顆花形紅寶石，頭上戴著頂鑲滿五彩寶石和白珍珠的小金冠。她深藍色的大眼睛癡癡望著比她高了一頭的東方玹，彷彿他身邊的閔窈是空氣。

「小咯咯、小咯咯！你覺得今晚窩煤不煤？」

見阿蓮娜當著自己的面在東方玹面前搔首弄姿，閔窈微微皺起眉頭，東方玹瞥了瞥阿蓮娜身後一排糖果，冷冷道：「我不吃，妳走吧。」

說完，他就拉著微微詫異的閔窈出了大門。

阿蓮娜愣了愣，等她反應過來，秦王府的馬車已經絕塵而去。

「這個壞蛋！竟然敢無視本公主！」阿蓮娜眼裡冒火，用西域土語對身後的侍女氣急敗壞道：「他一定是去參加華城公主的婚禮了！我也有收到喜帖，啊啊啊！氣死我了！今晚本公主一定要抓到他！」

說完，她火速騎上駿馬，帶著一群彪悍的侍女，往郡公府的方向疾速奔去。

重生的閔窈今晚還是第一次來郡公府，她前世在郡公府生活了七年，今晚對她來講算是故地重遊。

郡公府經過修繕，比前世華麗耀眼不少，但大致格局還是同前世一樣。

一路上閔窈也見到很多熟悉的面孔，行至喜宴廳堂大門，蕭文逸的祖母陶氏見了她和東方玹，喜得親自跨門出來迎接。

「王爺、王妃大駕光臨，老身不曾到門口迎接，真是失禮失禮。」

看著這位在前世從沒給自己好臉的老夫人，閔窈努力平靜道：「老夫人客氣了。」

蕭文逸這時正穿著華麗的紅色禮服，在喜宴上與各路客人周旋著。

仰頭喝下一杯辣喉的酒，他眼角餘光不經意地掃到門口處那道窈窕的身影上，見到來人，蕭文逸不由渾身一抖，立即感覺自己身上骨折初癒的地方又隱隱痛了起來。

秦王妃……她也來了！要不是上次被該死的侍衛攪了，這小蹄子白嫩豐盈的身子恐怕早就被他……哼，等著吧！等妳的傻子夫君被太子殿下滅了，看我怎麼收拾妳！

桃花眼中瞬間閃過幾絲邪惡的光芒。大概是越得不到的東西越讓人惦記，蕭文逸不甘地又往閔窈身上偷偷看了幾眼，然後才斂了斂面上的陰暗神色，露出笑容去繼續招待客人。

閔窈拉著東方玹去兩人的位子上坐好。

到了吉時，華城公主就被眾女官簇擁著，到正堂與蕭文逸行大禮。如同閔窈大婚時那般，華城被羽扇和行障將全身遮得嚴嚴實實，大禮過後，她便被一行人隆重地送去洞房了。

喜宴正式開始，廳堂中一時觥籌交錯，眾人推杯換盞，個個都喜笑顏開。

今晚帝后沒有親臨，太子夫婦坐了首席，閔窈和東方玹的位子是緊緊挨著太子夫婦的。

開席後，閔窈照顧東方玹吃了點魚羹，就見邊上的太子非常溫柔地給太子妃布菜，周邊幾個年輕的外命婦也看到了，紛紛露出羨慕的神情來。

「殿下貴為大昭儲君，居然親手給太子妃挾菜，我的天哪！我家夫君要是能有殿下的一半就好了！」

「就是啊！論出身，咱們哪個不比她好，聽說是窮鄉僻壤出來的……不過，誰叫人家是太后的遠房姪孫女呢……」

幾個外命婦的竊竊私語隱約朝這邊傳過來，太子嘴邊勾起一抹冰冷的笑，戲謔地看著太子妃微微慘白的臉色。

閔窈與太子妃坐得近，不知怎的，她竟覺得在眾人羨慕甚至嫉妒的目光中，太子妃的身子好像在寬大的禮服下隱隱顫抖著。

太子妃是在害怕嗎？太子雖然不是什麼好東西，但是對太子妃好像不錯啊，她到底在怕什麼呢？閔窈心中有幾分疑惑，轉頭看身邊的東方玹正美滋滋吃著她處理好的鱸魚羹，她心中不由微微嘆息。

唉，要是有一天，這傢伙也能給自己挾個菜就好了……

眼看東方玹快把他碟子裡的魚羹吃完，閔窈又立即替他舀了一些。

她正低頭處理魚羹，邊上黑影一閃，閔窈抬眼看到太子忽然起身離席，不知道因為什麼事，跟著他貼身的太監鄭德寶神色匆匆地往外頭走了。

太子走了，太子妃面色複雜地坐在座位上，似乎是鬆了一口氣，卻又帶著些難過。

察覺到閔窈的目光，太子妃馬上斂了神色，朝閔窈溫和地笑了笑。

閔窈回笑致意，也許是合眼緣的關係，儘管知道太子和自己的夫君不對付，但對於眼前這位清雅如蘭花般的太子妃，閔窈心中總是有股莫名的好感。

等閔窈回頭給東方玹處理好魚羹，身後有兩個女官來請，說是公主在洞房悶得慌，想請兩位嫂嫂過去陪著說說話。

大婚之夜不好好在房中等著新郎，還讓太子妃和秦王妃過去給她解悶。普天之下，這事恐怕還真只有華城這位嬌蠻公主做得出來了。不過這樣也好，蕭文逸差不多也要過來敬酒，她現在去陪華城，剛好能避開他。

閔窈把東方玹交給兩名信得過的侍從照顧，杏眼遙遙往喜宴上一掃，只見西域公主阿蓮娜正在不遠處對東方玹虎視眈眈。

她心中不禁一堵，皺眉，又從外邊叫了兩個祥雲十八衛中的侍衛在東方玹身後守著，然後才與太子妃一同跟著女官，往蕭府後宅而去。

果然如閔窈擔心的那樣，等閔窈一走，阿蓮娜便藉著酒勁，大搖大擺地跑到東方玹身邊坐下來。

洞房花燭夜，如花美嬌娘。

蕭府後宅美輪美奐的奢華喜房中，華城公主頂著滿頭令人眼花撩亂的金玉珠翠，坐在大紅婚床上，歡躍地和兩人訴說她今日作為新嫁婦的新奇經歷。

閔窈和太子妃都是過來人，當下便叮囑華城許多等會兒見新郎時需要注意的細節。

看得出來，華城對於今晚要與蕭文逸洞房之事是充滿期待的，她甚至不顧女兒家的羞澀，幾次三番向太子妃和閔窈打探圓房的具體細節。

閔窈和東方玹尚未有過，自然不知與華城從何說起；太子妃不知是害羞還是怎地，也是支支吾吾的，說得不大明白。

華城聽得一頭霧水，索性讓外頭候著的司寢女官進來給她講解。見華城毫不掩飾地趴在喜床上，和女官一邊看圖一邊討論起男女之事來，閔窈和太子妃臉上均是一片飛紅。

前世閔窈嫁給蕭文逸的時候，也是像華城一樣開心，覺得嫁到自己喜歡的人，以後的日子一定是如花團錦簇般美好。沒想到卻是一場空歡喜，前世她在這蕭府中困了足足七年，最後被蕭文逸和閔玉鶯算計得命喪於此。

這一世她嫁了東方玹，蕭文逸也娶了華城公主，一切完全不同了。不過滿屋子似曾相識的喜慶顏色，讓閔窈時不時地就聯想起前世的種種不快來，她心中有些鬱悶，坐了一會兒，就忙找了個藉口從喜房出來透氣。

外頭夜風冷冽，夾著些飄零細雨。

閔窈依照前世的記憶在蕭府後宅裡信步走著，不知不覺走到東廂房一處偏僻的小院旁。藉著長廊上大紅燈籠的紅光，小院中令她無法忘懷的一草一木頓時朦朧地出現在她眼前。閔窈看得渾身一抖，前世，她不就是在這個地方被綠菊氣得吐血而亡的嗎？她怎麼走到這兒來了呢？

閔窈往身後看了一眼，秋月和秋畫遠遠跟在後邊，她心中稍稍安定了些，不停在心中告訴自己。閔窈，不要怕，那都是前世的事了，現在妳已經完全和蕭府沒有關係了！

想歸想，可是那些被她刻意塵封的記憶彷彿被這個小院子觸發，一時間如同決堤的洪水般，從她腦海深處瘋狂地湧出來。

雖然她現在對蕭文逸只有厭惡，可是有些傷害並不能隨著時間的變遷而遺忘。前世被他和閔玉鶯肆意踐踏的場面，在閔窈腦中一幕幕地重現。

窩在蕭府東廂房裡暗無天日的那幾年彷彿是在昨日，看著眼前小院裡清亮的幾處水窪，她馬上就回想起自己前世死的那天，被人拖著扔進泥水中時，皮膚上傳來的刺骨冰寒……

整個人似乎被拖回當時痛苦無助的絕望境地，兩行冰冷的淚水顫顫地從臉上滑落，閔窈只覺得渾身發冷，腳下不受控制地往後退了幾步，忽然靠到一堵堅實而溫熱的肉牆上。

「媳婦兒，妳怎麼了？」

他怎麼來了？聽到那熟悉甜糯的聲音，閔窈腦中緊繃的那根弦瞬間一鬆，兩腿一軟，她整個身子都控制不住癱在他的懷裡。

「王爺……我好怕……」

「怕什麼？有我護著妳。」

溫暖的大手溫柔地拭去她面上的淚珠，東方玹掀開墨色貂皮大氅，從後面把閔窈整個人包在他自己的懷中。遠遠望去，兩人在他的大氅下彷彿融為一體。

閔窈被他大氅內炙熱的溫度燙得手腳立刻發熱起來。她人一暖，心中就感覺安全起來，方才腦中那些絕望和苦楚也漸漸淡了許多。

後頭的秋月和秋畫見他們兩個抱在一處，羞得頓時不敢上前。

走廊一片寂靜，閔窈清晰地聽到身後那人一陣陣強有力的心跳聲。怦怦怦！怦怦怦！她從沒注意到他的心跳竟是跳得這樣快。

身後的男人溫暖而真實，閔窈突然發現自己很喜歡被他緊緊抱著的感覺，在他的懷裡，眼前承載著她前世痛苦記憶的小院子似乎也沒那麼可怕了。

不，此刻應該是什麼都不害怕了。

她渾身上下莫名充滿了無畏的勇氣，伸手回握住東方玹環在她小腹上的大手，她心底緩緩湧出一陣從未有過的甜蜜和安全感來。「王爺。」

「嗯？」

軟嫩的小手撫過他骨節分明的每根修長手指，走廊上燈籠的紅光淡淡映在閔窈羞怯的小圓臉上。「你不是喜歡吃糖嗎，為什麼阿蓮娜給你的糖，你不吃呢？」

「我不喜歡她。」東方玹彎下身子，在她頸側甜糯道：「還是媳婦兒的糖好吃。」

「你這孩子，嘴巴怎麼就這麼甜呢！」

閔窈聞言心情大好，忍不住轉過身去回抱住他，東方玹趁勢就在她紅潤的唇上啄了一口，笑咪咪道：「好甜！」

看著兩人擁在一起的甜膩身影，長廊遠處的角落裡，一雙幽藍的眼珠中猛地燃起了兩簇熊熊的怒火。

第二十八章

「哼！」看著東方玹與閔窈如膠似漆的甜膩樣，阿蓮娜憤怒得扭頭就走，她身後兩個健壯的西域侍女見公主生氣，趕忙寸步不離地追上去。

「公主，咱們還是回西域去吧！您是西域萬千男子心中的女神，多少男子為了見您不惜拋棄一切啊！甚至，連突厥人的王都十分欣賞您的美貌。這大昭的秦王分明是眼睛有病，不然他怎會放著您這樣天仙一般的人兒不要，卻喜歡守著他那相貌平凡的王妃呢？」

「哼，他眼睛壞了也就算了，可是他從來沒正眼看過本公主一眼啊！剛才在宴會上我一坐到他身邊，他就讓侍衛把我抓住，扔出去……」

阿蓮娜氣呼呼的，十分不甘道：「他的王妃有什麼好？長得根本沒有本公主一半美貌，憑什麼一個人霸占他啊？真是氣死本公主了！」

「對對對！公主您有所不知，奴婢聽老一輩人說，這中原的女人最奸詐了！」

兩個侍女附和道：「這秦王妃雖然看上去很無害，但可能早就在暗地裡給秦王下了什麼邪惡的巫術，所以秦王才會無視公主對他的愛慕，不和本公主親近的。」

「……對，妳們說得好像有點道理。秦王肯定是因為身體不好，才會被那女人控制。」

阿蓮娜停下腳步，突然覺得自己茅塞頓開，一雙藍眼珠裡馬上閃爍出自信的光芒。「愛慕本公主的男人千千萬，只要給本公主一個和他單獨相處的機會，秦王他一定會愛上本公主的！」

第二天，天才剛矇矇亮，王府後宅就傳來一陣喧鬧聲。

閔窈被吵醒，聽見寢房外，秋月和秋畫在嘀嘀咕咕地說著什麼，她把東方玹兩隻纏人的大手從她身上拿下去，替他掖了掖被角，然後輕手輕腳地下了床榻。

「外頭怎麼了？」

閔窈披著件大袖衫走到寢房外，秋月、秋畫見她出來，立即扶她到盥洗室梳洗更衣。

昨夜一夜好眠，閔窈容光煥發，一張臉白裡透紅，看上去粉嫩極了。

「自從和王爺成親後，娘娘的氣色真是越來越好了！」秋月一邊給閔窈撲粉，一邊與秋畫打趣道：「奴婢看啊，有了王爺的滋潤，以後咱們連胭紅都不用給娘娘上了。」

秋畫一臉壞笑地接嘴道：「就是！昨晚王爺一路抱著娘娘回來的，哎呀！那會兒奴婢們都不好意思在後頭跟著呢……」

「一大早說什麼呢妳們！」閔窈聽得耳根一熱，面上兩處紅暈更加嬌豔，羞得大聲道：「昨晚、昨晚不是妳們想的那樣，王爺他是怕我冷……」

「哦——是怕您冷啊——」

秋月、秋畫互相交換了眼色，兩人臉上露出色迷迷的神情，臊得閔窈忍不住起身給她們額頭上一人彈了個「爆栗子」。

「哎喲！」

「痛啊娘娘！」

「叫妳們小小年紀不學好，一天到晚就知道想些有的沒的。」

「奴婢兩個是您的貼身侍女，有時候看到您和王爺……我們也是沒辦法啊！」

「還來，想一人再吃一個『爆栗子』是不是？」

「不不不！娘娘別……」

「奴婢們保證以後一定老老實實的。」

見秋月、秋畫撒嬌討饒，閔窈板著臉，嘴角卻忍不住勾起來。

這時，後宅東面又再度傳來異常的響動。

「東面是怎麼回事？好像在咱們王府裡……」閔窈疑惑問道：「剛才我一出來的時候就問妳們，妳們兩個卻扯東扯西的，還沒正經回答我呢！外頭究竟是怎麼了？」

「娘娘，這……」

秋畫支支吾吾地看了秋月一眼，秋月見瞞不過，只好如實稟告閔窈。「娘娘，那個西域公主幾次三番糾纏王爺不成，今天早上居然翻牆進了咱們王府！她一下牆來白糖就發現了，一路把她追得竄到樹上，現在、現在那西域公主還在咱們花園的桂花樹上哭嚎著呢……」

「什麼?!出了這麼大的事，妳們竟然到現在才告訴我？」

「娘娘別急啊……」秋畫囁嚅道：「薛夫人已經派人去花園了，是她讓奴婢們先別和娘娘說的。」

「那邊動靜還大著呢，人恐怕還沒救下來。」閔窈從梳妝檯前站起來，正色道：「白糖是我養大的，牠最忌諱生人進入牠的領地……今天這事可大可小，我得馬上過去看看。」

兩個小丫頭見閔窈神色異常嚴肅，哪裡還敢再說什麼，馬上從衣架上拿了件白裘披風給閔窈掛上，然後跟著閔窈匆匆往王府花園趕去。

主僕三人到了花園門口，老遠就看見圍牆邊那株兩人高的桂花老樹上，縮著一道豔麗的紅色身影。

樹下一頭半人高的雪白獒犬正怒目齜牙，對著樹上的人影不斷低吠咆哮著。

這條獒犬正是閔窈親手養大的白糖，牠在王府好吃好喝了大半年，如今早已沒了剛被閔窈撿回來時的可憐樣，長成了一條體型健壯的大獒犬。

一身油亮蓬鬆的白毛全部豎起，白糖此時怒意勃發，兩隻琥珀色的眼珠裡湧出猛烈凶意，尖銳的爪子和獠牙上閃著凜冽寒光，嚇得周圍一圈王府的侍衛、婢女戰戰兢兢不敢上前，生怕一個不小心就被這虎狼般的猛犬給吞食下腹。

「救命、救命啊！秦王家裡有獒犬，牠想咬我啊！……」

阿蓮娜用西域土語往牆外大喊幾句，卻絲毫得不到侍女們的回應。她在桂花樹纖細的樹枝上哆嗦著身子，嚇得花容失色，一大串眼淚嘩啦嘩啦地流下來。

「嗚嗚嗚！可惡……快來救本公主啊！秦王、秦王你在哪裡……嗚嗚嗚……」

「白糖！回來！」

忽然樹下傳來一聲大喝，阿蓮娜含淚往樹下一看，只見那雪白獒犬搖著尾巴，歡快地往閔窈身上撲去。

「原來是秦王妃這個邪惡的女人！本公主早就應該想到，是她派獒犬來襲擊本公主……啊！」

阿蓮娜在樹上憤怒地自言自語，沒留神她腳下的樹枝早已承受不住她的體重，隨著喀嚓一聲脆響，美麗高貴的西域公主驚呼一聲，從桂花樹上，四仰八叉地撲到花園的地上。

白糖見狀就要去咬她，被閔窈眼疾手快地一把抓著後頸，白糖著急地嗚咽幾聲，回頭委屈地看著閔窈。

「秋畫，白糖脖子上的圈鏈斷了，妳快去取個新的來！」

「是！」

秋畫應了一聲，忙跑去拿狗鏈子；薛夫人回過神來，立即吩咐幾個侍女把阿蓮娜從地上扶起來。

「放開窩！」見獒犬被帶走，阿蓮娜這才硬氣起來。掙脫了王府侍女的攙扶，跑到閔窈跟前，氣焰囂張道：「壞女銀！妳放獒犬咬我。哼！窩記住妳了！窩早打聽過，泥不是什麼大貴族的女兒，能嫁給秦王，完全是靠妳邪惡的巫術！本公主長得比妳煤，秦王遲早是窩的銀！快縮！秦王在哪兒？妳讓他粗來見窩！」

阿蓮娜的大昭語雖然磕磕巴巴，但是配著她張牙舞爪的神情和她之前的所作所為，閔窈毫不費力就聽懂了她的意思。

「公主喜歡誰是公主的自由，我不能阻止。王爺想見誰、不想見誰，也是王爺的自由，我雖然身為他的妻子，卻也不便干涉。」閔窈彎嘴露出一個得體的微笑，淡淡道：「不過王爺現在正歇著，不便見客。您既然是我們大昭的貴客，在大昭也住了好幾個月，想必聽過『男女授受不親』這句話吧？」

「窩聽過，這是你們大昭保守嘛！」阿蓮娜昂首道：「妳說這花是什麼意思？妳敢對本公主不敬？窩可是西域公主！」

「我沒有不敬的意思。」閔窈笑道：「只是您自己也說了，您是堂堂西域公主，我只是希望公主您能自重，以後再別做出像今天這般出格的事來。幸好我今天趕來及時，不然您真要被我的白糖咬傷，那可就不太妙了。」

「哼！虛偽狡詐的中原女人！」阿蓮娜小聲地用西域土語嘀咕一句，甩著張髒兮兮的花臉，憤憤往王府大門走去。「妳等著！本公主還會肥來的！」

那狼狽又倔強的背影，惹得閔窈一行人等站在原地哭笑不得。

那日之後，閔窈令王府侍衛嚴守圍牆和大門。

轉眼到了三月，天氣逐漸回暖，萬物復甦。白糖到了發情期，阿蓮娜爬王府圍牆也爬得越發勤快起來，可惜每次都被侍衛們無情地堵在牆上。

今年的殿試放榜後，閔盛高中探花，閔方康高興不已，連續在府中擺了六天慶功宴，幾乎把一眾親朋好友都請了個遍。

閔窈和東方玹得到喜報後也回閔府赴宴，看著閔盛在席上滿臉春風得意的樣子，閔窈打心底為他高興。

宴席吃到一半，藺氏說身子累，閔窈便自告奮勇地扶她回後院歇息。

「咱家出了個探花郎，妳父親這兩天簡直要高興壞了。」藺氏挺著大肚歪在軟榻上，忽然拉著閔窈小聲道：「聽妳父親說，柯姨娘好像有意把玉鶯許給盛兒呢……」

「柯姨娘？」閔窈立即皺眉道：「她回來了？父親他怎麼能這樣?!」

「窈兒別動氣，柯姨娘現在還在鄉下祖宅。」

閔窈聽藺氏這樣說，面上越發狐疑起來。「那她是寫信給父親了？盛哥哥剛考中她就想把閔玉鶯許配給盛哥哥……這個柯姨娘，消息倒是很靈通嘛！」

「咳咳，大概是妳父親去看她的時候說的吧。」藺氏輕咳幾聲，撫著她高高隆起的腹部，有些尷尬道：「妳也知道阿娘近來身子一天比一天沈重，有些事不方便，妳父親又正值壯年……年後他就經常往鄉下祖宅跑，一個月總要去那麼三、五回……」

一個月三、五回?!

閔窈頓時瞪大了眼。怪不得她這陣子回娘家，好幾次碰不到父親——原來他是千里迢迢趕去鄉下會他的柯姨娘了！

「您這還懷著他的孩子，他老往鄉下跑，還上不上朝了？」

「年後太常寺事務不多，妳父親那位置也不是天天輪到上朝的，有時候加上旬假，也夠他來回趕了。」

那他可真夠忙的！

閔窈聞言氣得發抖，直替藺氏感到不值。「母親，他怎能這樣?!年前明明答應過女兒讓柯姨娘去祖宅閉門思過的，他這是出爾反爾、陽奉陰違……柯姨娘，她真是好手段啊！」

「只要妳父親信她，那麼她永遠都是清白的。窈兒啊，別氣傷了身子，妳父親這人就是這樣，阿娘都習慣了。」藺氏看閔窈瞬間紅了眼，不由摟著女兒心疼道：「妳不用擔心阿娘，現在妳舅舅和舅母時常來府中走動，西院的就算回來了，阿娘也不怕她作什麼妖……其實，有妳還有肚裡的孩子，阿娘已經很心滿意足了。」

「母親……」見藺氏一副想得很開的樣子，閔窈心如刀割，抱著藺氏含淚道：「母親，閔玉鶯絕對不能嫁給盛哥哥！」

「這是為何？」藺氏不解道：「雖然柯姨娘心腸歹毒，可是玉鶯和她不一樣，這孩子從小看著就端莊溫順、知書達禮，對阿娘我也很孝敬。阿娘知道妳自小和玉鶯親密，妳怕盛兒配不上她是不是？窈兒放心，盛兒是知根底的，如今他又高中探花，前途無量，玉鶯嫁他不吃虧啊！」

閔玉鶯嫁他當然不吃虧，吃虧的是閔盛啊！差點脫口而出的一句話被閔窈生生地嚥回喉間。如果不是重活一世，恐怕她現在也和母親一樣，被閔玉鶯表面溫良的假象給騙得團團轉。

不得不說，閔玉鶯表面工夫做得的確一流，像母親這樣心思簡單的人，居然到現在還認為閔玉鶯和她生母柯姨娘不一樣，是個端莊守禮的大家閨秀。

唉，要是讓母親知道閔玉鶯不僅心腸歹毒地暗算過自己，還不知廉恥地與蕭文逸四處偷情苟合，甚至落胎……真不知道母親、還有自小就對閔玉鶯青眼有加的父親，那時候他們兩人面上會是何種表情啊？

看來，有必要讓青環在這段時間加強對西院的防備了。

藺氏眼看就快要臨盆，閔窈覺得這些事暫時不能告訴她，免得她一會兒驚嚇動怒，又傷到身子。

「母親，這不是配不配的事……」為了說服藺氏，閔窈奮力地動了動腦子，忽然福至心靈，竟被她想到一處關鍵的地方來。

「母親，難道您忘了，盛哥哥不僅從小就改姓閔，而且他早就入了閔家的族譜，是我和閔玉鶯的兄長啊！根據咱們大昭婚俗，同姓不婚！」

「這……阿娘倒是沒想到這一處。阿娘原想著，盛兒又不是真的姓閔，只是妳父親遠房表親家的血脈，難道這樣也不行嗎？」

「當然不行！」見藺氏面上動搖，閔窈趕緊接著勸道：「他以後是要和父親一起入朝為官的，自然需要比旁人更謹言慎行，品行不能讓人尋到一丁點錯處。他入了閔家族譜，就是閔家人，若是他娶了閔玉鶯，將來被有心人說他娶了自己妹妹，亂了倫理，一定會嚴重影響他和咱們閔家的前程。到時候，怕是連我和王爺都面上無光啊！」

「啊？有這麼嚴重？」

閔窈用力點點頭。藺氏低頭想了想，覺得女兒說的並不是沒有道理，她嘆了口氣道：「這倒是阿娘糊塗了。窈兒妳做了王妃後，果然成長不少，現在想事情也考慮得比阿娘要周全。」

「咳咳，女兒也是為了閔家好。」被藺氏誇獎，閔窈有些不自然地低下頭。

父親、母親不知道，可柯姨娘肯定知道閔玉鶯和蕭文逸那檔子醜事。現在蕭文逸做了駙馬沒法娶閔玉鶯，她急著給自己女兒找下家，竟把主意打到閔盛身上！

她永遠記得前世閔盛曾經給予過她的溫暖和親情，那麼善良溫暖的人，不該被這樣欺負。柯姨娘母女想要算計閔盛，也得先過了她閔窈這關再說！

第二十九章

「……那這事，阿娘回頭再和妳父親好好說說吧。」

閔窈道：「嗯，母親等會兒就和父親說吧。」

母女倆又東拉西扯地說了些體己話，外頭青環進來稟告，說是公子給夫人送點心來了。

蘭氏聞言，忙讓閔窈扶她出去。

到了外屋，只見閔盛兩手捧著個精緻的竹編食盒，恭恭敬敬地對蘭氏說道：「母親，我剛才見您吃得很少就與窈兒離席，我怕母親等會兒餓了，就自作主張，給母親和窈兒裝了些糕點和清淡的粥送來。」

蘭氏命青環將食盒接過放好，轉頭笑道：「盛兒真是有心了，快坐，坐下說話。」

「不了，父親等會兒還要帶我去向幾位太常寺的大人敬酒，我還是不坐了。母親、窈兒，我先去前頭了。」

蘭氏忙道：「對對對，還是正事要緊，你現在多認識些大人，對將來出仕有好處。母親不留你了，快去吧。」

「是，母親。」閔盛躬身行禮，抬眼飛快地看了一眼邊上的閔窈。

他清秀的面龐飛過兩團可疑的紅暈，微微張了張嘴，似乎有話同閔窈說，然而最後遲疑了一下，最終什麼也沒說，起身慢慢地走了。

閔盛和閔玉鶯八字還沒一撇的婚事，最終還是被閔窈給攪黃了，柯姨娘為此恨閔窈恨得牙癢癢，卻又無可奈何。

閔玉鶯倒是無所謂，反正她從來都沒把閔盛這個閔家養子放在眼裡過。

根據秋月手下的探子回報，閔玉鶯仍然和蕭文逸藕斷絲連，只不過這對狗男女現在不敢在閔府幽會了。西院的一舉一動，閔窈都了然於心。

過沒幾天，藺氏終於平安順利地產下一個女兒。

藺氏欣喜地給小女兒取名為窕，與閔窈名字中的「窈」合在一起，寓意姊妹兩人「窈窕淑女」的美意。

看藺氏又生了女兒，閔方康是不太高興的，不過柯姨娘在這時候又有了身孕，閔方康便藉著保胎的由頭，喜笑顏開地將柯姨娘接回閔府。

閔窈早就料到她父親會這麼做，所以得到消息後也沒有表現什麼驚訝和不滿來，只是照舊每天去娘家照顧藺氏的月子。

閔方康在後宅幾次碰見閔窈都心驚膽顫的，生怕閔窈像去年除夕時那樣鬧，逼他把柯姨娘趕走，卻沒想到閔窈在他面前次次神色淡然，也不再提除夕夜的事。

閔方康一開始還有些心虛，不過後來見閔窈沒有追究的意思，只一心照顧藺氏，他的膽子也漸漸大起來。他憐惜柯姨娘有孕在身，藺氏又沒出月子，閔方康「勉為其難」，順手就把藺氏身邊嬌滴滴的貼身侍女紅纓給收了房。

白糖這時到了發情期，整日在王府中暴躁不已。

閔竅向獸醫詢問，得知年初西域王向皇帝進貢了三隻成年獒犬，與她家白糖差不多大。她聽了欣喜不已，正趕上太醫局這陣子要給東方玹試驗針灸通脈，於是閔竅陪著東方玹進宮時，也順手把白糖帶去。

這日清晨，小倆口到宮中請安後，東方玹便被太醫們團團圍在太醫局。聽薛夫人說，整套針灸配著藥浴，沒有五、六個時辰，太醫們是不肯放人的。

閔竅只好託薛夫人守著東方玹，自己去乾極宮求得皇帝公公允許，把白糖帶到宮中的犬坊配種。

白糖雖然長得霸氣威猛，看上去凶悍無比，其實卻是隻羞怯的母獒犬。到了犬坊，一向無所畏懼的白糖見到那三頭比牠健壯的公獒犬，頓時嚇得猛往閔竅身後躲，像是個嬌羞無比的黃花大閨女。

「白糖！別怕別怕……乖……」

閔竅一邊安撫白糖，邊用一種丈母娘看女婿般的目光，在犬舍中的三頭獒犬身上來回打量著。這三頭獒犬都是棕色的，每隻都比白糖高壯許多，見生人過來，牠們馬上怒目獠牙，現出一副警惕凶惡的嘴臉來。

……光是看著就挺嚇人的。

為避免白糖被欺負得太慘，閔窈斟酌再三，最終選定了三頭獒犬中，看上去稍微溫和點的那隻，讓飼犬的小奴把牠放出來，和白糖一起關到另一處乾淨暖和的犬屋。

一白一棕兩隻陌生的獒犬在犬屋裡互相打量著。

見到那棕色獒犬向自己走來，白糖緊張極了，嘴裡發出凶狠的低吼，那隻棕色公獒犬卻是興奮不已，不斷試探著向白糖靠近。

飼犬小奴與閔窈解釋道：「獒犬警惕性比其他犬強，王妃娘娘這隻又是單獨養著的，沒有與其他同類一起生活過，所以想要成功配種，還需要把牠們關在一起熟悉幾日。」

閔窈笑道：「只要沒打起來就好，那白糖就麻煩你們了，我過幾日再來看牠。」

「王妃娘娘放心，小的一定會照顧好牠們的！哎喲您瞧瞧，您的白糖好像挺喜歡那隻公獒犬的。」

飼犬小奴往犬屋一看，面上立刻驚喜極了。原來在兩人正說話間，白糖已經放下「姑娘家」的矜持，與棕色獒犬友好地親近起來。

「咳咳，如此，那我就放心了。」

閔窈怕自己再待下去，恐怕就要親眼目睹兩隻獒犬在她面前親熱。於是她頭也不敢回，帶著一眾宮人匆匆出了犬舍，往錢太后的慶祥宮而去，沒想到半路竟和一身華服的阿蓮娜正面碰上。

阿蓮娜今日穿了身鮮紫色綴五彩珍珠的西域輕紗長裙，蜜色的小蠻腰照樣不畏寒冷地露在外頭，肚臍眼上的白水晶微微閃著光。

她那戴了小金冠的頭上披著塊淡紫色半透明頭紗，頭紗外垂滿一條條串著紫玉小珠的長流蘇；充滿異域風情的藍色雙眼倨傲不已，一見到閔窈，阿蓮娜馬上跟一隻紅眼鬥雞般飛快地衝上去。

「歪！妳這壞女銀，到大昭皇帝的皇宮來幹神馬？」

看阿蓮娜過來的方向是乾極宮，閔窈心中猜想，這西域公主多半是因為這陣子翻牆進不了秦王府，所以跑到宮裡鬧皇帝公公來了。

「公主這話說得真好笑。」閔窈淡笑道：「大昭皇帝是我的公公，皇宮是我夫家的地界，難道我不應該出現在這裡嗎？倒是公主妳，身為番邦女眷，不僅屢次翻我秦王府的圍牆，這會兒又一大早現身於大昭宮中，不知公主有何事如此著急呢？」

「哼！妳別笑得辣麼得意！等窩父王與大昭軍隊凱旋肥來，窩一定求大昭皇帝把秦王賜給窩。將來窩當了西域女王，他就是窩的王夫。」阿蓮娜得意洋洋道：「他會得到至高的權力和榮耀，介些，是妳一輩子都給不了他滴。」

讓皇帝把東方玹賜給她？還要讓東方玹當她的王夫？這西域公主倒是真敢想……

「公主身為堂堂西域王女，不顧顏面糾纏我夫君，現在居然又恬不知恥地說出這種話來，難道真的不怕天下人恥笑嗎？」

阿蓮娜聞言，滿不在乎道：「本公主是耿直爽快，有神馬說神馬，不像妳們大昭的女銀，縮起話來文縐縐，拐彎抹角滴……」

「看來公主對『耿直爽快』這四個字有很深的誤解。」

閔窈本就不是個善忍耐的人，她一直顧忌著錢太后叮囑和大昭皇室的體面，才對阿蓮娜一再忍讓，沒想到她得寸進尺，還想把東方玹搶到西域去。不知道其他命婦、王妃碰到這樣的女人是怎麼應對的，反正閔窈一聽阿蓮娜想求皇帝把東方玹賜給她當什麼王夫，閔窈心中登時就火大。

「神馬誤解？妳、妳想說神馬？」

「沒什麼。我只是覺得公主在大昭待了四、五個月，大昭語學得一塌糊塗，每次和您說話都覺得很吃力，下回您身邊最好帶個譯官翻譯一下，否則說了些過火的、容易讓人誤會的言論，影響到大昭和西域兩國間的和睦情誼就不好了。我有事在身，就不陪公主說話了，您請自便。」

閔窈說完，再也不看阿蓮娜一眼，帶著宮人甩袖離去。

阿蓮娜站在原地，愣愣問她身後的侍女道：「這壞女人剛才在說什麼？看她臉色，好像不是什麼好話啊！」

「奴婢們不知，奴婢們的大昭語都不如您啊！」

「哼，那倒是！本公主十五歲就跟著父王學大昭語了。」阿蓮娜驕傲地揚起下巴，回味閔窈剛才說的那些話，兩道新月細眉微微一挑，嘴裡小聲嘟囔道：「她剛才說本公主恬不知恥，『恬不知恥』是什麼意思？等會兒回去行宮一定要好好問下譯官。」

閔窈到了太醫局時，太醫們已經給東方玹施了一遍針，正讓他躺在暖閣的軟榻上歇息。

「媳婦兒，妳去哪兒了？」見她到軟榻邊上坐下，東方玹立即爬起來滾到她懷裡，萬分委屈道：「剛才妳不在，有很多老頭拿針扎我。」

「很疼嗎？」

「疼！」

「都哪兒呢？妾身看看。」

「喏，這裡……這裡……那兒也是，媳婦兒快給我呼一下。」

見到俊美高大的秦王窩在他王妃身上撒嬌，太醫局幾個年輕的醫女面上飛紅，很識趣地與嘴角含笑的薛夫人一道退出去。

閔窈摟著東方玹溫言地哄了一會兒，望著他那張妖孽般勾人的臉龐，不由想起剛才與阿蓮娜的一番不快來。

這西域公主竟想讓皇帝公公把王爺賜給她，她把王爺當成物件了嗎？簡直可笑！東方玹可是活生生的人啊！又是個需要人照顧的大孩子，要真去了西域，真不知在阿蓮娜手下會過上什麼日子？

不行！她不能讓那西域公主繼續這麼胡作非為下去……

「來人，讓雲十九進來見我。」

哄東方玹在軟榻躺下，閔窈走到暖閣外間喊了一聲，馬上有兩個祥雲十八衛的護衛進屋，單膝跪地齊聲道：「小的雲一，小的雲二，見過王妃娘娘，不知娘娘有何吩咐？」

閔窈問道：「雲十九呢？」

「呃……十九他……」雲一、雲二不自覺往暖閣裡頭迅速看了一眼，兩人面露難色，支支吾吾道：「十九他……他今日有任務在身，所以沒有跟來，娘娘有什麼吩咐，讓小的幾個去也是一樣的。」

「他不是專門負責我的安全，怎麼還有別的任務？」

「這個……都是上頭的命令，小的們不知，還請娘娘恕罪……」

見雲一、雲二低頭一臉惶恐狀，閔窈也不忍為難他們，忙說道：「快起來，你們好好保護王爺就行了，別的不用管。我的事……還是等雲十九回來再說吧。」

雲十九不知有什麼重要的任務，此後閔窈天天陪著東方玹去太醫局針灸，一連個把月都不見他現身。

本是想讓他去打探阿蓮娜的動向，沒想到阿蓮娜那邊也邪性起來，這陣子也沒來王府翻牆，聽說都在行宮裡發憤苦學大昭語。她不來鬧，閔窈也漸漸忘了要找雲十九的事。

轉眼到了小妹閔寬滿月的日子，這時天氣已經暖和不少。

閔窈一大早就把東方玹送到太醫局，託薛夫人在邊上照看，自己領著秋月、秋畫回了娘家。

滿月酒宴上來的都是些本家的親戚，藺氏出了月子後整個人豐腴不少，一大家子圍著小閔寬直逗樂，閔府上下看著一片歡鬧。

「妳和王爺成婚都快一年了，怎麼還沒有動靜？」宴席散後，藺氏拉著閔窈小聲道：「阿娘生下妳小妹，也該歇著了，以後就等著抱外孫嘍！」

閔窈怕藺氏知道實情又說她，只好低著頭不說話。

過了一會兒小閔寬哭鬧起來，藺氏和奶娘忙著哄孩子，這才放過閔窈，讓她去外頭歇息。

閔窈心中鬆了口氣，撇下秋月、秋畫到花園散步。沒想到走了一會兒，她眼前忽然黑影一閃，有個蒙面人猛地抓著她胳膊，帶著她飛快地出了閔家後門，一路往附近偏僻小巷裡跑。

「幹麼？放開我……放開我！……來人！快來人啊！」

以為是蕭文逸又到閔家作惡，閔窈又氣又急，抓著那人的手狠狠咬了一口。

「哎喲！啊……」耳邊響起幾聲痛呼，閔窈慌忙鬆口抬頭，只見蒙面人摘下臉上的黑布，滿頭冷汗地看著她道：「窈兒，是我！噓……妳小聲點……」

「盛哥哥?!」閔窈不可置信地看著閔盛道：「盛哥哥，你、你這是做什麼？你要把我帶到哪兒去啊？」

「我要帶妳離開這裡！」

閔盛忍著痛，眼神堅定地望著她，彷彿是鼓起他生平最大的勇氣開口道：「窈兒，我不能再眼睜睜看著妳受苦了！從小我就喜歡妳，我知道妳心裡也是有我的，不然，妳不會故意攪了我和閔玉鶯的婚事……我現在已下定決心，我們、我們私奔吧！」

第三十章

私奔?!

閔窈聞言，立時嚇得往後退了幾步，連忙擺手道：「盛哥哥你誤會了！我是不想你和閔玉鸞成親，可是原因不是你想的那樣。唉，這事說來話長，我以後會同你仔細解釋的……我與王爺一向和睦，你怎麼會覺得我是在受苦呢？」

「窈兒，閔玉鸞雖然長得美，可是她從不拿正眼瞧我！從小到大，閔家上下就只有妳是真心待我好的，我心裡也喜歡妳，可是我一直都不敢說……要是我早幾年參加科舉，要是我早幾年和父親說要娶妳，說不定現在我們連孩子都有了，已經是一對恩恩愛愛的夫妻了。都怪我沒用，妳心裡埋怨我，所以才故意不承認的，對不對？」

「不是的，不是你說的這樣！」閔窈聽完他的話，滿臉震驚道：「盛哥哥，你是我的兄長，我對你只有敬愛，絕沒有男女之情，你、你為什麼會以為我……」

「妳不要以為我不知道，妳當初嫁入王府是為了閔家。秦王呆傻不通人事，你們成婚近一年還沒有孩子，這事幾乎整個洛京城的人都知道。」閔盛眼中滿含痛惜，他不顧閔窈的掙扎，上前抓住閔窈的手急切說道：「窈兒，妳婚後隔三差五就往娘家跑，難道不是因為心中的苦悶難以抒發嗎？還有……」

說到這兒，閔盛臉上微微一紅，柔聲道：「還有，妳難道不是順便想和我見上一面嗎？」

他一番話說得情真意切，好像閔窈和他之間真的存在什麼不可見人的情愫似的……

這讓閔窈不由聯想到蕭文逸和閔玉鶯那兩人之間的苟且，她心中又驚又惱，忙去掙脫閔盛的手，一邊焦急解釋道：「盛哥哥，你真的誤會我了！我經常回娘家是不放心母親，怕她受委屈，並不是有意要見你。我從小到大都把你當親哥哥看待，對你真的沒有非分之想。你先把我的手放開，咱們有話回家裡去說好嗎？」

「不！窈兒，事到如今妳還想繼續騙我嗎？我想了很久才下的決心，今天，我是一定要帶妳走的！」閔盛死也不肯放手，斷然道：「什麼叫挺好？就是妳整天照顧兒子一樣照顧他嗎？窈兒，妳醒醒吧！秦王他連自己都照顧不了，他根本不能護妳周全，無法像尋常男子那樣保護妳、疼愛妳，而我卻不一樣！我雖然沒有他長得好，沒他有權有勢，但是為了妳，我可以什麼都不要。窈兒，我們一起走吧，找一個沒人認識的地方重新開始。我發誓，這一生只娶妳一個，疼妳、愛妳，護妳一世……」

「不要說了！盛哥哥，你知不知道自己在說什麼？」見他越說越不像樣子，閔窈又驚又氣地抽出自己的手，與閔盛保持距離道：「盛哥哥，你別再說這種胡話了！我是不會離開王爺的，你現在就回家去，我可以當作今天的事沒有發生過。」

「……窈兒生氣了？妳是不是怪我自作主張，事先沒有和妳打招呼？窈兒，我知道這事是我不對，可我做這一切都是為妳好啊！現在、現在馬車就在小巷出口等著，銀兩、乾糧什麼的我早就備好了。」

閔盛抓著她的肩膀，清秀的面龐染上三分瘋狂之色。「秦王他給不了妳的，我能給妳！我會讓妳做個真正的女人，我們會有很多可愛的孩子……妳還不知道吧？近來西疆戰事告捷，那個和妳搶秦王的西域公主已經在洛京到處放話，說等西域王和大昭軍隊凱旋歸來，秦王就會休了妳娶她，我不能讓妳忍受這樣的屈辱！窈兒，與其被人趕走，不如妳現在就跟我走啊！」

「不可能！聖上如此疼愛秦王，怎麼可能把他當物件一樣賜給阿蓮娜？」

「窈兒，妳別再管他了，先顧好妳自己吧！來，過來和我一起，我們走！」閔盛說著，滿臉緊張地上前就想把閔窈抱住。

「盛哥哥你不要這樣，我是不會跟你走的，你再過來，我就喊人了！」

「妳別同我鬧彆扭了！窈兒，再不走，等會兒讓人看見，咱們就走不了了。」閔盛說著，猛地強行上前摟住閔窈的身子，一股若有若無的清香頓時縈繞在他鼻端。「窈兒，妳好香……啊！」

心神蕩漾間，他被閔窈一把推到地上。

「窈兒……」閔盛趴在地上抬頭，眼中滿是受傷的神情。「我已經把我的心都掏出來給妳看了，妳為何……為何還抗拒我？妳心中，當真沒有我？」

「……你沒摔壞吧？」

閔窈縮在一旁，本能地想去扶他，可是想到他剛才那樣子，只能生生縮回手，語氣冰冷道：「盛哥哥，我感激你處處為我著想，可是我不能接受你的心意。我既然嫁了秦王，就已經做了一輩子要和他相守的打算。不管他傻也好，呆也好，他都是我的夫君，我不會拋下他一個人，更不可能讓那西域公主把他當玩物一樣搶走！」

「窈兒……為什麼？他是個傻子啊！他除了權勢和銀子，他還能給妳什麼？妳今天不跟我走，將來一定會後悔的！」

「不，我不後悔。」

想起東方玹在她懷裡撒嬌打滾，眨巴著溫柔的丹鳳眼望著她，那副完全信賴她的樣子，閔窈狠下心道：「盛哥哥，你不會懂的……你就當我是貪圖榮華富貴好了，無論如何，我是不會離開王爺的！方才父親在席上講，他幫你在秘書省謀得了九品校書郎的職位，這於你入仕是很好的開端。寒窗苦讀十年，你以後會有大好前程，千萬不能因為一時糊塗而毀了這一切啊！」

「窈兒，我……我……」

見閔盛慚愧地低頭看著他自己身上那淡青色的九品官常服，閔窈知道他心中動搖，於是趕緊勸道：「盛哥哥，還不快起來讓人把馬車牽走？聽父親說，他晚上邀請秘書省的幾位大人來家裡吃酒席……」

「對、對，父親是和我說過。」

想到自己的前程，閔盛如夢初醒，搖搖晃晃地從地上爬起來。回顧自己剛才對閔窈的一連串踰矩冒犯，他渾身不由瞬間冷汗淋漓，低頭心虛道：「窈兒，我中午喝多了酒，言行無狀……妳不會怪我吧？」

前程固然是他立足的根本，他不能放棄，可若是閔窈以後不理他，閔盛又覺得心中隱隱作痛。

「盛哥哥你是喝醉了酒，我不會怪你的。」閔窈見他已然有了悔意，欣慰道：「現在你酒醒了，趕緊去把小巷的馬車處理了吧，免得讓人誤會。」

「好、好！我這就去。」

閔盛滿口應著，戀戀不捨地看了閔窈最後一眼，他扭頭，一步一步緩緩往小巷出口走去。剛才閔窈說起秦王時的眼神讓他徹底明白，她原來，是真的喜歡秦王。

為什麼，為什麼會這樣？

閉眼想起小時候閔窈對著他甜甜的笑臉，閔盛心頭一陣沈痛，深知從今以後，除了兄妹之誼，他此生與她都不會再有什麼其他交集了……

目送閔盛落寞的背影消失在小巷出口，閔窈心中有些複雜。她微微吁了一口氣，轉身想要回閔家，卻突然發現身後不知何時多了一道熟悉的身影。

「雲十九?!」

「雲十九見過王妃娘娘。」

「你……」閔窈深吸一口氣，望著來人修長的身姿和面部泛著冷光的銀絲面罩，她不禁脫口道：「你什麼時候來的？來了怎麼不出聲？你剛才都聽到什麼了?!」

雲十九拱手淡然道：「小的來了有一會兒了，因為看見娘娘正忙，就沒敢出聲打擾。剛才娘娘與閔公子談論私奔一事，不巧都被小的聽了個一清二楚……娘娘，您不會殺小的滅口吧？」

「滅什麼口？我與盛哥哥之前清清白白，我身正不怕影子斜，為什麼要滅你的口？」

「盛哥哥？」雲十九輕笑道：「娘娘叫閔公子叫得好生親熱，也不怕王爺聽見了誤會嗎？」

閔窈昂首挺胸道：「我從小就是這樣叫的，王爺都沒說什麼，關你什麼事！」

這個雲十九，身為她的護衛不盡忠職守也就罷了，一出現就問東問西，一個大男人居然跟那些八卦小丫頭們一個德行！嘖嘖，真不知道該說他什麼好了？

「是是是，是小的多嘴了。」

雲十九嘴上討饒，人卻沒有半分悔意地湊到閔窈跟前，滿口不正經道：「不過娘娘，您真的不想和閔公子私奔嗎？閔公子一表人才，對您又是一片癡情，錯過這村可就沒這店了。他剛才說得很對，王爺不同於常人，老像個孩子，又指不定什麼時候就被西域公主搶走，您現在的處境很危險啊……這樣吧，只要您一句話，小的立刻就把閔公子給您叫回來。咱們也算是主僕一場，娘娘若是想和他走，小的就算竭盡全力，也一定會成全你們的。」

「混帳！你在胡說八道些什麼?!」

閔窈皺眉看著今天格外話多的雲十九，微怒道：「雲十九，你是王府的侍衛，平日不按時當差也就算了，現在竟還敢背著王爺蠱惑我跟人私奔！你怠忽職守、搬弄是非、以下犯上，別以為你武功高強，我就不敢處置你！」

雲十九見她生氣，忙縮到邊上低頭道：「娘娘恕罪，是小的說話沒有分寸。小的知道錯了，還請娘娘大人不記小人過，饒了小的這一回吧！」

「你得好好反省反省，只此一回，下不為例！」

「謹遵娘娘教誨！」

低沈的嗓音變得正經許多，閔窈回頭，只見他兩個寬闊的肩膀微微顫動，隔著那層厚重的面具，閔窈非常懷疑他此刻正躲在面具後偷笑。

這雲十九，上次見他挺正經的一個人，怎麼出了趟任務回來就變得如此吊兒郎當？

閔窈氣呼呼地瞥了雲十九一眼，只見他今日穿著一身銀白色軟甲，修長的大手戴著銀絲鏈製成的護腕，腳下一雙祥雲銀線靴子，配上他頭上的銀絲面罩，整個人包裹得嚴嚴實實，竟連一處肌膚都不曾裸露在外面。

「雲十九，你為什麼老是把自己包得這樣密不透風？你不熱嗎？」閔窈一雙杏眼在他身上打量一番，淡淡道：「你說你負責保護我的安全，我卻連你長什麼樣都沒見過，你把面具拿下來讓我瞧瞧。」

「萬萬不可！」

一聽說閔窈要他摘面具，雲十九登時像隻受了驚嚇的貓一般跳起來。他往後連退三步，跑到距閔窈一丈開外的距離，語氣頹然道：「娘娘……小人臉上、身上受過傷，傷口醜陋，不敢污了您的眼，還請娘娘不要看了……免得、免得您夜裡作噩夢。」

……原來他把自己包起來是因為想要遮醜啊！

無意中揭露別人的傷疤，閔窈心中頓時生出幾分愧疚來。望著雲十九縮在角落裡黯然的高大身影，她有些不好意思道：「我不知道你是為了遮掩傷疤……咳咳，我只是一時好奇，沒有為難你的意思，希望你不要把這事放在心上。」

「娘娘體恤，小的不勝感激。」雲十九道：「小的今日回來，是聽雲一、雲二說娘娘有事找小的，不知娘娘有何吩咐？」

「喔，我的確是找過你。」閔窈點點頭，記起起上回因為阿蓮娜之事，想讓雲十九去打探，她不由欣然道：「你回來得正好，我想讓你幫我監視西域公主阿蓮娜的動向，她住在洛京郊外的行宮，有什麼異常舉動，你要第一時間告訴我。」

「就是想和您搶王爺的那個阿蓮娜？」

「正是。這西域女子言行無狀，幾次三番對王爺圖謀不軌，現在居然還堂而皇之地想將王爺搶到西域去……我對她實在忍無可忍了。」

「娘娘這是吃醋了？要不要小的殺她滅口，來個一了百了？」

他怎麼動不動就想到滅口，殺氣也太重了，而且自己在他眼中，難道是個因妒殺人的惡主人不成？

想到這些，閔窈額上冒出幾顆冷汗，略感無奈道：「王爺又不喜歡她，我吃哪門子的醋？殺人就免了，堂堂西域公主在我大昭境內暴斃，西域王能善罷甘休嗎？我不想鬧事，就是想知道她的動向，然後想辦法護住王爺。」

「沒想到那西域公主竟讓娘娘如此煩惱……」雲十九低頭沈思片刻，在面具後輕笑道：「明白了，娘娘放心，小的一定會把她解決好的。」

「那這事就託付給你了，辦好了我必定重重有賞。」

雲十九聽了立即抱拳謝過閔窈，他忽然側頭一聽，低聲道：「娘娘，後門處有腳步聲，多半是您的侍女尋來，小的先告退了。」

「好，你去吧，自己小心點。」

話音剛落，雲十九便足尖一點，縱身消失在小巷的上空。

閔窈轉身回閔家，走了幾十步後，果然見秋月和秋畫神情焦急地從後門奔了出來。

——未完，待續，請看文創風692《傻夫有傻福》下

文創風 691

傻夫有傻福 上

國家圖書館出版品預行編目資料

傻夫有傻福 /木蘭著. --
初版. -- 臺北市 : 狗屋, 2018.11
冊 ; 公分. --（文創風）
ISBN 978-986-328-932-6（上冊：平裝）. --

857.7 107016161

著作者 木蘭
編輯 林俐君
校對 黃薇霓 簡郁珊
發行所 狗屋出版社有限公司
地址 台北市104中山區龍江路71巷15號1樓
電話 02-2776-5889～0
發行字號 局版台業字845號
法律顧問 蕭雄淋律師
總經銷 知遠文化事業有限公司
電話 02-2664-8800
初版 2018年11月
國際書碼 ISBN-13 978-986-328-932-6

本著作物由北京晉江原創網絡科技有限公司授權出版

定價250元
狗屋劃撥帳號：19001626
網址：love.doghouse.com.tw E-mail：love@doghouse.com.tw